從50-25-25準備法、BBQ法則到AI工具，
讓你從公開演講到日常溝通都一手掌握

歐巴馬資深文膽的精準表達課

Say It Well

Find Your Voice,
Speak Your Mind,
Inspire Any Audience

TERRY SZUPLAT

泰瑞．蘇普拉——著　許可欣——譯

目錄 CONTENTS

PART III 演講中段：讓聽眾願意繼續聽你說話

PART IV 結尾：在演講落幕時驚豔聽眾

PART

V

讓聽眾意猶未盡

前言

用新的說話方式，和世界分享你的聲音

我在發抖。快到演講的時間了，我感覺心跳開始加速。我焦慮不安地在座位上挪動，拚命想著脫身的辦法。

我不必做這件事。

我會微笑並禮貌地拒絕：「不，謝謝，今晚不行，改天吧。」

避免災難。

保全尊嚴。

但是太遲了。

「現在，」一個聲音宣布著，「讓我們鼓掌歡迎泰瑞！」

房間裡所有目光都集中在我身上，我開始對著麥克風說話，但我感覺到自己的聲音在顫抖。想到聽眾會聽見我顫抖的聲音，就抖得更厲害了。我努力想拿穩講稿，但雙手也在顫抖，想到聽眾看見我的手在抖，更是抖到停不下來。

有那麼一瞬間，我感覺自己靈魂出竅，漂浮在空中俯視著自己結結巴巴、顫抖不已的樣子。我的嘴在動，但我只聽到腦海裡的懷疑之聲：

他們可以看出你很緊張。
你會搞砸一切，讓自己出糗。
拜託，讓這一切結束吧。

看我那麼緊張的樣子，你會以為我是對一大群聽眾發表重要演講，但完全不是。我當時是巴拉克・歐巴馬（Barack Obama）總統的演講撰稿人，那天和白宮一起工作的同事們到日本橫濱出差，經過一週疲憊不堪的國際旅行後，我們晚上出門放鬆一下。我認識這些人，他們是我的朋友。我坐在座位上說話，甚至不需要站起來。

事實上，那根本不是演講，也不是唱歌。只是一篇搞笑的小短文，內容是歐巴馬和其他世界領導人像把一輛失事的汽車從溝裡拉出來一樣，努力挽救全球經濟（歐巴馬在競選活動中喜歡講這個有趣的故事），而我要說的是改編的惡搞版。換句話說，這根本沒什麼大不了，不管成功還是失敗都無關緊要，這反而讓我的緊張情緒更讓人沮喪。

為什麼會這樣？

我心裡明白，即使我成年後幾乎一直都是職業撰稿人，但在大部分時間裡，我對公開演講感到不自在。我是一位演講**撰稿人**，卻無法勝任**演講者**的角色。

我並不是完全避免公開演講，如果是小團體交談或在家庭葬禮上致悼詞，通常還是可以處理的，而且有時候還不算太差。不過大多數時候，光是想到在一群人面前說話，就讓我焦慮不安。大部分時間裡，我都待在自己感到安全的地方，也就是在幕後為他人撰寫演講稿。

但我付出了代價。

我花費了多年幫助歐巴馬總統和其他領導者發聲，卻慢慢失去了自己的聲音。我指導演講者講述**他們的**故事，但分享自己故事的想法讓我感到噁心。我能夠為歐巴馬擬寫講稿，即使是他的批評者也同意他是世界上最偉大的演說家之一，但我自己連說篇沒意義的小短文都無比艱難。

不管怎樣，我還是熬過了在酒吧的那個夜晚，雖然大部分的記憶都很模糊。我的同事們笑著鼓掌，但當我們走回飯店，在這個遠離家鄉的城市裡，穿過空曠街道時，我感到無助。看來，我只能期待自己對公開演講的恐懼會隨著時間逐漸消退。

不過這並沒有發生。

歐巴馬總統任期結束後，我離開了白宮，並嘗試讓自己走出舒適圈：接受訪問，對一些人數不多的大學班級演講。有時候表現還不錯，有時候不太理想。

有次現場電視採訪，我緊張不已，開始結巴，最後完全說不出話來，整個人像凍結了一樣。還好，記者結束了這個環節，我得以尷尬地迅速離開攝影棚。

還有一次，在與一群年輕的外交政策活動家進行電話會議時，我報告到一半突然口乾舌燥，導致我嚴重咳嗽。在我衝向水杯，努力讓自己平靜下來時，主持人將我設為靜音。

在與同事的私人晚宴上，桌上每個人輪流敬酒，然後都看著我，等我也發表祝酒詞。但我沒能鼓起勇氣，只是坐在那裡，低頭看著我的盤子。在幾秒鐘尷尬的沉默後，大家繼續聊天，而我整晚都在回想自己在聚會上犯的錯。

顯然，我不適合當公眾演說家，私底下也不行。

隨著時間推移，我盡可能地去避免這種事。如果有人邀請我到他們的團體分享白宮工作的經歷，我總是找藉口推辭。在晚宴上，我默默看著其他人舉杯敬酒，得到大家的響應。對我來說，不說話感覺更安全。

突然有一天，一通意料之外的電話強迫我面對自己的恐懼。

「你好，我是安提．穆斯塔卡列奧（Antti Mustakallio）。」電話那頭傳來一個帶著清晰北歐口音的聲音，他說他是芬蘭少數的演講撰稿人之一。

「我聽說你經常發表關於演講的演講？」他問道。

「哦，當然。」我盡量裝出自信滿滿的樣子，「我很喜歡。」

穆斯塔卡列奧希望我在那年晚些時候，前往他的家鄉赫曼林納（Hämeenlinna）參加一個會議，那裡離北極圈只有數百公里，時間是十一月。

「我希望你能發表一場主題演講，內容是關於如何演講，屆時大約會有三百名聽眾。」

我差點掛斷電話。穆斯塔卡列奧一直在說話，但我其實沒在聽。過去失敗的片段在我腦海中閃現。

「我會考慮看看。」我告訴他，但其實根本不打算考慮。

不過接下來幾天，我開始思考這件事。我現在已經快五十歲了，這次是一個很棒的機會，如果我繼續被恐懼支配，就會錯失良機。我還要錯過多少體驗，等事後才感到遺憾？難道我打算一輩子都躲避公開演講嗎？而且，最壞的結果還能是什麼呢？如果我失敗了，家裡的人不會知道。那裡可是十一月的芬蘭。

也許我能做到。也許這次會不一樣。也許我可以試著回憶身為撰稿人時學到的經驗，包含為歐巴馬總統撰稿的經驗，並利用這些經驗寫稿和演講。

幸運的是，我有許多經驗可以借鑑。

我很幸運能在歐巴馬整整八年的任期為他撰寫講稿，那是我職業生涯中最刺激、最振奮人心的經歷，雖然有時也讓人筋疲力盡和恐懼。我與他一起造訪四十多個國家，在那期間近距離見證他與全球聽眾互動，每天都向他學習。

在肯亞，我與歐巴馬同乘總統專用直升機海軍一號，俯瞰到奈洛比街道上擠滿了歡迎他回到父親故鄉的人群，他們手持寫著「歡迎回家！」的自製標語，情緒高漲。

在越南，胡志明市街頭擠滿了人潮，想要一睹他的車隊，人群以為見到了歐巴馬，衝破警戒線，追趕我和其他工作人員，直到我們進入一家飯店。

坦尚尼亞的人群太過擁擠，以致於我們的員工巴士脫離了車隊，撞上一根電線桿，其中一扇車窗碎裂，碎玻璃散落在驚恐的員工腿上。

這樣的時刻可能會讓人緊張，但它們也透露了很多訊息。透過他的言詞和人生故事，歐巴馬觸及了一種普世性的東西：理想、價值觀和超越種族、宗教、國家與文化界限的願景。以及他如何與聽眾建立連結，包括那些不一定同意他政治觀點的人，都可以為我們提供一些借鑑。

當我開始寫這本書的時候，一位曾在白宮共事過的撰稿人開玩笑說：「什麼？你打算把我們所有的祕密都洩露出去嗎？」

嗯，是的。有何不可？

是的，撰稿人應該像幽靈一樣，只聞其聲，不見其人。超過二十五年來，我一直如此。在幕後工作，幾乎隱形，默默為總統、國會議員、企業主管、活動家和名人撰寫公開場合發表的詞句。

但為什麼只有這些領導者能從這些技能中受益？

如今，我們比以往任何時候都更需要具備演講的技巧。

上一本總統撰稿人書寫關於公共演講建議的書籍，已經過去二十年。自那時以來，世界已經改變了。新一代的年輕人更加多元、不安，也充滿希望，他們正大聲疾呼，要求被聆聽。我們終於開始更公開地談論那些長期被掩蓋的系統性問題，現在，無論是民選官員、企業主管還是學校校長，都被期待針對世界事件以及種族、宗教和個人權利的複雜議題發表看法。

同時，激烈的政治和社會辯論已經將語言變成了一個戰場，文字成了他們的武器。有些人似乎沒有意識到，來自過去時代的語言，尤其是與種族有關的，會對歷來被邊緣化的社群造成傷害。有時候，其他人會很快地譴責或批評那些善意的家人、朋友或同事，因為他們無法跟上與身分、性別和性取向有關快速演變的詞彙。

據我所知，大多數人都覺得自己被困在兩難的境地中（陷入語言上的「無人地帶」），不願退回到殘酷過去的粗鄙語言，但又不確定如何前進，才能避免行差踏錯，引爆可能摧毀關係、事業或聲譽的語言地雷。

我們似乎失去了彼此溝通的能力。

太多領袖似乎更專注於對抗對手，取得口舌上的分數，而不是為了民主運作進行需要的對話。太多演講者似乎急於壓制持不同觀點的人，而不是說服更多人支持自己的意見。我們的空氣和社會充斥著錯誤訊息和殘酷無情的言語，這些惡毒言論削弱了我們生活和工作所需的信任、理解以及共同目標。

我們說話的方式必須改變。

不過，我擔心的是，正當在我們最需要演講藝術的時候，它似乎變得比實際需要的更複雜且令人生畏。過去有太多關於修辭學的書籍忽視了女性、有色人種及歷史上被邊緣化的社群的聲音，有些關於公開演講的書，會用古希臘和羅馬的生僻詞彙讓你頭昏眼花。但我要告訴你，你不需要知道什麼是交錯排列法，就能成為一個出色的演講者。歐巴馬從來沒說過：「你知道，這是一篇好演講，但它真的需要更多的交錯排列*。」

科技不斷改變我們互相交流的方式。史上第一次，我們每個人都有了擴音器，也就是智慧型手機、社群媒體和網路會議工具，我們得以立即向世界分享我們的聲音，其中也伴隨它帶來的所有力量和危險。隨著人工智慧的興起，ＡＩ正在徹底改變我們學習、創造和溝通的方式，既有無數的好處，也有潛在的危險。這可能是第一本探討人工智慧時代公共演講的書，我將分享一些想法，說明我們如何利用這項技術來提升我們的表達能力，同時仍保持偉大溝通核心的人性。

總而言之，演講藝術需要一次升級，在這個多元多變的世界中，我們需要一本新指南，一本適用於日常生活中報告、推銷、演講、敬酒和致敬的實用工具。

我希望這本書能成為你的指南。

但在開始之前，我要坦白一件事：在成為演講撰稿人之前，我從未讀過有關公開演講的書籍，也沒上過辯論課，在接下來的章節中所分享的，都是親身經歷所得出的經驗。我希望在開始自己的旅程時，也能擁有這樣一本書。

我將帶你深入白宮幕後，進入橢圓形辦公室和空軍一號，分享在歐巴馬總統作為候選人和總統期間，從他公開演講的方法中學到前所未聞的見解。你將首次聽到他親口講述，他是如何成為那位在二〇〇四年波士頓民主黨大會上，以一篇難忘的演講驚豔世界的演講者。「我們在與人溝通時都有弱點。」他在回顧自己在大會前的講者成長過程時，曾經這樣告訴我，「我的確有一些不太有用的習慣，我必須學著去修正。」

這本書還包括其他為歐巴馬總統和第一夫人蜜雪兒．歐巴馬（Michelle Obama）撰寫講稿的多位撰稿人的見解。即使我在西廂地下室無窗的辦公室裡寫出數百篇講稿（天花板上還有老鼠

＊交錯排列法是一種修辭手法，句子中後半部分鏡像反映前半部分，例如約翰．甘迺迪（John F. Kennedy）總統說過的：「不要問國家能為你做什麼，要問你能為國家做什麼。」是的，歐巴馬有時也會這麼用，例如他說過：「我的工作不是代表華府向你們報告，而是代表你們向華府報告。」然而，在更多時候，歐巴馬的言詞根植於直接而簡單的語言，這反映了他不相信領導者激勵人民的力量，而是相信人民激勵領導者的力量。（看到我剛才的句子了嗎？）

跑過），我也只是這支非凡團隊中的一員。你會看到我們是怎麼做的，但更重要的是，我們犯了哪些錯誤（有幾次我甚至以為自己會丟掉工作），我們如何從錯誤中學習，還有你怎樣才能應用這些經驗來成為一個更好的演講者。

你將聽到來自全球頂尖學者、心理學家和神經科學家的分享，他們的研究證實了這些經驗的效果。是的，公開演講是一門藝術。但離開白宮以後，我一直試圖了解演講的科學：以實證為基礎，幫助我們更好地溝通。

最終，即使我們能向歐巴馬這樣的天才演說家學習，我相信我們也可以透過互相聆聽來學習。我會介紹來自各行各業的人，他們無意中運用了本書中的經驗，在沒有專業撰稿人的幫助下，發表了許多令人驚豔的演講，其中許多還曾在網路上瘋傳，並激勵了世界各地的人們。幾乎他們所有的演講，以及歐巴馬的每一場演說，網路上都能找到。當你閱讀時，你可以休息一下，放下這本書，上網尋找這些演講，以原本應有的方式感受那些演講。觀看、聆聽、感受講者與聽眾之間的連結。

當你這樣做時，你會明白這本書中的內容為何也適用於你，無論你是誰，或你在跟誰說話。無論你是以演講為職業，或試圖鼓起勇氣第一次發言，無論你是在致詞、在工作時進行簡報、為變革發聲，還是競選公職親自推動變革。事實上，這些內容可以幫助你在各種情況下成為更有效的溝通者，無論是工作面試，還是與家人、朋友或同事的棘手對話。

當你開始將這些內容應用在自己的生活中時，我希望我們也能一起學習如何抱持更大的理解和相互尊重，與家人、鄰居、同事及其他人溝通。我們大多數人希望公共論述更文明，但似乎不知道該如何實現。我很幸運能夠與領導者一起工作並學習，包括歐巴馬總統，他們努力開創一條更好的道路。這本書同樣分享了這些經驗，因為多元民主制度若想持續下去，我們需要找到一種具有禮貌、同理心和誠實的交流方式。

所以，當我們站起來，在其他人面前發聲時，有很多事情需要注意。這可能會讓人感到害怕，相信我，我知道。但是，這是我希望你記住的第一個祕密：你已經擁有成功所需的一切，其中包括別人無法擁有的強大力量：你獨一無二的聲音。

這是歐巴馬在首次競選總統期間造訪南卡羅來納州格林塢（Greenwood）小鎮時得到的經驗。他在下雨天一路奔波，全身溼透，有點煩躁，演講廳裡只有大約二十個人。

就在他準備開口時，聽眾席中傳來一個聲音。

「動起來！」

「動起來！」其他人回應道。

「準備出發！」那聲音喊道。

「準備出發！」人們回應道。

歐巴馬不知道發生了什麼事。

喊叫持續下去，直到歐巴馬和演講廳裡的所有人都充滿幹勁，準備好了。

那天充滿活力的聲音來自地方議會議員和民權倡議者伊迪絲．柴爾斯（Edith Childs），在接下來的歐巴馬總統任期內，她的口號成了一種號召。他很喜歡講這個故事，尤其是在大型集會結束時（一位住在偏遠小鄉鎮的五十多歲黑人女性，如何鼓舞了她身邊的每個人）。

「這正好證明了聲音如何改變空間裡的一切。」歐巴馬會用更加有力的聲音這麼說，「如果它能改變一個空間，它就能改變一個城市！如果它能改變一個城市，它就能改變一個州！如果它能改變一個州，它就能改變一個國家！如果它能改變一個國家，它就能改變這個世界！」

但是該怎麼做？

我們如何找到自己的聲音？我們該如何為自己的信念發聲？我們該說什麼？我們該如何表達才能激勵周圍的人們，一起為我們想要的未來而努力呢？這正是這本書的主旨所在。那麼——要動起來了嗎？

準備好了嗎？

我們開始吧。

Part I

開始之前，
先相信自己做得到

第一章

了解自己的故事，是重要的開始

也許所有令我們恐懼的事物，在其最深處，本質上都是一些無助的存在，需要我們的愛。

——萊納．馬利亞．里爾克（Rainer Maria Rilke）

發表好演講或報告的第一步，也是許多人感到困難的地方，就是相信我們能做到，相信我們的聲音是重要的，我們應該被聽見。我們經常不相信這一點，否定自己，躲在陰影裡，不敢發聲，好好保護自己免受他人可能的拒絕。

當我猶豫是否要在芬蘭演講時，我意識到這是自己長久以來一直在做的事情。

我不是一直對公開演講感到焦慮。我在麻薩諸塞州法茅斯（Falmouth），位於鱈魚角（Cape Cod）的海濱小鎮長大，那裡的房屋覆蓋著灰色木瓦，古樸的主街上總會遇到一、兩個朋友，我的父母和公立學校的老師們總是鼓勵我勇於發言，我也樂在其中。

我在四年級時第一次「演講」，當時我打扮成甘迺迪總統進行閱讀報告。我說：「不要問你的教室能為你做什麼，要問你能為你的教室做什麼！」（很可愛，但完全沒創意。）我參加過當地退伍軍人協會舉辦的演講比賽，也曾為我們高中每週的電視新聞節目在攝影機前朗讀，並且曾當上學生會主席，主持了數場幾百名學生參加的集會。

後來我前往華盛頓特區上大學，自此幾十年都沒再演講過。

發生了什麼事？

很多人都有過相同的經歷，也許你也一樣。

害怕公開演講是世界上最常見的恐懼症之一。根據調查，許多人對公開演講的恐懼超越怕蛇、怕坐飛機，甚至超越怕飛機上有蛇。我有一位朋友，多年來每次演講前都會乾嘔。身為撰稿人，我曾與世界知名的演員和女演員合作過，有些人還曾在螢幕前全裸出鏡，但他們面對現場聽眾（穿著衣服）時仍然會緊張。國際演講會致力於幫助人們成為更出色的演講者，其會員遍布全球近一百五十個國家。在人前演講感到掙扎，這似乎是人類的天性。

為了查明原因，我聯絡了波士頓大學（Boston University）焦慮與相關疾患中心的艾倫・亨德里克森（Ellen Hendriksen）博士。她是一位臨床心理學家，專門治療社交焦慮症患者，包括極度恐懼公共演講的人。「我們都是社會動物。」亨德里克森博士向我解釋道，「我們都需要被愛、安全感和歸屬感。」她說，對於被聽眾拒絕的恐懼，可能源於我們古老的生存本能，「被拒絕曾經是致命的。如果被趕出家庭或部落，你就會身處險境，甚至可能喪命。」今日，「被**社會**排斥會讓人有種快速走向死亡的感覺」*。

我對於自己在成年後對公開演講的焦慮，開始有了更多的理解。

小時候，我在家鄉感受到亨德里克森博士所描述的被愛、安全感與歸屬感。即使在華盛頓，我也有幸結交許多朋友，並獲得許多機會，這些都應該能增強我的信心。大學在白宮實習時，我為總統比爾．柯林頓（Bill Clinton）撰寫我的第一篇演講稿**。幾年後，我在五角大廈找到第一份撰稿工作，後來成為國防部長的首席撰稿人。我與一位傑出的女性瑪麗．阿卜杜拉（Mary Abdella）墜入愛河並步入婚姻，她聰明、機智、有愛心，也是我最好的朋友。我們有兩個可愛的孩子，傑克和克萊兒，我在家裡的辦公室寫演講稿時，他們會將小手指伸到門底下扭個不停，好吸引我的注意，還會塞進紙條，上面寫著：「什麼時候做完？」

我的生活很美好。

歐巴馬總統就任後幾個月，三十六歲的我成為他的外交政策撰稿人之一，我永遠不會忘記第一次見到他的那一天。當時是在總統親信顧問大衛．阿克塞爾羅（David Axelrod）於西廂辦公室舉行的撰稿人會議中，歐巴馬上任才幾個月，我已準備好他首次在海軍學院軍事畢業典禮的致詞內容。

「新來的那個人在哪裡？」歐巴馬進入阿克塞爾羅的辦公室，一邊扔著橄欖球一邊問道。「你的演講稿寫得很好。」他握著我的手說。

我感覺如同站在世界之巔。然而，我在華盛頓這個崇尚門第、權力和財富的城市待得越久，有時候就越覺得自己稍顯不足。

顯赫的家世背景？我們家沒有。我父親的父母都是烏克蘭人，他們在二戰期間被迫到納粹德國的勞改營工作。父親斯塔克（Stach）和父母移民到美國時還是個孩子，他們定居在紐約州阿姆斯特丹的工廠城鎮，在度過部分依賴糧食券的童年後，他加入海軍，與我的母親佩姬（Peggy）相戀並結婚。佩姬是波士頓一個大家庭中的長女，信仰愛爾蘭天主教，職業是祕書。

＊ 一些研究人員認為我們對於公開演講的焦慮，甚至有可能來自遺傳。基因檢測公司 23andMe 表示，他們辨識出「超過八百個與恐懼公開演講相關的基因標記」。公司生物學家艾莉莎．雷曼（Alisa Lehman）博士告訴我，我們當中有些人「可能在基因上就有害怕公開演講的傾向」。在我撰寫這篇文章時，23andMe 尚未分析這些數據，但是未來的研究或許能從基因上找出誰更可能有這些恐懼。

＊＊ 我仍然保留著那天總統的行程表，裱了框掛在牆上：「總統訪問烏克蘭基輔之行，一九九五年五月十一日：大使館會面和致意，美國大使館體育館，批注：泰瑞．蘇普拉。」作為一個二十二歲的烏克蘭裔美國年輕人，我得掐自己一下。

財富？我們家也完全沒有。父母新婚時期，住在父親家鄉郊外一輛附帶家具的拖車裡。我出生之後，我們住在波士頓羅斯林代爾（Roslindale）一間位於二樓的小公寓，當時那一區住的都是工人。父親曾是水電工學徒，過著月光族的日子。他多年後回憶，每到星期五，「我們剩下的錢只夠買六瓶啤酒和一塊披薩」。

後來父親找到新工作，我們搬到鱈魚角南部的法茅斯。儘管以作為富人和名人的避暑盛地而聞名，但這裡還有許多自豪的常住居民，他們辛勤工作，努力養家糊口。和其他地方一樣，法茅斯也存在著不平等。我們在一九七〇年代搬到那裡時，人們跟我媽開玩笑說：「西法茅斯是舊錢，北法茅斯是新錢，而東法茅斯是沒有錢。」

我們就定居在東法茅斯。我們家位於在一條三．二公里長的大街上，這裡有數百棟房屋，大多是在夏天出租的度假小屋。每天早上父親都會用一把螺絲刀啟動他的老式雪佛蘭。我和兩個妹妹即將上大學時，爸爸接了更多的水電工作，媽媽則在我高中的餐廳廚房工作，晚上擔任夜校祕書，後來又到鎮上的圖書館工作。

透過佩爾助學金（Pell Grants）、工讀薪水和獎學金，再加上一些幫人除草以及在一元商店打工賺來的積蓄，我很幸運地進入華盛頓特區的美利堅大學（American University）就讀。這是一所出色的學校，有世界級的教授，還給了我改變人生的機會。我進入白宮和美國參議院實習，前往國外交流期間還曾到英國議會實習。

然而，在我職業生涯的每一個階段，身邊似乎都有許多同事畢業於常春藤聯盟。華盛頓在許多方面感覺都像是由出身國內頂尖學校的菁英所掌管，任何對話遲早都會導向「你在哪裡讀大學或研究所」（然而我並未讀過研究所）。當你回答時，幾乎能感覺到自己正被衡量，並被分配到階級中的某個位置。

說實話，最初寫演講稿只是退而求其次的選擇。大學時，我夢想成為一名律師，並想像自己在最高法院針對足以創造歷史的案件進行辯論。然而我並未錄取任何一間法學院，每間學校都落榜了。我從不擅長標準化測驗，我的法學院入學考試（Law School Admission Test，LSAT）成績也不理想。

當我準備重考LSAT時，我獲得在五角大廈撰寫講稿的工作。我很享受這份工作，並萌生了不同的夢想：或許有一天我能為總統撰寫講稿，向世界講述美國的故事。如今，我的夢想成真了。

儘管如此，我還是像大多數人一樣，常常過於關注自己缺少的事物，而不是相信自己。我把這件事隱藏得很好，但是我內心深處總覺得有人比我更有資格、更有經驗、更有能力，或學歷更好。

那是我的故事，至少是我經常告訴自己的故事。

為了鼓勵我，我那才華洋溢的藝術家妹妹艾麗卡（Erica）寄給我一本史蒂芬．帕斯費爾德

（Steven Pressfield）的書《藝術的戰爭》（*The War of Art*）。作者身兼作家和編劇，他在書中談到自信和創造力會面臨的阻礙，並警告讀者不要透過與他人比較來定義自己。他寫道，一個「根據自己在階級中所處的位置來定義自己的人，只會透過他在這個階級中的排名來評價自己的幸福、成功和成就」。

我意識到自己在大部分的職業生涯中都在做這件事。懷疑的聲音總是存在，尤其在我少數嘗試起身在他人面前發言時，這種聲音最為強烈：

你根本無法勝任。

你會搞砸的。

他們會評判你。

當我思考是否要前往芬蘭發表演講時，仍然聽到那個聲音。幸運的是，此時我也想起了另一個來自歐巴馬總統的聲音。他曾對我說過他早年的掙扎，無論是對於自我認同還是作為一個演講者，以及他如何努力變得更好。

歐巴馬也曾在演講中「突然卡住」

一九八一年，洛杉磯西方學院（Occidental College）的學生舉行了一場反對南非殘酷種族隔離政策的集會，當時十九歲的大二學生歐巴馬是第一位發言者。然而，他才剛說了幾句話，兩位假扮成南非安全部隊的學生就衝上前來，將他強行帶走。這是一場以政治戲劇形式來突顯反種族隔離運動人士受到壓迫的行動。

「整件事情就是一場鬧劇。」多年後他解釋道，而他的「一分鐘演講」是「這場鬧劇中最荒謬的一部分」[1]。

「這是你最後一次聽到我演講了。」他告訴一個朋友，「我沒資格為黑人發聲。」

幾十年後，我問歐巴馬當時是什麼意思。他告訴我，他在集會上的感受，「有一部分」來自於他對種族認同的掙扎：他的母親是來自堪薩斯的白人，父親是來自肯亞的黑人，而他主要是由白人祖父母撫養長大。然而，那些感受更多源於他更大的疑慮，包括他對自己在世界上的定位，以及他的聲音能否帶來影響。

「我認為一段有效的演講，至少對我以及我認為具說服力的大多數人來說，來自發言者是否對自己和自己的信念有清晰的認識。」他說，並回憶起那天的校園集會，「當時的我還是一個年輕無知的小夥子，正在努力尋找自我和信仰。我那時十九歲，心中納悶：『我配站在聚光燈下嗎？當我仍在摸索自己是誰以及我代表什麼的時候，我對這個議題有什麼具體的意見可以發表嗎？』」那次集會給了歐巴馬一個發聲的機會，但回想起年輕時的自己，他說：「那時我還沒準備好。」

大學畢業後，歐巴馬有時會遇到和前述問題截然相反的狀況。並非缺乏自信，而是可能過度自信。他曾在芝加哥南區的教會擔任好幾年的社區組織者，他告訴我：「那時我已經習慣在眾人面前發言。我天生就不容易緊張。」直到有一天，他的自負成為了致命傷。他說了一個我從未聽過的故事。

「我記得很清楚。」歐巴馬說。他二十四歲時曾在芝加哥市中心一棟高樓中的會議室進行募款演說，當時台下坐滿了慈善家。他回憶道：「那時我相當自負，沒有記下演講內容，以為自己走進房間就可以即興發揮。結果我大錯特錯。那群人穿著西裝，而我看起來有點邋遢和格格不入。在我開始演講約莫四、五分鐘後，我突然卡住，整個思緒都亂了。」

「為什麼？」我問。

「我和一群不認識的人一起待在一個我不熟悉的環境，而且涉及一些利害關係。」他需要資金來維持社區組織工作。

「我糟透了。」他說，「我有點緊張冒汗，吞吞吐吐，卡住了，講得也不太連貫。」

我問他是否記得那種感覺。

他一開始開玩笑地說：「我只想忘了這件事。」然後他若有所思。

「我感覺，」他停頓了一下尋找詞語，「又笨又尷尬。」

那麼，歐巴馬是如何變得更好的呢？

他告訴我，有四段經歷形塑了他「公開演講的風格」。

每個人都有一段神聖的故事

在募款演說中「突然卡住」之後，歐巴馬繼續擔任社區組織者，而這份工作把他帶到了教堂的地下室。在這裡，他第一次學到如何發表有效的演講。

「有時，聽眾只有十二個人。」他說，「但是，經過一步步的努力，面對更多聽眾為我建立了與他人溝通時基本的自信。」在這過程中，他學到了「交談前先傾聽」，這是溝通中最重要的一課。

他回憶他在地下室對著社區居民和領袖的發言：「既是報告也是對話。最出色的演講者會與聽眾對話——並不是對著他們**說教**，而是進行交流，而這包括傾聽他們覺得重要的事。那些對話幫助我了解我們如何為自己的人生拼湊出一個故事，關於我們的生活、對我們來說重要的事、我們來自哪裡、將去往何方、要如何定義我們的價值觀，以及我們的恐懼和失望。」

「每個人都有一個神聖的故事。」他說，「一個觸及他們本質的故事。而傾聽他人的故事使我更了解自己。」

除了在那些教堂地下室傾聽他人的故事，他也在樓上的講道壇學會了如何成為一個更好的演講者。「你知道對我來說，誰是好教練嗎？」他說，「我曾和那些黑人牧師一起在教堂裡，那位在臨街小教堂工作的牧師，白天在巴士公司上班，星期六則來到教堂。你看著他對著一百人的小群眾講述故事，那是一種強大的傳統，一種特殊的口述歷史，一種講故事的能力。牧師們知道如何布道，而在一旁觀摩就讓我學到很多。」他說，在他所有學習說話的經歷中，聽芝加哥的牧師們布道「可能是最有價值的」。

幾年後，他終於得到了第一次展示自己所學的大好機會。

當時他已是一名二十八歲的哈佛（Harvard University）法律系學生，並獲選為《哈佛法律評論》（*Harvard Law Review*）的總編。他的其中一項責任是在《哈佛法律評論》年度晚宴上發表演講，並介紹年度獲獎嘉賓：民權運動的象徵人物，國會議員約翰．路易斯（John Lewis）。「他是我小時候的英雄之一。」歐巴馬告訴我，「我要確保自己能公正地說出他的事蹟。」

「這是我第一次在陌生的大眾面前發表重要的公開演講，這個場合對我來說非常重要，演講主題也是我所關心的領域。我花了很多時間思考自己要說的內容，寫好講稿並背了下來。然後我開始向幾百名聽眾進行大約五到七分鐘的簡短演講。」

在他的記憶中，歐巴馬談到了法治的重要性，並向維護法治的律師、教授和學生致敬。作為第一位獲選為《哈佛法律評論》總編的非裔美國人，他談到了自己的旅程。他又向路易斯致以由衷的敬意，路易斯因勇敢地為民權奮鬥而遭受殘酷的毆打和監禁，正是這些犧牲讓歐巴馬能夠站在那個講台上。演講似乎開始發揮效果。

「這是我第一次感覺到『我掌握了聽眾，我打動了他們，我講了一個讓他們產生共鳴的故事。』」歐巴馬說道，「素材、時機、呈現方式」，一切水到渠成*。

歐巴馬開始找到他的聲音了。在接下來的十年裡，他持續致力於精進演講技巧。而在芝加哥大學（University of Chicago）法學院任教是形塑他演講風格的第三段經歷。即使在伊利諾伊州參議院任職期間，他仍在芝加哥大學法學院開課，講授憲法、公民權和選舉權。「我站在學生面前，心想：『我絕對不能搞砸這次授課。』」他回憶道，「我在那裡學會自在地與人進行長時間的對話。」

而形塑歐巴馬演講風格的第四段經歷，則是他早期的競選活動。這段經歷增進了他的溝通能力。他在市政廳和教堂對選民發表演說，也在春田（Springfield）的參議院會議廳演講，並於二

---

*歐巴馬在晚宴上的演講似乎已經被歷史遺忘。他告訴我那場演講沒有留下講稿，而《法律評論》的代理人們也說找不到有關那晚演講的任何紀錄。

〇〇〇年競選國會議員，而這是他唯一一次敗選的選戰。他說：「我剛開始競選國會議員時，在包括辯論和即興發言的某些場合，我傾向於不講故事，而是羅列談話重點、事實和政策。結果我過於抽象、學術，並因此講得太冗長。我缺乏足夠的經驗。我還需要學習如何在高壓的情況下向一大群陌生人，即興發表有效的演講。」

四年後，經過大量練習，他在準備迎接迄今為止的人生中最高壓的時刻，運用了畢生所學的經驗和教訓。

在二〇〇四年波士頓民主黨全國代表大會上，作為演講撰稿志工，我耳聞主講人是一位來自伊利諾伊州的州參議員（而我以前從未聽說過他）將會表現出色。於是我也在演講即將開始時來到會場，周圍是一片紅、白、藍色的代表者人海。

歐巴馬走上台，微笑、鼓掌、向聽眾揮手，調整麥克風，然後開始演講，向在場的我們和數百萬在家收看的聽眾自我介紹。

> 我的父親是外國留學生，在肯亞一個小村莊出生長大。他小時候要牧羊，在一間鐵皮屋頂的小屋裡上學。在美國求學期間，父親遇見了我母親。她出生在世界的另一端，一個堪薩斯小鎮。他們為我取了一個非洲名字，巴拉克，意為「祝福」，相信在一個包容的美國，你的名字不會成為成功的阻礙。

我四周的群眾歡聲雷動。

「今天我站在這裡，感謝我的多元文化背景。」他繼續說道，「我站在這裡，知道自己的故事是美國偉大故事的一部分，我欠所有先行者一份恩情，若是在世界上任何其他國家，我的故事都不可能成真。」

當時我沒有意識到，但接下來的十六分鐘裡，歐巴馬多年來所學的所有演講技巧都展現得淋漓盡致。他講述了在伊利諾伊州家鄉聽到的故事，並在某些時候以講道壇上布道者的節奏說話。他沒有對著我們聽眾講話，而是與我們對話交流。他沒有列舉枯燥的論點和事實，而是講述了一個更大的故事：關於我們作為一個國家、我們的價值觀、我們從何而來，將去往哪裡（當他即將結束演講時，聲音變得激昂）。

> 然而，就在我們說話的同時，有些人準備分裂我們。今晚，我要告訴他們，沒有自由派的美國和保守派的美國，只有美利堅合眾國。沒有黑人美國、白人美國、拉丁裔美國或亞裔美國，只有美利堅合眾國。

我從沒聽過有人這樣說話：一個人如此坦然地將我們的多元視為值得讚揚和培養的優勢，而不是被政治利用的弱點；他不僅為這種多元發聲，還親身展示了這一點，稱自己為「那個名字怪怪的瘦小子，相信美國也有他的一席之地」。

「這是毫無疑問的。」多年後他的顧問阿克塞爾羅告訴我，「如果歐巴馬多年來沒有深入思考自己的身分認同，他就不可能發表那段演說。他知道自己是誰，也理解自己的故事如何塑造了他。」

他是個很有影響力的演講者，因為**他了解自己**。

我在考慮是否去芬蘭發表演講時，想到了歐巴馬的經歷。而且，當我越認真地回想歐巴馬作為演講者，從起初苦苦掙扎到努力進步的成長過程，我就越覺得也許我也可以變得更好。

我也從在電視上看到的一位名叫布雷登．哈靈頓（Brayden Harrington）的男孩身上找到了靈感。

你的不完美是你的天賦

在二〇二〇年的一個夏日，十三歲的哈靈頓接到了一通令他難以置信的電話。他受邀至有數百萬名聽眾觀看的全國電視上發表演講。

後來他回憶說：「我嚇到了。」

哈靈頓在新罕布什爾州的巴斯克文（Boscawen）長大，是一個相當平凡的孩子。他閒暇時會和朋友們一起玩球，或是看波士頓塞爾提克隊的電視轉播。在學校，他喜歡英語和科學，而且成績優異。

任何人對著全國電視聽眾發言，都會感到非常緊張，而且哈靈頓只是一個孩子。「我對自己還是沒什麼信心。」他回憶道。而且對他而言還有另一個挑戰：哈靈頓有語言障礙。

其實，那就是那年夏季民主黨大會組織者發出邀請的原因。幾個月前，為總統競選活動到訪新罕布什爾州的喬．拜登（Joe Biden）見到了哈靈頓，他們相識的影片在網路上瘋傳：兩個有口吃的人因共同的困境而建立了連結。

現在，哈靈頓感到糾結。他很榮幸能夠受邀在這麼盛大的活動中演講。但是，他也想起在學校說話結巴的痛苦記憶，以及孩子們的竊笑。「有時候，他們會嘲笑我。」他擔心在全國電視上發言會更加糟糕，「我害怕別人會怎麼看我。」

在接下來的幾天裡，哈靈頓一直在掙扎該怎麼做。他越想越覺得：「我可能會激勵很多人。」於是他決定開口。

在接下來的幾週裡，哈靈頓和他的家人努力改善他的演講，大會的撰稿人也協助他修改講稿。他的妹妹安娜貝爾（Annabelle）建議在講稿中加入一句話：「我們都希望世界變得更好。」哈靈頓便將它加了進去。他一天大聲朗讀超過二十次，但是隨著演講日即將來臨，壓力變得太大了。

「我當時就是說不出話來。」他回憶道，「我崩潰大哭。」

哈靈頓的父母說他可以不必演講，但他下定了決心。「我希望像我一樣有語言障礙的其他孩子能相信自己。」

因為新冠疫情，那週的大會在線上舉行，哈靈頓和他的家人聚集在他的臥室裡，那裡架設了一台攝影機來錄製他的演講。他的弟弟卡姆登（Camden）在旁邊搞笑扮鬼臉，幫助他放鬆下來。

哈靈頓手握講稿，深吸一口氣，挺直腰桿開始說話。一開始他有點結巴，再次嘗試後依然如此。於是他重新開始。休息一下再回頭嘗試，幾次之後，他終於成功了。幾天後，他的臉出現在全國各地的電視上。

「你好，我叫布雷登．哈靈頓，今年十三歲。」他開始說，微笑時牙套還在閃閃發亮。穿著粉紅色T恤的他放鬆地坐在書桌和課本前，談起他與拜登的會面，拜登說他們是「同一類人」。

「我們……」哈靈頓停頓了一下，深深吸了一口氣，低頭看著手中的演講稿，但下一個字怎麼也說不出口。

哈靈頓看向鏡頭外，他發出嘶的一聲，閉上眼睛，彷彿要把這個詞從嘴裡拉出來，但還是說不出口。他再次深吸一口氣。

終於，他說出來了。

「……會結巴。」

每說幾句話，他就會卡住，但每次哈靈頓都會堅持下去。「我們都希望這個世界變得更好。」他說著，同時安娜貝爾在房間另一端驕傲地露出微笑。「我們都**需要**這個世界變得更好。」

哈靈頓的演講大約只有兩百個字，過程不到兩分鐘，但他在幾年後接受我的採訪，談論那次演講的準備過程時說：「這是我這輩子做過最可怕的事。」他說，自己之所以有勇氣演講，是因為記住媽媽常對他說的話：「你的不完美是你的天賦。」

不久，來自世界各地的人都感謝哈靈頓分享他的天賦。他的演講在網路上瘋傳並出現各種主題標籤，包括 #BraydenHarrington2044。

「這些年來，我對自己的語言障礙感到更加自在。」他告訴我。「我不認為這會定義我，我相信你可以將生活中可能不好的，或令你受傷的事物轉變成好事。」

「有很多人因為害怕而不敢發聲。但如果有機會，不妨把握住，因為你要說的話很重要。」

你的故事值得讚頌

歐巴馬身為演說家的成長經歷以及哈靈頓面對恐懼的勇氣，都給了我們一個重要的啟發：天生就能言善道的人並不存在。公開演講是一項技能，像其他技能一樣可以學習和磨練，而這必須從我們對自己講述自己的故事開始。

隨著時間，我努力更加了解自己的故事，並為之感到驕傲。不是我長期以來在腦海中聽到的那個將自己與他人比較，並以自己不具備的特質來自我定義的故事，而是真正的我是什麼樣的人、我的故事如何塑造了我。如果要我說自己參與了什麼更宏大的故事，那就是在周圍人們的愛與支持下，我們總能在工作、生活和任何我們所專注的事物上有所進展。

這就是為什麼我無比感激我的父母，他們縮衣節食，兼差以支撐我們的家庭，也讓我和姊妹們有機會接受大學教育。我感謝包括歐巴馬在內所有耐心的導師們，他們教會了我新的傾聽、寫作和溝通方式。今日，我才能回顧一段自己從未想像過的旅程：一個出身工人家庭的孩子，能進入白宮工作，幫助總統向世界各地的人傳達將我們緊密連結在一起的價值觀和希望。

那就是我終於開始講述的、我自己的故事。這花了我很多年，比預期中更久，但我終於找到了。在我考慮是否去芬蘭演講時，我開始聽到另一種聲音：

你的故事很有價值。

你的聲音很重要。

你理應和其他人一樣站在那個舞台上。

珍愛我們的故事，因為我們都需要的安全感、愛和歸屬感，始於我們內心深處。這很簡單。然而，許多人依然為此掙扎。我們的疑慮和不安，我們的痛苦和創傷，經常在年輕時期形成，扭曲了我們對自我的認知，讓我們無法察覺自己獨特人生的美麗。我們相信那些真實或虛構的階級結構，使我們認為自己相比於其他人不夠有價值，或不值得被關注。

不過正如你將從這本書中了解到，你不必出身於富裕家庭、居住於最好的社區、就讀於最頂尖的學校，也不必是組織中最有資歷的人，也能夠站起來發言，打動人心，甚至改變他人的想法。只需要相信你有話要說，而且你就是那個應該說出來的人。

我終於決定相信自己。我已經厭倦每次一遇到公開演講就害怕，是時候賭一把了。我打電話給在芬蘭的穆斯塔卡列奧，告訴他我的答案。

「我參加。」

接下來的幾個月裡，我努力回想作為撰稿人時學到的所有經驗和教訓，並運用它們來準備我的演講。在接下來的章節中，我也將與你分享。

重點討論

在歐巴馬總統發表重要演說的前一週左右，我們一群撰稿人會走進橢圓形辦公室，坐在淺棕色的沙發上，膝上放著筆記型電腦與筆記本。歐巴馬通常會坐在壁爐旁的棕色皮革扶手椅上，雙腿交叉，背後一幅喬治・華盛頓（George Washington）的大型畫像俯視著我們。我們稱這種聚會為「重點討論會」。總統會在這樣的會議中告訴我們，他想在演講中達成什麼目標，以及希望我們撰稿時記住哪些重點。

在本章內容中，我希望你在準備演講時能記住：

- **沒有人天生就能言善道。**公開演講是一項技能，和其他技能一樣，你可以學習如何做好並精進它。
- **完成任何好演講或好簡報的第一步，是相信你自己可以做到。**要相信你有話要說，而且你就是那個應該說出來的人。
- **忽視你腦海中懷疑的聲音。**每個人都有神聖的故事，你的故事是值得珍視的，你的聲音很重要，你理應和其他人一樣，站在那個舞台上。
- **有效的溝通始於你對自己講述自己的故事。**在你開口前，必須先了解自己是誰，以及你的信念是什麼。空出一些時間，找個安靜的地方，然後問自己這十個問題：

我是誰？
我從哪裡來？
我的目標是什麼？
對我來說，什麼是重要的？
什麼價值觀指引著我？
我相信什麼？
我為什麼做這份工作？
我的失望與恐懼是什麼？
我希望在人生和工作中達成什麼目標？
我的生活和工作如何能成為一個更宏大的故事，將人們凝聚在一起？

仔細思考你的答案並把它們寫下來。隨著你的人生進展，或許有些目標達成了而有些未能如願；隨著你的希望和夢想不斷演變，請重溫這些問題並更新你的答案。當你這麼做的時候，我相信你會開始發現自己的自信和聲音，你不僅會了解自己的故事，甚至熱愛它，並準備好將它與他人分享。

第二章
說出只有你能說的話

雖然我們如何受苦、如何歡愉以及如何勝利的故事並不新奇，但總是值得一聽。

——詹姆士·鮑德溫（James Baldwin）

歐巴馬在上任第二年，以美國總統的身分發表了一場極為不尋常的演說。當時他正造訪印尼。由於他兒時曾與家人在此居住過一段時間，印尼人如同迎接故人般歡慶他的歸來。這趟旅程的情緒最高點發生在雅加達，當時他對著幾千名大學生發表演講。我和其他工作人員一起站在一旁，看著歐巴馬以他兒時習得的印尼語分享了他在這座城市成長的回憶。

「謝謝！」他開始演講。

「早安！」他說道，聽眾興奮地回道早安。他又回：「祝你們平安！」

「我回到家鄉了！」他補充道，引來熱烈歡呼。

「讓我先從一個簡單的聲明開始：印尼是我的一部分。」雷鳴般的掌聲幾乎把屋頂都掀翻了。歐巴馬談起他小時候乘坐的三輪車和小計程車，以及他曾居住的社區：門騰達拉姆（Menteng Dalam）。當他提起這個社區時，來自那裡的聽眾熱烈地歡呼。他回憶從街頭小販那裡購買當地的沙嗲和肉丸，並模仿他們招攬顧客的叫賣聲：「沙嗲！肉丸！」「好吃吧？」他隨口說道。

演講才開始幾分鐘，聽眾已經陷入瘋狂。我找到了總統的首席外交政策演講撰稿人班・羅茲（Ben Rhodes），他與歐巴馬合力撰寫了這些內容。

「美國歷史上從未有任何一位總統發表過這樣的演講！」我大聲喊叫，蓋過了歡呼聲。

「再也不會有其他總統發表這樣的演講了！」羅茲大聲回應道。

我合作的講者們最常問我的一件事是：「我應該說什麼？」

答案很簡單：發表只有你能發表的演講。賦予它人格，講述只有你能講述的，尤其是你自己的故事。這就是為什麼我們在前一章學到的「了解自己的故事」（你是誰以及你的信念是什麼），是如此重要。只要你掌握這些要素，就可以與聽眾分享。

這就是歐巴馬在雅加達、波士頓民主黨大會以及其他演講中所做的事，他分享了自己「不可能的旅程」。這就是為什麼對我們的撰稿團隊來說，每一次演講都是一個自我提問的機會：有什麼是只有歐巴馬可以、而其他人都無法說出的事？

我準備演講時，都會回想造就歐巴馬的所有事情。他的血統分別來自出身肯亞的黑人父親以及出身堪薩斯州的白人母親。他信仰基督教，父親的家族則有先祖是穆斯林。他的名字是巴拉克．侯賽因．歐巴馬。他年輕時在文化多元的夏威夷和印尼長大。他有許多親戚遍布全球，包括表兄弟姊妹和阿姨叔叔們，第一夫人因此曾開玩笑說：「他們就像是一個『小型聯合國』。」他是美國第一位非裔總統。

然後就是基於他身為非裔美國人的經歷所塑造的世界觀。他談到即使美國有時未能完全實現建國時的理想，他仍相信「美國的偉大」，並且我們必須繼續努力維護所有人的平等。作為撰稿人，我們經常將這些線索，也就是只能由他來講述的個人故事，編進他的講稿中。

現在，你可能在想：**但是，公開演講最基本的原則不就是講述「與講者本身無關的事」嗎？**我一直認為這個說法太過簡化。當然，你的演講不應該只圍繞著你個人或只談你想談的，沒有人想聽自戀者說話（這裡有個訣竅，當你擬好講稿後，數數看你說了多少次「我」、「我的」、「我自己」，然後盡可能刪除）。你需要深入思考你的受眾以及他們想聽到的內容（詳情見第四章）。

但你是演講者，最好的演講往往與講者個人的經歷有關。你的演講是否成功，能否打動並激勵你的聽眾，取決於你在那一刻展現了什麼。

這麼做為什麼有效？

有幾個原因說明為何講述只有你能講述的故事如此重要。

你的聽眾想聽你說話

聽眾想要的是原創性和真實性。如果你受邀到某地演講，那是因為有人認為你可以分享一些獨特的見解。你的聽眾想要**你**。如果你**選擇**站起來發言，例如在社區會議上，你的聽眾不希望你重複先前的講者已經說過的話。他們期望你提供一些不同的東西：**你的**觀點，**你的**信念，**你**認為需要做的事情。

談論自己比較不可怕

發表只有你能做到的演講能降低對公開演講的恐懼，我曾在與我合作的演講者身上見過這種情況。在分享自己生活中獨特的故事時，你比任何人都了解那些故事，而且說這些故事的最佳方式，就是用你想要的方式來表達。那是你的記憶，你的經歷，沒有人能說得比你更好。

親身經歷的事可以拯救你

以自身經驗為基礎的內容能有效地避免在講台上發生災難。想像一下，你需要進行工作簡報、在市政會議上發言或在宴會上發表祝酒詞或悼詞，你仔細思考了自己想什麼並把它寫下來進行練習，但是當時間到了，你卻是最後一位講者。當你坐著等待上台時，你聽著前面的演講者一個接一個地說出你原本打算說的內容，心裡開始感到驚恐。他們把你的話完全搶走了，這表示你說的話並不獨特。如果你的演講和別人一樣，你就無法脫穎而出。

有一個簡單的方法可以判斷你的演講內容是不是只有你能提供：想像由別人來講述這些內容。如果另一個人能站起來念出你的講稿，而且情境依然完全合理，那麼你的內容很普通，並不屬於你個人。如果你發表普通的內容，那麼亞伯拉罕・林肯（Abraham Lincoln）對《蓋茲堡演說》（*Gettysburg Address*，為林肯最知名的一場演說，旨在哀悼蓋茲堡戰役中陣亡的將士）的誤判將發生在你身上：「世界將不會多加注意，也不會長久記住」你所說的話。

想要脫穎而出嗎？你需要與眾不同。

你將更有說服力

我曾經問歐巴馬該如何成為有說服力的演講者。他的回答是：「取決於演講者的發言是否基於信念、經驗或某種知識的基礎，以及他們是否因為立足點穩固進而流露出肯定和真實性。」

我們在談論自己所熟悉且關心的人、地方、社群、事業和公司時，表現得最好。我們能因此更加放鬆地露出微笑，表情也會更加明亮，因為分享那些我們熟知且喜愛的故事讓人感到愉快，我們會表現得更自信和可靠。

談論自己能讓你被記住

研究顯示，當一個道德觀念、一段訊息或一則教訓以故事的形式來傳達時，聽眾更有可能記住它[1]。幸運的是，你擁有不只一個其他人沒有的故事。這個星球上有數十億人，但沒人經歷過你的生活，也沒人走過你的路。你的演講內容就和你一樣獨特。

小心使用AI

我強烈建議你不要依賴AI工具來撰寫演講或簡報，特別是那些應該具有個人色彩的內容，因為你自己的故事具有獨特的力量。是的，AI工具很厲害，它們可以合成大量資訊，以驚人的速度幫助你生成第一版草稿。

但要記住，AI工具只是資料整合者。你利用它獲取的內容，本質上**不是原創的**；它是有關特定主題現有內容的集合體。它本身不了解你經歷過的生活：你的經驗、價值觀和信念，而你的觀眾想聽到你的聲音，不是AI的。他們要的是真實性，而不是由演算法生成的詞語。

還要記住，AI工具的表現取決於你的提示詞品質。要求它「為我最好的朋友寫一篇五百字的婚禮祝賀詞」，它會給出一份可以適用於任何人的草稿，因為它並沒有針對某個特定對象。它對你最好的朋友一無所知。

沒錯，你給它的提示詞越多，提供的細節越詳細，它生成的草稿就會越個人化。我聽說有些人花好幾天打字，寫出長達數百、甚至數千字的提示內容，我的想法是：如果你費這麼大的功夫告訴AI要寫什麼，然後不斷給它更多的提示詞來糾正它的錯誤，並修改到你滿意的程度，也許自己寫會更好、更快。

你將啟發你的聽眾

如果你要向聽眾尋求某種支持，說出只有你能說的話也是吸引聽眾支持你最有效的方法之一。歐巴馬在訪問越南期間證實了這一點。在胡志明市一個會議廳裡巨大的美國和越南國旗下，他向一群年輕人發表了簡短的開場致詞，隨後接受提問。一位頭髮染有一抹黃色的年輕導演問他關於故事的力量。以下是歐巴馬回答的部分內容：

> 作為一名領導者，我了解我們有時會以為人們的動機只來自金錢或權力等具體誘因，但人們也會從故事中獲得啟發，那些人訴說對自己而言重要的事物、生活、國家和社區的故事。無論你從事什麼領域，無論是商業、政治或是非營利工作，傾聽並詢問他人的重要故事是值得的，因為你通常能夠發現他們的動機。當我們聚在一起做重要的事情時，通常是因為我們編織了一個能夠說明我們為什麼應該合作的好故事。

傑出的演講者都很會說故事。而最引人入勝的故事往往來自於我們自身：我們是誰、來自哪裡、為什麼我們要做我們的工作。

一如接下來的篇章中即將提及的演講者所示範的，前述技巧適用於任何形式的演講或簡報。

揭露你的動機

「蘇珊・科曼（Susan Komen）是我的大姊，也是我最好的朋友。」南希・布林克（Nancy Brinker）停頓片刻，凝視著宴會廳裡的乳癌倖存者、倡議者和研究人員，接著說道：「而且我每天都想她。」

在接下來的幾分鐘裡，布林克分享了她和姊姊在伊利諾伊州皮歐立亞（Peoria）一起成長的經歷。科曼當選返校日皇后，因為「她深受大家喜愛，而且她本性友善。」科曼進入大學後開啟了模特兒生涯，與大學時的戀人步入婚姻並育有兩個漂亮的孩子。然後科曼聽到了任何女性都不願意聽到的噩耗：「你得了乳癌。」

布林克帶領聽眾進入科曼奮力求生的過程中最親密的時刻。三年的抗癌生活，九次手術、三輪化療嚴重摧殘了她的身體。在她生命的最後幾天，科曼失去了美麗的棕色秀髮，大部分時間都臥床，講話也很吃力。「她當時只有三十六歲。」布林克說，「她留下了悲傷的丈夫和兩個年幼的孩子。」

房間裡一片寂靜，只有幾個聽眾壓抑的哭泣和擦眼淚的聲音。我也在場，從後面觀察，因為我最近開始協助布林克撰寫她的演講稿。其實，她並不需要我的幫助。多年來，她一直發表著不同的演講內容，在分享失去姊姊的痛苦後，布林克轉而說明她當天為何要進行這場演講。

「我們必須談談『乳癌』這個問題。」她回憶起科曼在臨終前某一天向她低聲說道，「這必須改變，女人才會知道，她們才不會死，答應我，南希。」

「我保證，蘇西。」她回答道，「即使這會花費我的餘生。」

在失去姊姊兩年後，布林克成立了一個以科曼為名的乳癌基金會。她走遍全國，向任何願意傾聽的人講述她的故事，即使在她自己與乳癌搏鬥時也沒停下腳步。隨著時間的推移，她的組織蘇珊．科曼乳癌基金會（Susan G. Komen for the Cure）掀起了一場全球性的運動。各地都有人穿著科曼最愛的粉紅色，數以百萬計的人參加了防治乳癌健走活動（Race for the Cure），共同提升防癌意識，並為研究和治療籌措資金。

大約二十年前我開始與布林克合作，當時她的演講經驗就已經比我的撰稿生涯還要豐富許多。這是我第一次與非營利組織合作，而當時我犯了一個永生難忘的錯誤。

布林克準備在醫學研討會上發言，但她的講稿太長了。我覺得台下的科學家們會對最新的乳癌研究更感興趣，於是我刪減了關於科曼的開場故事。

布林克拿到草稿後，立刻打電話給我。

「蘇珊的故事在哪裡？」

「這演講太長了。」我解釋道，「我試著精簡內容。」

她馬上向我說明：「蘇珊是我們的故事，也定義了我們是誰，是讓我們即使在醫學研討會上也能與眾不同的原因，也是人們之所以想加入我們的理由。」

她是對的。沒有其他人能講述科曼的故事。在眾多致力於乳癌防治的組織中，兩姊妹之間的承諾使科曼獨一無二。這也是以蘇珊・科曼為名的基金會能籌措數十億美元用於宣傳、治療和研究，並幫助拯救無數女性生命的原因之一。

此後我再也不會跳過科曼的故事。

在你發言時，尤其當你想尋求聽眾支持你的事業，絕不要錯過向他們分享動機的機會。向他們說明為什麼這個議題或事業對你如此重要。

展現你的熱情

幾年前，我接到來自維吉尼亞一家高科技公司創辦人兼執行長的電話。他對自己的公司大致上感到滿意，公司規模已經成長到擁有七十五名員工，業務範圍遍布約三十個國家，迄今為止銷售額達到兩億美元。然而，他仍覺得少了點什麼。

我稱這位執行長為約翰，他說：「我們的客戶喜歡我們的產品，但我不認為他們真的知道我們與眾不同的地方，我也不認為每個員工都非常了解我們提供的所有服務，無論內外，我們都需要更好地闡明我們是誰，以及我們在做什麼。」

在接下來的幾個星期，約翰帶我深入了解他們公司，這家公司為美國外交部和駐外美軍建造高性能衛星通訊系統。我們參觀了機密區域以外的工廠，仔細研讀市場資料，並與員工交談。接著我們一起坐在會議室裡，我向他提出各種問題。

「**為什麼**你創辦這間公司？」

「你**如何**創辦這間公司的？」

「創辦這間公司有什麼**感覺**？」

「你曾經害怕失敗嗎？」

「你面臨過最大的挑戰是什麼？」

「你如何克服？」

「是什麼讓你們公司與競爭對手不同？」

隨著約翰逐一回答每個問題，我了解到他的公司不僅是一家由富有投資者資助的大型科技公司。他和妻子在地下室用個人積蓄創業，親手組裝通訊設備。

這是一個經典的美國成功故事：企業家冒險、焚膏繼晷地努力，在夜晚輾轉無眠地不斷思索是否能夠成功。此外，他有許多員工都是退役軍人，他們現在提供的設備能幫助仍在戰場上的戰友們保持安全。

但那不是約翰講的故事。他當時是這樣描述公司：「一家諮詢和系統整合公司」，提供「系統管理」和「數據解決方案」。這是百家企業都能說且正在說的故事，千篇一律，不獨特也不吸引人。

我們合作，共同創造新的方式來說明他們提供的服務。他不再說他們是「顧問公司」，而是開始講述公司創辦的過程，是「由夫妻攜手創立的典型新創公司，從地下室起家，僅用了二萬五千美元的個人積蓄」，並且提到「我們仍然受到同樣的創業精神驅動」。

他不再用「數據解決方案」這個詞，而是具體描述公司的服務，並表示這些服務將能「隨時隨地確保任務成功」。他不再稱呼他的員工為「經理和員工」，而是驕傲地說他們大多是「自豪的退伍軍人」，並強調他們「知道我們的客戶依賴我們的重要技術，因為我們的生命曾經也仰賴於他們」。這是一個關於家庭、創業、服務和同袍情誼的故事。

約翰開始訴說這個故事，而新故事在公司內引起的漣漪效應（ripple effect）讓他感到驚訝。「我們的員工更加了解公司的起源，以及他們的工作如何滿足更大的使命，這提升了士氣。管理層也能更好地向客戶闡述我們與其他公司有何不同。」更好的故事甚至有助於贏得更多合作機會。

「我理解你們的理念。」約翰記得一位新客戶這樣說。接下來幾年內，其中一個新客戶就讓銷售額成長了五〇％，並幫助公司順利完成併購。

約翰說：「作為執行長，你也許在財務上很擅長經營企業，但如果你無法清楚闡述你的故事，可能會影響公司的估值。良好的資訊傳遞和健全的財務狀況密不可分。」

說出只有你能說的故事，無論你在哪個領域都能脫穎而出。

分享你的旅程

離開白宮一年後，我加入了一個由美國人、加拿大人和墨西哥人組成的團隊，他們致力於為北美申辦二〇二六年國際足總世界盃（FIFA World Cup）。在某種意義上，這是一場涉及數十億美元的銷售演說。憑藉世界級的體育場和基礎設施，三國聯合申辦本應該是穩操勝券的熱門選擇，但這並不是世界所聽到的故事。

全球各地的人們都因為唐納・川普（Donald Trump）總統的限制性移民政策，以及他將中美洲、加勒比和非洲國家稱為「糞坑國家」而感到反感。很快地，不少足球協會會員宣布支持另一個申辦世界盃的國家：摩洛哥，於是一些媒體猜測聯合申辦可能會失敗。

幸運的是，我們有一個更精彩的故事可以講述。二〇二六年的主辦國由國際足總大會投票決定，而我們已經決定在該大會進行的報告中，展示美國、加拿大和墨西哥如何準備好歡迎來自世界各地的人們，而講述這個故事的最佳人選，當屬來自每個國家年輕、有活力的選手。

加拿大的選擇是阿方索・戴維斯（Alphonso Davies），一位十七歲的奇才，曾代表加拿大國家隊出賽，當時效力於溫哥華白浪足球俱樂部（Vancouver Whitecaps FC）。我只看了一篇關於他的新聞就馬上明白為什麼加拿大人希望由他代表國家。戴維斯出生於迦納（Ghana）的難民營，後來與家人移民到加拿大，最終定居於愛德蒙頓（Edmonton）。戴維斯不僅僅是講述「聯合申辦」故事的合適人選，也是這個故事的最佳代表人物。

不過，當我打電話給戴維斯時，他的話卻不多。也許他是因為訓練得太累了，也許他很害羞，也許是因為分享自己的故事不容易。而對他來說，要在僅有六十秒的發言時間內做到這件事更是不簡單。要如何在一分鐘內講述你的人生故事？

幸運的是，網路上有許多戴維斯的訪談，可以從中看見他如何敘述自己的非凡旅程。我寄給他第一版草稿時，裡面幾乎每個字都是他曾經說過的。

接下來幾週，戴維斯在白浪隊訓練的空檔排練演講，而他的努力得到了回報。二〇一八年世界盃前夕，他驕傲地穿著加拿大紅白色服裝，登上莫斯科會議中心的國際足總大會講台，他非常完美。

「大家好。」他開始說話，「很榮幸今天能在此向各位發言。」他說著，右手放在胸口。

我叫阿方索·戴維斯。我的父母來自賴比瑞亞，他們逃離了內戰，而我出生在迦納的難民營，生活很艱辛。但是當我五歲時，一個名為加拿大的國家接納了我們，足球隊的男孩們讓我感覺像回到了家。今天，我十七歲了，我效力於男子國家隊，我以身為加拿大公民為榮。

戴維斯露出一個滿是牙套的燦爛笑容。

我的夢想是有一天能參加世界盃，甚至希望能在我的家鄉愛德蒙頓比賽。我曾經在加拿大、墨西哥和美國參加比賽，北美洲的人們一直都歡迎我，如果有機會，我知道他們也會歡迎你們。謝謝大家。

就這樣，只有一百三十五個字，只要五十五秒，戴維斯無懈可擊。他離開講台時，再次露出燦爛的笑容，聽眾隨即報以掌聲。

那天下午，聯合申辦以壓倒性的一百三十四票比六十五票獲得勝利。二〇二六年，世界盃將在時隔幾十年後首次回歸北美。這部分要歸功於一位出生在難民營的年輕球員，他挺身而出講述了一個只有他能講述的故事。

「我們有發聲的使命」

分享故事可能會讓人感到害怕。如果你是女性、有色人種、移民或是LGBTQ社群的一員，勇敢發聲有時可能會招致威脅和騷擾，這尤其令人感到恐懼。

「我說話時，總是會再三考慮是否要提及我的身分。」一位南亞裔的朋友向我坦言。如果你不願意嘗試，我也無權要求你忽視任何風險，你最了解你的家人、職場和所處的群體會如何回應你所說的話。話說出口之前，先仔細思考，決定怎麼做對你才是好的。

蜜雪兒．歐巴馬就是這麼做的。在她丈夫首次競選總統期間，數百萬美國人被她的堅強、真誠和坦率所吸引，其他散布種族主義和性別歧視言論的人，則稱她為「憤怒的黑人女性」。她在那年夏天民主黨大會上的首次重要演說，讓她有機會向世人展示自己真正的面貌。

「我們去了她位於芝加哥南區的家，在她的客廳坐了九十分鐘。」莎拉．赫爾維茲（Sarah Hurwitz）在蜜雪兒．歐巴馬身為第一夫人的八年期間擔任其首席撰稿人。她回憶這段經歷：「她談到自己的成長背景，談到在南區長大，談到她父母為了她和哥哥所做的犧牲，還談到她對公共服務的承諾。她說到她的丈夫開車載著她和他們剛出生的女兒瑪莉亞從醫院回家時，決心給予女兒他從未得到過的，來自父愛的堅定擁抱。」

赫爾維茲說：「她在訴說她的故事，那就是她演講的內容。」

一些評論員宣稱蜜雪兒·歐巴馬已「找到了自己的聲音」，然而赫爾維茲有不同的看法。「她並不是『找到了』自己的聲音，她一直都保有自己的聲音。在那次演講中，她只是展現出真實的自己，世界終於看到了她真正的模樣：一個堅強、聰明、自信的女人，對家人充滿熱情，並渴望看到國家的進步。」

而十多年後，全國各地的人們再一次被另一個強而有力、聰明且自信的聲音所感動。

滑手機時，十三歲的奈亞拉·坦明加（Naiara Tamminga）簡直不敢相信自己的眼睛。影片拍攝於她的家鄉密西根州大急流城（Grand Rapids），一次交通攔查導向了恐怖的結局。一名白人警察奮力制伏一名黑人駕駛，後者事後被證實為二十六歲的帕垂克·洛亞（Patrick Lyoya）。約兩分鐘後，警察將洛亞摔倒在地，把他的臉壓在地上，並朝他的後腦勺開槍殺死了他。

「我很傷心。」坦明加說，她的父親是黑人，母親是白人，所以她認同自己是混血兒，「我看過喬治·佛洛伊德（George Floyd）的謀殺案以及其他案例，但這次發生在離我家這麼近的地方。我在房間裡哭，當時我只有十三歲，一開始覺得很無助，但後來，它點燃了我的鬥志。」

隨著抗議遍布全市，坦明加在她的學校裡協助領導了一場罷課行動。幾個星期後，她加入抗議者的行列，遊行前往城市委員會的會議現場。洛亞被謀殺已經超過一個月，但那名開槍的警察依然沒有被免職或被控犯罪。

坦明加沒有準備講稿，但她決定開口說話。「我以前從沒做過這種事，我全身發抖。」她回憶道，「但我知道我要說的話比我的緊張更重要。」

身穿灰色運動衫、頭髮梳成馬尾的坦明加站在講台上，毫無保留地分享了自己對當地執法機構失去信任的感受：「我看不到他們在保護我。」以及對當前城市委員會的不信任感：「你們可以看到那裡有問題，但無法解決它。」

坦明加說自己對於生活在她的社區「感到非常恐懼」：「我得帶五歲的弟弟出去散步，我們不能表現得太害怕，不然警察就會叫住我們。」接近演說尾聲時，她想到了洛亞，還有與她一起抗議的年輕人。

「我不想這樣做。」她語氣平淡地說，「拜託，拜託，不要讓我在這裡喊出另一個名字，不要讓我在這裡求你，天啊，千萬別是我的名字，天啊，千萬別是這裡任何一個人的名字。天啊，千萬不要。」

情緒耗盡的坦明加回到座位上，她以為自己的發言不會傳達給房間外的任何人，但不久後，有人將她的演講分享到網路上並迅速爆紅。她接受了當地新聞的採訪、受邀參加播客，在社群媒體上也增加了數萬名追蹤者。

但是仇恨也隨之找上門。隔年我聯絡她時，她告訴我：「我收到一些死亡威脅，那些都很難處理。」但當我問她是否會再進行一次演講時，她毫不猶豫地說：「我百分之一千會去。」

在坦明加演講後的幾個星期，殺害洛亞的警察被控二級謀殺並丟掉了工作。「這證明了我能為做出改變盡一份力量。」她說。宣布審判結果那天，她正參加一場為洛亞舉行的守夜活動，「終於，有點正義出現了。」她說。

開口發聲並不容易，尤其當你來自一個歷史上曾遭受邊緣化的社群。「這是很困難的。」坦明加說，「有些人不會同意你的觀點，但那不重要，我們有為自己信仰發聲的使命。」

重點討論

在準備演講或報告時，請考慮內容要能展現你的獨特之處，並且是只有你能講述的故事。

- **如果你參加面試**，與其給予任何人都能給出的泛泛回答，不如利用每次回答來分享具體的例子，一個來自你工作或生活的簡短故事，以展示你擁有他們所需要的技能或經驗。
- **如果你正在用祝酒詞、致敬或悼詞來表達對所愛或仰慕之人的敬意**，請分享兩到三個能捕捉他們人格精髓的簡短故事，講**那些**故事。
- **如果你打算在社區會議或集會上發言**，說說**你**為什麼會在那裡？你為什麼在乎？分享這個問題是如何影響你、你的家人以及你的社區的故事。
- **如果你是倡議者**，無論你是向捐助者陳述你的情況，或試圖招募志願者，說說你最初的動機是什麼？**你**為什麼以及如何參與這個事業的？分享一個你認識的人的故事，他因你的工作而受到幫助或被拯救。

- **如果你是一位企業家或企業管理階層**，在尋求投資者的資金、吸引新客戶，或激勵你的員工時，談談你公司創立的故事是什麼？你為什麼以及如何開始這個事業的？你克服了哪些障礙？有哪些關於你的員工、產品和客戶的故事，使你的公司在競爭中脫穎而出？
- **如果你是正在拉票的候選人**，那麼**你的**故事有什麼獨特之處？你的家人來自哪裡？你的童年呢？你的生活經歷如何塑造了你的觀點和政見？你有什麼是其他候選人無法說的？
- **如果你渴望成為你專業或行業中的「思想領袖」**，那麼請注意：發表演講和分享你的想法是不夠的，人們在取得具體成就後，才會被認可為領袖。所以我的建議是：先完成工作，得到結果，做出改變，再開始訴說故事。你是如何做到的，以及其他人也能如何做到。**如此**你才能成為一位因思想而受人景仰的領袖。

為什麼講述只有你能講述的故事如此重要，還有另一個原因。這使你能展現一場只有你才能呈現的表演。

第三章

不是演講，而是演出

這世界是一個大舞台。

——雅克（Jaques），威廉·莎士比亞（William Shakespeare）的《皆大歡喜》（*As You Like It*）

我為歐巴馬總統撰寫的前幾篇演講稿中，有一篇差點成為一場災難。

在他上任之前的幾年，針對美國的網路攻擊激增。於是，歐巴馬在他就任總統的前幾週，便下令全面審視國家的網路防禦。幾個月後，報告完成了，我必須為他即將宣布的擬議撰寫講稿。我讀了報告，做了研究，寫好草稿後在白宮內部傳閱。但是當政策專家們回覆講稿時，我驚呆了。他們幾乎刪掉了我寫的所有內容。

草稿中的「美國數位基礎建設」被替換為：「網路空間是資訊技術基礎建設之間相互依賴的

網絡，包括網路、電信網路、電腦系統以及關鍵產業中的嵌入式處理器和控制器。」

草稿中還寫道：「就像我們為自然災害做準備一樣，我們必須事先準備好計畫和資源。」後來被改成：「要實施這一框架，需要制定報告門檻、靈活的應對和復原計畫，以及必要的協調、資訊共享及事件報告機制。」

這簡直太痛苦了。

有人直接從報告中剪貼了幾行到演講稿中，他們還說，有何不可呢？演講的目的不就是為了公布報告？

我不知道該怎麼辦，我知道總統的演講不應該聽起來像報告，但這份工作才剛開始幾個星期，我覺得自己沒有足夠的資歷去反駁那些專家。我慌忙地打電話給羅茲。

「別擔心。」他一邊趕去下一個會議，一邊說道，「只要寫你認為歐巴馬應該說的話就好。」

當然，總統應該**說的話**。

歐巴馬得站到台前，說出我起草的每一句話，他的每一個字都必須**字正腔圓**，他的言論對聽眾來說必須要清楚明白。你能想像坐在聽眾席、**聽到**報告中的那些句子嗎？你能想像歐巴馬試著把這些話說出來嗎？那將會是一場災難。我們會需要一個「事件報告機制」。

所以我回到桌前，忽略那些專家修改過的大部分內容，並將講稿改回我希望**聽到**總統在演講中說的話。

幾天後，歐巴馬發表了演講。他開玩笑說：「為了保護自己免受駭客和網路犯罪侵害，我們不得不學習一整套新的詞彙。」然而，他那天說的話並不是從政府報告上抄來的，相反地，他使用了一位領袖的語言：簡單明瞭，且易於全國聽眾理解。

演講是一種表演

歐巴馬網路安全演講上那些令人抓狂的修改，有助於回答每位優秀演講者在上台前都應該思考的一個重要問題。

什麼是演講？

我覺得，我們可以先討論演講不是什麼。

演講不是我們在課堂上寫的文章，因為知道會被打分數，或需要達到字數要求，明明四句話就夠，最後卻寫了十句話。

演講不是白皮書、學術期刊中的研究或政策專家寫給同行看的報告，也不是通篇充滿了統計數據、事實和數字的論文。

演講不是公司新產品、大學新計畫或民選官員新政策的新聞稿。

演講不是摘要昨日事件、供你早上喝咖啡時獨自閱讀的新聞報導。

演講不是一本書，不會有複雜曲折的長篇故事，你不會花上數天或數週沉浸其中。

以上這些都不是演講。如果我們以寫論文、新聞稿、新聞報導或書籍的方式來準備演講，那麼就只能等著迎接失敗。

我認為，了解演講的最佳方式是把它視為一場表演，就像一齣戲劇。歐巴馬曾經對我說：「在很多方面，公開演講就像一場戲劇。」讓我們來一一檢視演講與戲劇雷同的方方面面：

- 演講有場景：場地可能是一個禮堂或房間，你可以在裡面發表演講。
- 演講可能有某種形式的舞台：或許是一個真正的舞台，甚至有一些道具來輔助你傳達觀點，也可能會有燈光音響設備、講台或麥克風。
- 演講從你進場開始，登上舞台，走向講台或麥克風，然後開始發言。
- 演講需要某種形式的稿子。也許是一份完整的書面草稿，你會逐字朗讀，或是一份引導你的大綱，又或者是一些寫在紙上的簡單筆記。
- 演講有聽眾，不管他們是坐在會場內，還是線上會議，你都會面對聚在一起傾聽、學習或歡笑的人；他們希望獲得資訊、啟發或激勵。這是最重要的一點，它讓演講或簡報與其他形式的溝通有所不同。演講不是我們能獨自處理的事件，它是個共享的時刻，是一種經歷，是活生生的人在講話，也是活生生的人在聆聽。
- 演講是為了被聽見。你的聽眾手上不會有你的講稿，如果他們聽不懂你說的內容，他們也無法回頭查看自己錯過了什麼。他們只能觀看和聆聽，這代表你所說的每一句話、每一個字、每一個音節，對耳朵來說都需要絕對清晰明瞭。

我知道，將演講視為表演，一開始可能會讓你感到害怕。**發表演講已經夠讓我焦慮了！你還要我表演？**這就是為什麼一些演講教練說你不應該這樣看待公開演講。但無論如何，在眾人面前說話，某種程度上**就是**一場表演。與其躲避令我們害怕的事物，我們應該坦誠面對，直呼其名，並加以擁抱。

事實上，認知到演講是一種表演，能夠讓人充滿力量，甚至感覺自由。你看，我們在報告時，我們對整個過程的掌控往往比我們意識到的要大得多。這包括了其他人無法擁有的一種力量，是只有你才能展現的表現力。

站上講台，你就是主角

一篇演講，如同表演一樣，可能有一個或多個主角。當你在演講或做簡報時，你就是主角。你很幸運，你就是最完美的角色人選。因為就像聽眾想要你發表只有你能發表的演講，他們也希望聽你以獨特的方式敘述。

離開白宮幾年後，我為一家美國大公司的執行長撰寫了一篇講稿，他發表完演講後，立刻傳簡訊給我：「太棒了！我聽起來就像歐巴馬一樣！」

他激動萬分，我卻羞愧難當。

我是不是不經意地抄襲了歐巴馬的舊演講？我打開筆記型電腦，看了講稿，但我找不到任何一句話像是歐巴馬曾說過的。

這位執行長要表達的究竟是什麼？

「表達方式、節奏、感覺和聽眾的反應。」他後來告訴我，「一切都讓我**感覺**就像是歐巴馬的演講。」

我鬆了一口氣。因為，有一瞬間，我以為他犯了許多演講者常犯的錯誤：試圖模仿別人。

我了解這種誘惑。有不少談論公開演講的書籍，鼓勵我們仿效歷史上的偉大演說家。作為他的撰稿者之一，我當然必須學習歐巴馬的語氣，我會上網找到他的演講，把電腦螢幕關掉然後閉上眼睛，坐著靜靜聆聽他的聲音節奏。他會說幾句話，然後停頓一下，再說幾句話；要轉換新想法時，他的停頓會更長。他可能會在句末壓低聲音，或提高聲調。他如何放大音量，逐漸達到雷霆般的結論。八年來，那聲音一直在我腦海裡。

但輪到**我們自己**要發表演講時，我擔心太多人學到錯誤的教訓，即我們都應該聽起來像總統和總理，甚至有些政治人物也經不住誘惑。例如，他們會試圖模仿得像歐巴馬。不過在媒體無可避免地注意到時，情況通常不妙（「候選人模仿歐巴馬」）。當你聽起來像別人時，這意味著你不夠真誠，而這會破壞你的信譽，使你的聽眾更難與你產生共鳴也更難相信你。

所以，沒錯，我固然是歐巴馬的前撰稿人，但我求你不要試圖模仿歐巴馬的口吻，因為這個星球上唯一應該聽起來像歐巴馬的人，只有歐巴馬本人。你在世界上唯一應該模仿的人，只有你自己。

有時候，甚至連歐巴馬也感受到說話方式的壓力，他怕自己不夠真實。歐巴馬告訴我：「有些時候，我的政治顧問希望我以某種方式說話，這可能對更傳統的政治家來說有效，但我不想成為傳統的政治家。」他指出自己希望討論困難且有時令人不安的真相，例如種族問題，即使這會讓他失去一些選票。「也許這又是另一個課題。」他說，「你必須做自己。」

這是公開演講的黃金法則：做自己，用你最自然的方式說話。

AI無法複製你的思考

使用自己說話方式的重要性，是不要過度依賴AI工具的另一個原因。請它寫一篇「有關氣候變遷的十分鐘演講」，你會得到一篇空泛普遍的內容，就像近年來一些政治家和布道者透過AI生成的講稿所發表的演講一樣。畢竟，AI並不了解**你**實際上是如何與人交流的，不僅是你的**說話方式**，還有你的**思考方式**：你如何解決問題以及提出論點。
我在寫這本書時，AI已經能以我們常用的語句完成我們的電子郵件，也許隨著時間的推移，也會學習我們的語調，並以此草擬演講和報告，就像我們親自口述一樣。也許當你讀到這本書時，這項科技已經實現了。
但記得：你真實的聲音，也就是你獨特的說話方式，是讓你與眾不同的一部分。如果你想在人群中脫穎而出，並讓人聽到你的聲音，無論是公開演講還是日常生活，都不要把你的聲音交給AI。

演講是一種體驗

多年以後，歐巴馬回顧了二〇〇四年的波士頓大會演講：

在演講的某個時刻，我找到了自己的節奏，人群變得安靜，不再喧鬧。在後來幾年，某些神奇的夜晚裡，我也體會到這種奇妙的時刻。身體可以感覺到一股情感的電流在你和群眾之間來回穿梭，彷彿你們的生命突然接合在一起，就像電影膠片一樣，向前向後播放，你的聲音幾乎要哽咽，因為那一瞬間，你深深地感覺到他們，你能完整地看到他們。你觸動了一股集體的精神，一種我們都了解並渴望的感覺，一種超越彼此差異，並以無限可能取而代之的連結感，而像所有最重要的事物一樣，你知道這一刻是短暫的，這種魔力很快就會消失[1]。

想想歐巴馬所說的話。他說的不是當晚他演講的內容，也不是他的演講主題，他在描述自己與聽眾之間的**感受**。在會場中，我也感受到了，因為演講是一種共同的**體驗**。這對任何類型的演講來說都適用，即使聽眾人數很少。

歐巴馬有一次對我說：「我記得我教法律的時候，我會在某些課堂上覺得『天啊，我真是做得太棒了。』有一種能量，你可以感受到思想和情感的電流，大家都全神貫注。你和他們溝通，他們也在和你互動，訊息在雙方之間傳遞。你可以感覺到，當這一切發生時，真是令人覺得不可思議。」

當然，有時候電流較弱，還可能會停電，甚至歐巴馬也會出現這種狀況。「有時候我在教書，孩子們看起來又餓又無聊，而我也很累，整個場面就很平淡。」他說道，「這就像打籃球，有時候你全神貫注，狀態絕佳，有時候你卻不斷把球打到籃板上。」

這就是我一直熱愛擔任撰稿人的原因之一：我喜歡幫助演講者創造與聽眾之間的互動**體驗**。因此在歐巴馬的許多演講中，我總是站到一旁，不是看向歐巴馬（我可以之後看錄影），而是看向聽眾。我想知道他們如何體驗這次演講，當他為當地的足球隊打氣時，他們有歡呼嗎？當他提出論點時，他們有在聽嗎？當他捍衛他們珍視的價值時，他們是點頭同意，或更好的是，一起鼓掌？

為什麼這種「情感的流動」在講者與聽眾之間如此強大？事實證明，這深深根植於我們的大腦中。

普林斯頓大學（Princeton University）的研究人員進行了一系列引人入勝的研究，在演講者向聽眾發表演講時，以功能性磁振造影掃描雙方大腦處理聲音和語言的區域。起初，每個人的腦波都不同。但當演講者講話時，演講者和聽眾的腦波開始同步[2]。研究人員稱這種現象為「神經耦合」（neural coupling）。其中一位研究員，普林斯頓大學心理學與神經科學教授尤里・哈松（Uri Hasson）向我解釋道：「溝通，如同演講，是一個連結並統一說話者與聽眾兩個大腦的單一行為，我們的腦波模式越是同步，就越理解彼此。」

也許在心底深處，我們一直都知道這一點。想想我們如何形容一位出色的演講者：她讓聽眾**興奮不已**；她和人群**打成一片**；她與這個房間的氣氛**非常契合**。現在我們知道原因了。如果我們演講的方式是對的，我們確實是在刺激聽眾的大腦，創造一個共享經驗和增進理解的機會。

這正是那位二十九歲的研究生在演講中所做的事情，當時他的演講振奮了數百萬人。

將演講化為清楚明確的演出

「我沒有任何理由不發聲。」唐納文・利文斯頓（Donovan Livingston）說。畢竟，他是浸信會牧師和語言病理學家的兒子，成長於北卡羅來納州費耶特維爾（Fayetteville）。父母為他報名當地的演講比賽，他朗誦了馬丁・路德・金恩（Martin Luther King）博士的演講稿。

然而，利文斯頓還是難以發聲。「我當時一直很緊張。」他回憶道。

然後他發現了嘻哈音樂。

「當我聽到納斯（Nas）和蘿倫・希爾（Lauryn Hill）唱〈如果我掌管這個世界〉（If I Ruled the World）時，我得到啟發，讓我這個黑人男孩相信自己也能改變世界。」在老師的鼓勵下，他開始將自己的想法轉化為詩，最終成為一名朗誦詩人，並開始表演。「嘻哈和詩歌給了我機會。」他說，「讓我以自然的方式表達自己的經歷、聲音和想法。」

多年後，利文斯頓獲選於哈佛大學教育研究所的畢業典禮演講，他馬上知道自己的演講主題是關於教育中的種族不平等。他決定呈現一場只有他能演出的表演，一場「忠於嘻哈藝術家身分」的表演。

首先，利文斯頓找到了一個可以思考、創作和寫作的地方：校外他那間小公寓的廚房桌子，聽著饒舌者錢斯（Chance the Rapper）的音樂尋找靈感。他開始寫作，要創作出「一個有敘事性的故事，有使故事栩栩如生的角色，還有推動故事發展的節奏」。他在浴室鏡子前反覆朗讀詩歌「可能有上百次」，因為他「嘗試讓自己沉浸於詩歌的表演中」。

身為表演者，利文斯頓了解他穿的服裝會強化他所說的內容。他知道他不能戴他平常戴在下排牙齒的金牙套。

「戴著烤肉架讀詩真的很難。」他開玩笑說。不過，在發表演講的那天，他仍然找到辦法保持真我：戴著氧化鋯方型耳環，身穿黑色西裝，外搭一條彩色肯特披肩，以「代表身為黑人畢業生的驕傲」。

上台後，他立即吸引了聽眾的注意。「午安，午安。」他微笑著說，「大家今天過得如何？」聽眾已經在鼓掌歡呼了。「傑出的二〇一六年畢業班，熱鬧起來吧！」他說，台下的氣氛也隨之被炒熱。演講才剛開始，他就已經和聽眾打成了一片。

利文斯頓解釋說，在高中時，有一位老師威脅他若在畢業典禮上朗誦詩歌，就要切斷他的麥克風，因此他很感激終於有機會「用自己最真實的聲音分享這部分的自我」。他說朗誦詩「要有參與感」，所以他鼓勵聽眾「打響指、鼓掌、舉起雙手、歡呼、慶祝」。在接下來的五分鐘，他們完成了每個動作，甚至更多，而他則全身心投入到表演的體驗中。

利文斯頓在他的詩作開頭說，像他這樣的年輕非裔美國人「是在充滿破碎承諾的荊棘叢中綻放的孤獨花朵，是對抗不公的眼中釘」。在他說話時，他的身體隨著話語的節奏微微擺動，雙腳來回移動，聽眾也配合他的能量，隨之歡呼喝彩。

「從根本上來說，沒有人注定平庸。」他聲明道，「我們生來就是要成為彗星的。」這句話激起更多掌聲。利文斯頓和聽眾相互呼應，借用歐巴馬的話來說就是「共享著一種集體精神」。已經成為教育家的利文斯頓說：「我教書是為了將知識轉化為火箭，將磨難變成望遠鏡（說話的同時他用雙手合成望遠鏡的形狀），讓孩子能夠從他們所處的位置看到自己真正的潛能。」

然後，他加快節奏，提高聲調，呼籲每位老師也這樣做：

喚醒每個孩子，讓他們知道自己的無限潛能。
我在教室裡當了太久的黑洞；
不斷地吸收所有事物，卻不讓自己的光芒散發出去。
但那些日子已經過去了，我屬於星辰。
你也是。他們也是。

聽眾爆出熱烈掌聲，迫使利文斯頓停下來等待。接著，他進入最後的表演。

同心協力，我們可以激發無數的偉大，

照亮未來的世代。
所以，不，不，天空不是極限。
這僅僅是開始而已。
起飛吧。

當利文斯頓說出最後一句話時，他舉起雙臂伸向天空，這名牧師的兒子將他的話語傳向世界。在聽眾席上，他的母親淚流滿面，聽眾們都起立鼓掌。隔天，利文斯頓的朋友拿手機給他看，「兄弟，你紅了。」他的演講觀看次數迅速突破一千四百萬次。

為什麼利文斯頓的演講能深深打動世界各地這麼多人的心？是的，他訊息中的力量就在於：不能忽視根深蒂固的教育種族不平等現象。但他演講的力量也來自於他的表達力，以及他為聽眾創造的**體驗**。

多年後，我採訪利文斯頓以了解他是如何完成這場打動人心的演講，他告訴我：「我在演講時，不只是我一個人在那裡，而是我們所有人。我不是將我的話語傾注到一個空的容器裡，而是將它們傾注到聽眾中，而聽眾又將它們回饋給我。這是一種超越自我的連結，彷彿我們都在共同經歷某件事情。紙上的文字固然珍貴，但真正打動人心的是表演本身。」

重點討論

我們之中很少有人能像利文斯頓那樣表現出色。但我們應該和他一樣，從頭到尾，始終深思熟慮地安排自己在聚光燈下的時間，這也是為什麼將演講視為演出會如此有力量。想一想準備表演時要做的每項工作；在發表演講時，也要完成這些工作。一旦你意識到自己對創意有多少掌控，就會為你帶來各種機會，創造出對你和聽眾來說都更沒有壓力、也更愉快的體驗。

- **寫下你想要的劇本**。當你撰寫講稿時，你可以全權掌握你演講的劇本：說什麼、怎麼說、如何開始以及如何結束。你可以創造想與聽眾一起經歷的體驗，包括氣氛、語調以及你們共同經歷的情感旅程。如果會有人向聽眾介紹你，你甚至可以幫助他們決定要怎麼介紹。許多主持人都會為如何介紹講者而煩惱，問問他們是否需要一些建議，分享一些自己生活中或職場上的有趣小故事，甚至可以提供一份簡短的草稿給他們。在開講之前，你可以按自己的方式被歡迎上台。
- **主控**。在大多數的演講或簡報中，你也是導演。如果你是該組織的領導者，你可以決定舉辦活動的時間地點、邀請的對象、發言者及發言順序。即使你是受邀演講的嘉賓，許多主持人仍會讓你自行決定節目中的部分內容。你是否希望讓特定的人介紹你？你想談什麼？你想講多久？你想接受聽眾提問嗎？做你覺得最自在的事。

增加一些看點。即使你專注於自己要說的話，也不要忘記聽眾將看到的。在此，我想代表長期受苦的聽眾說一句：**請不要讓你的聽眾在一頁頁簡報中緩慢而痛苦地死去**。聽眾是為了看**你**、聽**你**說話，不是為了看一頁頁塞滿字的簡報。相反地，把你的簡報當成有助於營造氛圍、強化演講內訊息的風景，不要讓它分散掉聽眾的注意力。你不妨嘗試用一些漂亮的人物和風景照，少用或完全不用文字。還有，你的聽眾會**聽到**什麼？只有你的聲音？如果條件允許，可以在演講中穿插音樂或影片，讓演講更生動。

設計場景。有時候，你甚至可以扮演場景設計師的角色。如果你是一位正在對公司成員講話的領導者，請認真考慮你希望舞台如何布置，背景如何設置，以及聽眾如何安排。為何要把自己限制在單調乏味的會議室裡？也許可以到公司外、一棟具有歷史意義的建築，或用一幅風景如畫的背景，更能展現你演講的精神。作為演講嘉賓，你或許能建議舞台怎麼布置，你想使用講台上的麥克風，還是能讓你隨意走動的手持麥克風？你想要其他人和你一起站在舞台上嗎？如果是線上會議，你可以擁有更多控制權。攝影角度、燈光和背景，一切由你決定。

讓聽眾成為表演的一部分。一場演講不一定只能是獨白，與其將你的演講視為對聽眾的表演，不如將其視為與聽眾的共同演出。像當年利文斯頓那樣，鼓勵聽眾參與，向他們提問；請他們舉手或在座位上回答，或是歡迎他們向你提問。你不僅會創造出與聽眾之間更具吸引力的互動**體驗**，也可以將焦點及部分壓力從自己身上轉移出去。

➤ **共享舞台。**像總統在國情咨文中那樣，將焦點放在別人身上：社區成員、公司員工、你要表揚或幫助的對象。如果可以，請他們上台或和你一起站在台上；如果情況不允許，請他們在座位上揮手。邀請聽眾與你一起向他們致敬。不是說你的演講內容不好，但那段讚美的共享時刻可能會成為你演講中最感動人心，且最值得紀念的部分。

在你準備演講時，我還要鼓勵你做另一件事。像任何優秀的表演者一樣去了解自己的角色、聽眾以及即將講述的故事結構，是非常重要的。

第四章
不敗的「五〇—二五—二五準備法」

如果你不知道目的地，你可能無法到達。

——尤吉・貝拉（Yogi Berra）

歐巴馬總統不開心，這絕不是好事。因為在白宮工作，你需要「全力侍奉總統」。如果今天總統不滿意，明天你可能就會失業。

那是個星期六下午，我們被召回白宮，因為歐巴馬總統預定於隔天發表一篇關於美國與以色列關係的演說。這份講稿我花了一週的時間準備，並且覺得草稿已經很完善了。

白宮橢圓形辦公室的氣氛卻顯示出不同的情況，房間裡幾乎每個座位都坐滿了人，歐巴馬看來有點煩惱。他轉向我，手裡拿著演講稿。

「泰瑞，這不是你的錯，但這不是我想說的。」

我艱難地吞了吞口水。

他很好心地說這不是我的錯，但我覺得就是這樣，我讓他失望了。我也很困惑，我以為自己已經按照平常的流程進行：根據他之前說的話撰寫草稿，與數十位國安官員分享，並納入他們的修改意見。

哪裡出了錯？

在故事繼續之前，讓我先說明一下背景。

我認為人們在準備演講時最常見的錯誤之一，就是倉促地開始寫草稿或準備簡報。我明白越早動筆，就越不會感到焦慮。但是，難道你會把家人都塞進車裡，在沒想好目的地的情況下就出發嗎？聽起來像是一場災難的公路旅行。

任何類型的演講或簡報都一樣。多年來，我見過無數演講者和撰稿人在開始寫講稿時，起初一路順暢，但寫了幾段或幾頁後，卻遇到瓶頸。他們迷路了，不知道自己要去哪裡。

其實有更好的方法。

我遵循五〇―二五―二五準備法。大約花五〇%的時間思考、研究和整理思緒；二五%的時間用於寫稿；最後二五%的時間拿來修改講稿和練習。不管你有多少時間，這都行得通。

如何善用五〇—二五—二五準備法？

準備一個月後的演講

請用兩週時間思考、研究和整理思緒；
一週時間寫作；
一週時間修改和練習。

準備一週後的演講

請用三天時間思考、研究和整理；
兩天時間寫作；
兩天時間修改和練習。

當你臨時得知今晚就要發言

請用一小時思考、研究和整理；
半小時寫作；
半小時修改與練習。

為什麼五〇—二五—二五準備法很有效？因為預測我們是否會做出精彩演講的最佳指標，不是我們在講台上的表現，而是上台前所做的準備；是在我們寫下第一個字之前所投入的努力。此外，我深信準備得越充分，上場時就會越自信，因為你知道自己已經準備好了。

所以，你需要發表演講或進行簡報嗎？先不用急著動筆，深呼吸，放輕鬆，善用你前五〇%的時間。我運用前五〇%的時間構思輪廓，仔細思考，然後找出方案，最後準備寫出來。

構思輪廓：發表任何演講前，你該知道的十件事

歐巴馬總統曾在演講中猛烈抨擊一項可能導致教育和醫療開支大幅削減的共和黨預算提案。他毫不留情地說這個方案對國家的未來是「極度悲觀」的願景，而且其中「沒有任何認真的考量」或「任何勇敢的舉措」。語氣嚴厲。

但有個問題是，提出這項提案的威斯康辛州國會議員保羅・萊恩（Paul Ryan）此刻就坐在前排，而總統不知道萊恩會在那裡。萊恩怒不可遏，覺得自己受到了攻擊，使得本就困難的預算談判更加複雜。歐巴馬後來表示，如果他知道那位議員在場，他「可能會修改一些」演講內容。「我們犯了錯[1]。」

每場演講都包含許多元素：會場、演講流程、嘉賓名單。事先查看活動內容，且全程追蹤非

常重要，這就是為什麼我相信必須保持百分之百的狀態意識（situation awareness，可以清楚意識到周圍的環境及事態變化，並做出適當的即時反應甚至預測）。不要做任何假設，要了解一切，多問問題，因為未知的事物可能會傷害你。了解得越多，你的掌控就越強。

以下是我每次演講前會問自己的十個問題：

一、**聽眾是誰？**「了解你的聽眾」是公開演講的最基本原則之一。要真正了解你的聽眾，你需要問許多問題：

- 會有人介紹你嗎？主持人是誰（是組織還是個人）？因為你需要感謝他們，不僅是感謝他們的美言，還要感謝他們的付出、他們所致力的使命，以及他們帶來的影響。
- 會有任何貴賓出席嗎？尤其要注意其中是否包括你工作上的合作夥伴，這些人是你應該致意的對象，務必確保他們的名字發音正確。
- 有多少聽眾？是否少於三、四十人？親密的活動不適合大型正式演講；可以考慮將你的講稿轉換成筆記或要點，讓你的演講更具對話感。
- 聽眾的組成是什麼？是你認識的人，還是陌生人？是一般大眾嗎？還是該領域的專家？是否為擁有共同目標的一群人，比如同行業的工作者、一家公司的員工、一個非營利組織或宗教社群的成員？
- 他們的情緒如何？是樂觀還是擔憂？是充滿活力還是消沉？

- 他們的背景如何？是年輕族群還是年長者？是自由派、保守派，還是中立人士？是來自城市、郊區，還是鄉村？他們出身於不同的背景嗎？這場演講的聽眾其種族、宗教或族群構成如何？
- 聽眾對你有什麼期望？他們是支持你的觀點，還是持懷疑態度？他們想聽到你說什麼？（如果你不知道，問問主辦方。）

二、我們有哪些共同點？我認為任何演講或報告都像一個有兩個圓的文氏圖。一邊是講者，也就是你，包括你的經歷、興趣、信仰、價值觀和目標；另一邊則是你的聽眾。兩邊重疊之處，即你們的共同點，是你與聽眾建立連結的最佳機會，也是最能賦予你的演講價值的部分。某些時候，重疊的範圍很大，你們有許多可以談論的共同點；而在與聽眾的共同點較少的情況下，你需要更努力地尋找能與聽眾分享的事物。即使你與聽眾毫無共同點，我相信，只要你仔細尋找，總能找到一些與聽眾共享的事物。（詳情請見第七章。）

三、演講是什麼時候？你的演講日期是否代表任何特殊意義？是否有你應該提及的節日或重要紀念日？更廣泛的背景是什麼？你的演講所面對的社群、公司或國家是否有任何正在發生的事是你應該了解並可能提及的？你會在一天中的什麼時間演講？在用餐前？聽眾可能會餓，內容要簡短。餐後？他們吃飽了，那就要更短一些。在酒會期間？講太久，

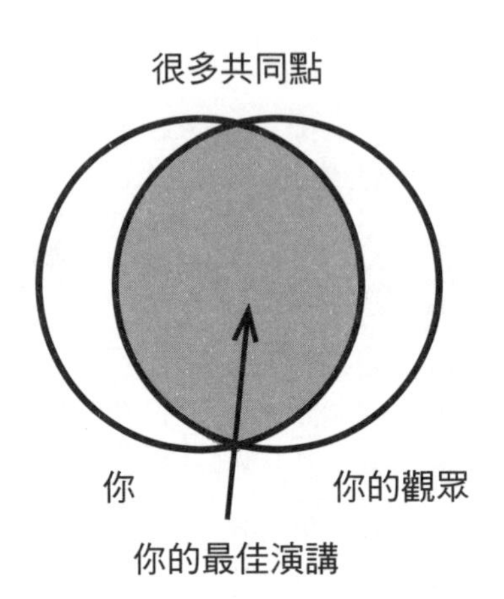

聽眾會跑去喝酒。

四、是什麼活動？那是一個年度會議、特殊活動、城鎮集會還是家庭聚會？為什麼舉行？這次活動的具體目的為何？主辦方希望達成什麼目標，而你的發言如何幫助他們實現這些目標？

五、為什麼邀請我？永遠不要假設你知道自己為什麼受邀演講。如果你代表一個組織，主辦方可能不希望你推銷你的公司或事業，也許他們希望你分享在工作中學到的經驗或教訓。也許你是那場活動的多位演講者之一，主辦方希望你專注於非常特定的主題。此時只有一種方法可以知道：問問他們想要你談什麼。這不代表你必須受限於他們的議程，但這將幫助你完成只有你能進行的演講。

六、我在活動中扮演什麼角色？詢問節目流程，在你發言前或後會發生什麼事情？是否需要提到

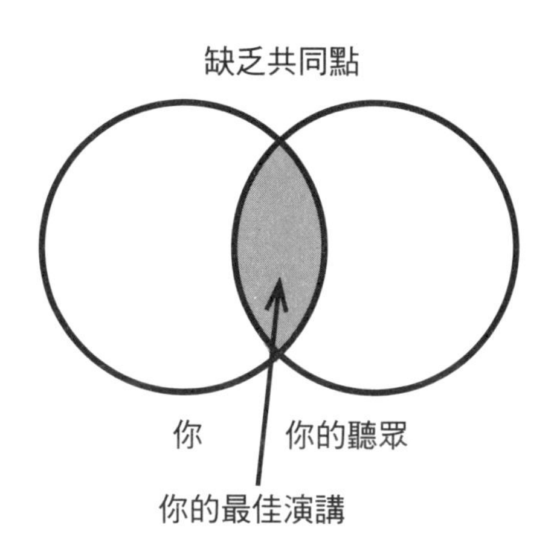

某個特別講者、報告或表演？你是主要講者還是其中之一？如果是其中之一，你的發言順序在最前面、中間還是最後？其他講者會談論什麼主題？或許可以請求早點發言，以幫助引導討論。如果你被安排在最後發言，聽眾可能會疲倦且相對失去耐心，對長篇大論反應也會比較冷淡。

七、**場地在哪裡？**和其他表演一樣，你需要了解場景。這個城市或城鎮是否有任何值得一提的特殊意義？場地在哪裡？在禮堂、公司、市政廳還是宗教場所？活動是在室內或戶外？如果是戶外，你的聲音可能較難被聽清，也要思考到天氣變糟的可能性。當聽眾頭上不停下雨時，冗長的發言不會有什麼好效果。

八、**舞台的布置為何？**一如所有優秀的表演者，你需要了解你的場地。曾協助歐巴馬籌劃數百場活動的白宮先遣人員提姆．哈茲（Tim Hartz）告訴我：「我們總是想確保總統知道他的舞台方向，如何進場、該走在哪裡，及登台的最佳方式。」你會在舞台上嗎？怎麼上講台？你是單獨上台，還是會與他人一起？你身後的背景是什麼？你會在左右和前方看到什麼？聽眾是坐著還是站著？如果他們站著，可能會變得焦躁，此時讓演講保持簡短最好。

九、會有講台嗎？這是最重要的問題。如果有講台，你可以把講稿或筆記放在上面，如果你要逐字照著講稿讀，這一點就很重要；如果沒有，你就得拿著稿子。或者你根本不想要講台，因為它有時會成為你和聽眾之間的阻礙，也許你更喜歡在舞台上走動。如果你需要拿著麥克風，此時你便只有一隻手可用，持稿或翻頁也會變得困難。在這種情況下，就別打算逐字照著講稿讀了。

十、我應該講多久？務必向主辦方詢問這個問題，當講者不只一名時，這件事尤其重要。我們每分鐘大約可以講一百五十個字，以下是一些分配時間的建議：

演講／簡報／主題演講

十五到二十分鐘（兩千兩百五十至三千字）

悼詞

五到七分鐘（七百五十至一千零五十字）

會議上的致詞／評論

三到五分鐘（四百五十至七百五十字）

一旦你對事件和聽眾有了百分之百的狀態意識，下一步就是進行深度思考，以確保你的內容真正符合當下的需求。

深入思考：關於演講的十個關鍵字

我們在橢圓形辦公室與歐巴馬總統進行演講前的重點討論之所以如此有效，其中一個原因是他經常從同一個問題開始：「我們這次想講述什麼故事？」他在成為政治家前是一位作家，因此明白好演講如同好故事。他想確保我們在耗費數天或數週寫作**之前**，準確掌握故事的內容。

「這一點再怎麼強調都不為過。」他曾經告訴我，「你必須確定溝通的目的。」有時，在構思講稿時，歐巴馬會立刻專注於他想在演講中強調的主要主題。「我覺得我們的標題是這個。」有時候，他已經徹底思考過整個論點及支持的證據。

「第一點是這樣的，這引出第二點，而這又引出第三點。我認為第三點有幾個部分，第一部分是……」他有時會這樣說上十五到二十分鐘，他已經在腦海中看到整篇演講稿。「我確實傾向以理性、有條理的方式思考。」他告訴我，「那是我身為律師的一面。」

「看看這樣行不行。」他會這樣告訴我們，然後我們就回到座位上確認是否可行。

那個星期六坐在橢圓形辦公室裡，看著歐巴馬不滿意以色列和中東的講稿，我意識到就是這裡出錯了。雖然我遵循了**大部分**常規流程，但我從未理解我們討論的重點。我們並不是**每次**演講前都有重點討論，我本來沒想到這次有需要，因為歐巴馬對以色列和中東的政策不變。然而有其他事改變了。

幾天前，歐巴馬發表了一次重要演講，當時該地區正因阿拉伯之春的民眾抗爭而陷入動盪。在那次演講中，他談到了美國長期以來對於以色列及巴勒斯坦獨立國家最終邊界的政策，但批評者曲解了他的言論，試圖把他描繪成對以色列支持不足。第二天，右翼的以色列總理班傑明・納坦雅胡（Benjamin Netanyahu）在橢圓形辦公室裡當著全球媒體的面訓斥歐巴馬。我所擬的演講稿在過去或許可行，但現在不行了。

那個星期六，在橢圓形辦公室，歐巴馬告訴我們，他昨晚工作到深夜才完成講稿。他不想只是重複幾天前他關於未來以色列與巴勒斯坦邊界的言論，他想要解釋**為什麼**他要這麼說：因為在邊界問題上達成妥協，對以色列人和巴勒斯坦人的安全而言都有其必要。我的草稿少了他這層推理，而他希望世界能理解這一點。當我們走出橢圓形辦公室時，我們已經明白他想表達的內容。第二天，歐巴馬發表了他想要發表的演說。

在你開始製作自己的簡報時，請撥出一些時間仔細思考你想傳達的主要訊息。也許可以打電話給家人、朋友或同事聊聊；如果你是組織中的領導者，有寫手為你準備講稿，請安排時間與團隊坐下來交流。是的，你很忙，但是，如果美國總統可以在他的行程中抽出時間與他的撰稿人一起仔細推敲他的演講內容，你也可以。

問問自己：

- 我演講的目的是什麼？我想講述什麼故事？
- 用十個字以內的一句話概述你希望聽眾記住的主要訊息，讓這句話成為你的北極星，印出來，貼在你能看見的地方。在準備演講時，不斷問自己：「我是否緊扣主題？」
- 支持主要訊息的三到四個關鍵論點是什麼？（關鍵論點也許可以再多幾個，但不能到十個這麼多！）

用ＡＩ幫你找主題

在苦苦尋找你的核心訊息嗎？可以考慮問問ＡＩ。我依然建議不要依賴它撰寫演講稿，不過，它可以幫你腦力激盪。輸入類似這樣的句子：

我是（職位），在（公司／組織）工作，請給我十個適合對（描述觀眾）進行（#）分鐘演講的主題，內容是關於面對（問題／挑戰）的挑戰與機會。

只要幾秒鐘，你就得到十個主題。它們可能很老套，可能是陳腔濫調，但腦力激盪總得從某個地方開始。你可以不斷向ＡＩ提問，所以你可以深入探討最感興趣，或對你而言獨特的主題，甚至可以要求它提供大綱建議。多虧了ＡＩ，你邁出第一步了。

釐清問題：找出為演講增色的素材

經常有人問我：「成為一名出色的演講者最重要的技能是什麼？」對我來說非常重要、在技能清單上名列前茅的就是「必須是一位優秀的研究者」。你必須做好功課，這也是為什麼歐巴馬認為他身為教授的多年經歷，是幫助他在演講上的表現更為傑出的另一個原因。他曾告訴我：「我學到做好準備如何能帶來自信，因為你知道自己的主題很重要。」

你怎麼知道你的主題重要？

我一直認為準備演講就像是在淘金：你必須篩選大量的資料，才能找到寶貴的金塊，那些有趣的點子、出人意表的引言和引人入勝的故事，然後將它們點綴在演講中，讓演講熠熠生輝。這並不容易，就像金塊一樣，一個好的故事、軼事或名言都很難找到，而且它需要經過精心打磨、設計和雕琢。以下列出一些方法，可以幫助你找到吸引聽眾注意，並突顯你演講主題的「金塊」。

學無止境

在發言之前，我們應該先敞開心胸。

身為總統即使再忙，歐巴馬也會抽出時間，確認他了解自己即將發表的內容，尤其是在重要演講前。在準備接受諾貝爾和平獎的致詞時，他閱讀了戰時總統和首相的演講，以及甘地

（Gandhi）、馬丁・路德・金恩，以及神學家雷茵霍德・尼布爾（Reinhold Niebuhr）的著作，他在演講中引用了這些人的思想。羅茲說：「他彷彿與過去所有談論過這些問題的人進行了對話，幾乎產生精神上的共鳴。」

你很少是第一個談論某個話題的人，先閱讀別人之前的言論，從中學習，加入對話，然後再提出自己獨特的觀點和見解。

仔細聆聽

有時，在發表重要演講的前一兩週，歐巴馬會在橢圓形辦公室對面的羅斯福廳舉行會議，與學者、歷史學家、宗教領袖，以及即將聆聽他演講的社區基層倡議者會面。大約一個小時的時間裡，他會聽取來賓們對他演講內容的建議。作為撰稿人，我們會坐在後面做筆記。

每當有來賓提出格外深刻的見解時，歐巴馬會轉頭看向我們，問道：「你們記下來了嗎？」而這些建議最後幾乎都會被納入講稿。他曾對我說：「在你說話前，必須學會如何傾聽。」這就是為什麼一個好演講者最重要的特質之一是謙遜。在構思內容時，可以向家人、朋友、同事和該領域的專家尋求意見。無論我們多麼聰明（或自認聰明），我們總能向他人學習。

請記住，不是每個人都會同意你的看法。當歐巴馬為日本首相舉行國宴時，我們覺得如果他能朗誦一首俳句，會很有意思。我們將草稿分享給兩位世界頂尖的俳句學者，但他們對於這首俳句是否符合嚴格的俳句標準意見不一。電子郵件往來越來越激烈，這很諷刺，因為這首俳句的主題是和諧。不過我們還是用了這首俳句，結果大受歡迎。

聽取其他人的意見是好的，但最後，還是要相信你的直覺。這是你的演講。

敞開心胸

在為歐巴馬準備即將於巴爾的摩一座清真寺發表的演講時，我意識到我們面臨一個挑戰：歐巴馬不是穆斯林，我也不是。我們應該如何確保他的言論能夠反映美國穆斯林所關切和期望的？

我們向魯瑪娜．艾邁德（Rumana Ahmed，美國國家安全會議成員，她可能是第一位在白宮西廂辦公室工作時穿戴頭巾的美國穆斯林女性）和拉沙德．侯賽因（Rashad Hussain，總統特使，專責以穆斯林為主要人口的國家）尋求意見，艾邁德隨後召集政府各部門共二十幾名美國穆斯林，徵詢他們的想法。他們分享了對自身身分的自豪、對因宗教而成為仇恨犯罪目標的恐懼，以及和其他人一樣被視為美國人的願望。在閱讀總統演講的草稿時，他們基於自身生活經驗，提供了寶貴的修改意見。而歐巴馬在演講中傳達了他們的心聲。

他在清真寺中說：「身為美國穆斯林，你們擔心整個社群經常因少數人的暴力行為，而成為攻擊目標或受到指責。」對於任何懷疑自己是否在美國有一席之地的年輕人，他說：「你們也是美國的一部分。你們不是穆斯林或美國人，你們是穆斯林，**也是**美國人。」

清真寺教友艾德・托瑞（Ed Tori）說：「我不禁淚流滿面，總統肯定了我們作為美國穆斯林所擁有的一切感受。」另一位會眾成員祖拜爾・安薩里（Zubair Ansari）說：「我感覺總統是在直接對我說話。」

想確認你的演講是否能反映聽眾的感受嗎？邀請相關社群的成員協助你發展和完善你的演講內容。

集思廣益

在歐巴馬前往澳洲的一次旅行中，我在車隊裡完成了他即將對數千名澳洲和美國軍人發表的演講內容，但是這篇講稿缺少一個好開場。時間緊迫，我向駕駛我們車輛的司機說明了我的困境，而這位壯碩的中年澳洲男子立刻回應了我。

「沒問題，朋友。歐巴馬應該直接說：『澳洲（Aussie）！澳洲！澳洲！』」

我感到困惑。

「然後呢？」我問。

「所有人都會大喊：『喔！喔！喔！』」

「**那是**什麼意思？」

「這很難解釋，但這是一種歡呼的方式。」

我不太相信。

「他們要是沒有喊『喔！喔！喔！』怎麼辦？」

「相信我，兄弟，他們一定會喊。」

不久後，歐巴馬與澳洲總理以及大概兩千名軍事人員一起站在一個機棚裡。

「我知道你們有個非常棒的澳洲歡呼。」歐巴馬開始說道：「澳洲！澳洲！澳洲！」

「喔！喔！喔！」人群高聲回應。

歐巴馬輕笑，總理也露出微笑，這個象徵美澳友好的溫暖時刻傳送到全國，而這一切都要感謝那位司機，他大概從未想過自己會幫助總統撰寫講稿。

在構思內容時，請向每個人尋求意見。為祖母寫悼詞？問問每天都見到她的鄰居。準備向市議會發言嗎？了解一下附近雜貨店老闆的想法。正在準備一個關於如何提高公司效率的報告？詢問接待員或清潔人員，他們每天觀察到的事物，可能是高層管理人員所忽略的。

尋找令人驚喜的語錄

想用名言來為演講增色嗎？這是一個讓你的演講與眾不同的機會。假設你要談論種族正義，你想到馬丁．路德．金恩的名言，希望有朝一日他的孩子們不再被「膚色」所評判，而是根據「品格」。我不怪你，這是有史以來最精妙的句子，不過這既是好消息也是壞消息。

好消息是，幾乎每個人都知道。

壞消息是，幾乎每個人都知道。

「在演講中，一個好的引用語不應該是大家都耳熟能詳的。」蘇珊娜・雅各（Susannah Jacob）解釋道。她曾是歐巴馬的助理撰稿人，幫助我們挖掘一些最具力量的引用語和故事。「一個好的名言是出人意料的，它也該具有一定的深度，能讓聽眾感到驚喜並引發思考。」

歐巴馬在華盛頓馬丁・路德・金恩紀念碑的揭幕儀式上發言時，面臨了同樣的挑戰。他做了什麼？他**沒有**引用金恩那句耳熟能詳的名言。反之，他提及金恩針對「令人不安的真相」所說的：「沒有和平就沒有正義，沒有正義就沒有和平。」

你也可以引用一句眾所周知的名言，比如：「唯一值得恐懼的就是恐懼本身。」但請記住，你的聽眾已經聽過這些話無數次，如此你將錯過讓演講與眾不同的機會。不要讓人輕易猜到你要說什麼，保持原創性。

用AI幫你找名言

AI也可以幫助提供名言，不過你得具體說明你的請求，例如：「**提供二十個馬丁・路德・金恩博士關於經濟正義重要性的名言，並列出每個名言的來源**」（詳請請見第十一章。我們將於該章節討論為何好的演講者應該講真話，包括只使用真實的名言）。我保證，你會找到一些你從未聽過的名言，這些名言會讓你的觀眾驚喜，並引發他們思考。

魔鬼藏在細節裡

「呈現而非陳述」（show don't tell）是優秀寫作和出色演講的黃金法則。傑出的演講者用言語描繪人事物，讓他們的內容更加生動。這些描繪不必是宏大的傑作，有時候，你只需要簡單的敘述。

白宮團隊裡的撰稿人史蒂芬・克魯平（Stephen Krupin）曾說：「幫助你的聽眾看到、聽到、感受到那些小細節，這些細節能幫助你講述一個更宏大的故事，而這正是每個好演講都應該做到的事。」他喜歡引用詹姆斯・喬伊斯（James Joyce）的話：「見微知著。」（In the particular is contained the universal.）

歐巴馬經常遵循這個原則。在紀念越南戰爭五十週年的活動中，當他面對那些為國捐軀的軍人家屬時，他本可以簡單地說：「你們愛他們。」但他沒有這麼做。他站在那面刻有陣亡將士姓名的黑色長牆旁，朗誦著遺屬們為表達對配偶和兒女的愛而留在牆邊的紀念品：「他小時候揮舞過的球棒；一枚婚戒；一張他從未見過的孫子的照片；他穿過的靴子，上面還沾著泥巴；她獲得的勳章，依然閃亮。」

在準備演講時，想想有哪些畫面能幫助你為聽眾勾勒出你想傳達的理念、你要致敬的人物，還是你要講述的故事。記住，即使是最小的畫面，也能喚起人們共同的情感。

收錄感人至深的故事

在晉升為全職總統撰稿人之前，凱爾・奧康納（Kyle O'Connor）是我們的首席研究員。二〇一一年，一起發生於亞利桑那州圖森市的槍擊事件導致六人死亡、十三人受傷。奧康納深入研究這起槍擊事件中的每一位喪生者，包括九歲的克里斯蒂娜—泰勒・格林（Christina-Taylor Green）。在調查中，奧康納得知格林出生於二〇〇一年九月十一日，於是他接著找到一本關於九一一出生嬰兒的書，令人驚訝的是，其中一位正是格林。書中除了她的照片外，還有作者對她的祝福：「希望妳能跳進雨後的水窪裡。」

要如何判斷一個故事是否能打動你的聽眾？首先它要打動你自己。奧康納回憶道：「看到那句話的一瞬間，我知道『就是它了』，這既能讓人回想起那場悲劇，也能讓總統藉此傳達一個更大的觀點：我們需要為孩子建立一個更安全的世界。」

幾天後的追悼會上，在演講最感人的時刻，歐巴馬講述了格林的故事，而且他停頓了一下以穩住情緒，隨後加入他自己的祝願：「如果天堂裡有水窪，格林今天一定正在裡面跳來跳去。」

確實寫下講稿，拒絕即興發揮

經過一番思考和研究後，是時候讓腦中的想法轉變為紙上的文字了。

我聽過一些演講教練說，不應該把講稿寫下來，也**不應該**逐字逐句地朗讀。那是我聽過最糟糕的建議。當然，這取決於具體情況。如果你想在親朋好友的聚會上發表深情的談話，也許不需要照稿朗讀，但若你的講稿很真誠親切，那麼朗讀講稿可能是不錯的選擇。有時候，你只需要一個大綱，一些要點或幾個關鍵字，就能讓你不脫稿。

但是，多數情況下，我強烈建議你逐字逐句寫下你的內容。不要像歐巴馬擔任社區組織者時，在芝加哥發表那場「突然卡住」的演講一樣試圖即興發揮。歐巴馬曾笑著回憶那天的經歷，對我說：「這是一個很好的教訓，寫下你要說的話，即使你在演講時不是特別有魅力，也可以透過閱讀稿子順利完成，不會當場僵住！」

親自寫下你的講稿（不要交給AI），也有其他重要原因。如果你沒有**寫**下來，表示你沒有真正徹底**思考**過。腦力激盪和提出想法很容易，但是把講稿寫下來，能顯示出你論點的優劣，並且讓你在演講**之前**填補任何邏輯上的漏洞。此外，如果你現在不寫出你的講稿，以後怎麼練習？

寫下講稿是對聽眾的尊重，因為他們值得你最好的表現。我有一位朋友，在家庭聚餐時會先寫好致詞內容，他會列出大綱、撰寫、修改、練習，並在不看稿的情況下盡力發揮出最佳狀態。這比他即興發揮要好得多，而他的祝酒詞已成為家人珍視的禮物。

如果你是組織的領導者，寫下講稿可以成為推動團隊的動力。每個企業、非營利機構和社區都會有內部分歧，如果缺乏高層的明確指導，這些分歧可能會惡化。這就是為什麼總統的許多演講不僅針對美國人民，也針對聯邦政府的四百多萬名員工，包括文職和軍職人員，以確保大家都了解總統的政策，並希望大家朝著相同的方向努力。如果你是即將對員工發言的領導者，請寫下講稿，讓每個人都清楚地了解你想達成的目標。

寫下講稿也可以幫助你做出困難的決定。在駐阿富汗美軍司令史坦利．麥克里斯托（Stanley McChrystal）將軍發表了貶低文職領袖的言論後，歐巴馬必須決定如何處理此事。他要求準備兩份草稿，一份是解僱麥克里斯托的講稿，另一份則是挽留他。將兩份草稿擺在眼前，所有清晰陳列的論點顯然幫助歐巴馬做出了決定。隔天，他接受了麥克里斯托的辭呈。

寫作很難，但你可以讓它變簡單

寫作並非易事，為歐巴馬撰稿更是艱難。據說他曾對一位白宮助手這樣說過：「我比我的撰稿人更會寫講稿[2]。」這話很刺耳，但也是事實。如果你有喜愛的歐巴馬演講，那場的講稿很可能是他自己寫的，或至少大部分是他親自撰稿。

寫下你想說的話也很困難，因為這涉及第一章的那些基本問題。**我是誰？我相信什麼？**這樣的大問題可能會令人不知所措，很多人都說這就是所謂的「寫作障礙」。並不是我們無法**寫作**，而是我們不**相信**自己能寫，我們覺得自己沒什麼值得說的，或覺得自己勝任不了這份工作。那個不斷懷疑的聲音又出現了，這種情況會發生在許多人身上。

「我幾乎每隔一天就會崩潰一次。」歐巴馬第一次競選總統時，和首位任期內的首席撰稿人約恩・法夫洛（Jon Favreau）回憶道。為了證明自己能勝任這份工作，歐巴馬第二任期的首席撰稿人柯迪・基南（Cody Keenan）最後因高血壓進了醫院。而對我來說，壓力會引發令人衰弱的偏頭痛；我必須關上辦公室的門，關掉燈，在黑暗中躺在地板上，基本上是昏睡過去，讓我的大腦重啟。在自我懷疑的煎熬中，我們有位團隊成員還去尋求心理諮商。莎拉達・帕里（Sarada Peri，歷任白宮撰稿人中少數的非白人女性之一）擔心自己比其他人更不容犯錯，她說：「這很可怕，我不希望任何人覺得：『你不是白人，你無法勝任這個工作。』」

回想當年在白宮時，我認為我們並沒有意識到，許多人正與內心的不安感對抗。多年後，奧康納說道：「我當時覺得，尋求幫助就等於承認自己無法勝任這份工作。」

如果你在準備演講時感到困難，有許多方法可以幫助你激發創意。而這些方法都與寫作無關，有時候，你的大腦只是需要喘息的時間。

- 聽音樂。
- 運動：散步、跑步、上健身房；我有些最好的點子都是在跑步機上想到的。
- 打個盹，或是去睡覺：你的大腦會在你睡著時繼續運作；有時我醒來後，大腦已經想出前一晚困擾我的句子。
- 洗澡：隨著水流沖刷你的身體，讓思緒自由遨遊、激發創意，這就是一些研究者所說的「淋浴效應」（shower effect）[3]。

如果你認為自己沒有能力完成這項工作，不要默默承受，向同事或朋友尋求幫助，徵求他們的意見，也說出自己的想法。通常，你會發現想法早已在腦海中，一旦你把它們說出來，寫下來就會容易許多。

好演講的三部曲：開頭、中段和結尾

在白宮的第二年，我正在準備歐巴馬即將於印度議會發表的演講。「別擔心。」一位白宮員工開玩笑說，「這場演講只有十億印度人會看到。」

這不好笑，也沒什麼幫助。

壓力突然變得巨大無比，我覺得完全無法勝任這項工作，我嚇壞了，不知道從哪裡開始，不知道如何組織這個演講，也不知道如何結束它。我無法下筆，陷入了無止境的研究深淵。幾天下來，電腦螢幕上的空白頁面一直盯著我、嘲笑我。

最後，我回到家裡，癱倒在沙發上，經歷了人生中第一次，也是目前唯一一次的恐慌發作。我呼吸困難，皮膚發麻，胸口彷彿要爆炸。我委屈地對妻子說：「為什麼會這樣？」她撫摸著我的額頭，直到我心力交瘁並沉沉睡去。

接下來的幾天裡，我總算寫出一份初稿。或許是因為害怕失敗，沒有什麼比截止日期，或是總統對你的工作「不滿意」，更能讓人集中精神了。我想起一個簡單的原則後，寫作也變得輕鬆了很多。

優秀的演講，如同許多偉大的戲劇和表演，通常可以概括為三個部分：開頭、中段和結尾。聽起來簡單到像是在胡言亂語對吧？

我承認，我第一次聽到這個說法的時候也不太理解。我在歐巴馬剛上任時加入他的團隊，那時我已經寫了十多年的演講稿，但從來沒聽過有人這樣談論演講。歐巴馬和他的競選演講撰稿人會說：「確保演講的開頭、中段和結尾都能連貫一致。」

我禮貌地點頭，假裝聽懂了，心裡卻在想，他們在說什麼呢？**演講當然有開頭、中段和結尾，你開始說話，繼續說話，最後停止說話。開頭、中段、結尾！**

最終，我明白了歐巴馬的意思。一篇好的演講，就像任何一個好的故事，都需要清晰的結構和敘事弧線，就像我們在學校學到的基本敘事元素：背景、角色、衝突、轉折點、高潮、結局。通常，這些元素可以很好地融入任何演講或簡報的三個部分：開頭、中段和結尾。

這樣的結構簡單嗎？

想到這裡，我需要寫的那場在印度議會進行的大型演講突然沒那麼令人緊張了。我的三幕結構大概是這樣的：

- 開頭（背景、主要角色介紹）：描繪印度人和美國人之間的友誼與合作。
- 中段（問題）：我們在世界上面臨的挑戰，以及印度和美國如何共同應對這些挑戰。
- 結尾（解決方案）：印度與美國的合作如何使我們的國家和世界更加平等、繁榮與安全。

突然之間，這個任務的壓力不再那麼巨大。我知道自己要怎麼寫，即使這份講稿最終超過四千字，但它的核心思想可以分為三個簡單的部分。幾個星期後，我坐在新德里的印度議會裡，看著歐巴馬向十億印度人發表演說。

重點討論

需要進行演講或報告嗎？不要急於開始，善用你的時間，遵循五〇—二五—二五準備法：花五〇%的時間思考、研究和整理你的想法；花二五%的時間寫作；最後花二五%的時間修改和練習。

在前五〇%的時間裡：

- **構思輪廓**。盡量對活動和聽眾有百分之百的狀態意識，不要做任何假設，要了解一切，多問問題。
- **深思熟慮**。撥出時間仔細思考並討論你想說的內容，理解你想要講述的故事，將訊息濃縮到十個字以內。
- **釐清問題**。盡可能了解你要談論的主題，可以從歷史中學習，可以聆聽家人、朋友和同事的建議，或尋找觸動你心靈的故事。
- **準備付諸文字**。不要即興發揮，逐字逐句寫出你的講稿是對聽眾的尊重。當你記住可以將內容濃縮為「開頭、中段和結尾」三個簡單的部分時，會更容易。好，我們開始寫吧。最好的起點是：開頭。

Part II

開場白：
一開口就成為焦點

第五章

一鳴驚人：第一句話就吸引聽眾

有兩樣東西無法挽回：時間和第一印象。

——辛西婭．奧齊克（Cynthia Ozick）

我們都曾經歷過這種情況。參加社區集會，也許是一場會議，更普遍的情況是高中畢業典禮。樂隊開始演奏〈威風凜凜進行曲〉（Pomp and Circumstance），自豪的畢業生們身穿學士服列隊走進，空氣中充滿著情緒高漲的氣氛。接著，司儀開始發言。

「史密斯校長、強森副校長、布朗副校長、瓊斯學術協調員、數學系主任加西亞、英語系主任米勒……」

你心想：**天啊，他正在一一列舉學校裡每個領導人。**

「戴維斯督學，羅德里格斯副督學，學校董事會成員安德森、赫南德茲和阮……」

還有誰沒被提到嗎？

「尊敬的來賓，包括湯瑪斯市長，泰勒副市長，市議會成員摩爾、傑克遜和馬丁……」

等等，還沒完！

「社區的朋友和支持者，商會會長凱瑟琳．懷特，扶輪社社長麥可．哈里斯，女性選民聯盟會長奧莉維亞．克拉克……」

典禮才剛開始，你已經在看時間了。

最後，司儀好像突然想起來一樣，終於提到了畢業生。歡呼聲響起，但更多是因為點名環節終於結束而鬆了一口氣。

我要盡可能說清楚：這．真．的．不．是．開．始．演．講．的．好．方．式。

以冗長的感謝名單開場，是開始演講最糟糕的方式之一，它會破壞你想營造的氛圍。當我們身為聽眾必須聆聽這些名單時，實在是非常難以忍受。那麼，為什麼當我們作為演講者時，要讓聽眾經歷這種「感謝至死」的折磨呢？歐巴馬總統曾在一場演講中列出幾乎每一位出席的國會成員，CNN直播了這段演講，但很快就切走了，因為實在是太無聊了。

演講的每個部分都有其目的。開場的目的是與聽眾建立**情感**連結，塑造極為重要的第一印象。這意味著，作為演講者，你應該經常問自己：我開口的**第一句話**會是什麼？

打造好的開場白

簡單地說聲「你好」

開始演講的最佳方式通常是最簡單的，說聲你好就可以。我總是驚訝為什麼很多演講者沒有這樣做，這很簡單，卻非常有力。問候本質上是一種友善的姿態，帶有歡迎的意味，它幾乎適用於所有形式的溝通：面對面、通話或線上會議。它跨越了文化，幾乎所有情況都適用，甚至可以用於悼詞。這就是「你好」的力量，通行無阻。

為什麼它會有效？一份研究發現，說「你好」可以讓聽者認為說話者更值得信賴[1]。當我們說「你好」（或「早安！」、「午安！」、「晚安！」）時，是在傳遞一個強而有力的訊息：我是朋友，你可以信任我。那麼問候時會發生什麼事呢？如果你帶著感情和熱情打招呼，就像與朋友交談一樣，你的聽眾也會回應你，瞬間就建立起連結。

向現場聽眾致意

如果你在他人的組織裡發表談話，或是在家鄉以外的城市或小鎮演講，有另一種簡單的方式可以建立連結：向當地的人們示好。想想看，歌手在演唱會開場時第一句話經常說什麼？或者脫口秀演員演出的開場白？「你好，洛杉磯！」、「你好，紐約！」歐巴馬也經常這樣做：「你好，賓夕法尼亞！」、「你好，倫敦！」

或者你正參加一場會議、研討會或公司活動：「你好，美國護士協會！」、「你好，聯合鋼鐵工人協會！」、「你好，蘋果公司！」如果你在佛羅里達大學（University of Florida），你可以說：「加油，鱷魚隊！」如此就能再一次與聽眾瞬間產生連結。你只說了幾個字，大家就已經在歡呼了。

自我介紹

在某些情況下，例如公開會議，聽眾可能不認識你。或許沒有人會介紹你，你需要自我介紹。聽起來很無聊，但這可能是你能立即建立自己可信度的最佳方式之一：按照你的方式來介紹。

想想哈靈頓在國家電視上說的話：「我的名字是布雷登．哈靈頓，今年十三歲。」以及他立刻談到他的語言障礙。坦明加在密西根州向市政委員發言時，也用了同樣的開場白：「我的名字是奈亞拉．坦明加，我幾乎一生都住在大急流城。」

這也是臉書（Facebook）的吹哨者在國會作證時的開場白：

我叫法蘭西絲．豪根（Frances Haugen），我曾經在臉書工作過。過去我加入臉書，是因為我認為它能激發出我們最好的一面。但我今天在這裡，是因為我相信臉書的產品對兒童有害、煽動分裂，並削弱我們的民主。

她用短短幾句話告訴你她是誰，為什麼你應該聽她說話，以及她為什麼在這裡。兩千多年前，希臘哲學家亞里斯多德（Aristotle）稱這為**人格**（ethos），演講者試圖透過訴諸自己的品格或權威，來說服聽眾，他稱其為修辭學的三要素之一（我保證，我在這本書中只會提到幾個古希臘詞彙）。

甚至連總統也會這樣做。你可能注意到，宣布軍事行動時，他們經常說：「作為總統和三軍統帥……」我們都知道他們是總統兼三軍統帥，但為何要說出來？他們只是在提醒你他們的權威，希望藉此說服你相信他們的話語和行動是明智的。

你也可以這樣做，從提醒聽眾你為何有資格在這個議題上發言開始：「作為這個社區的終身成員……」、「作為這個組織的老員工……」、「作為致力於綠色能源的公司執行長……」

一個吸引全場的「殺手級」開場白

有時，偉大的作品從第一句話就能吸引你。

「那是最好的時代，也是最壞的時代……」（查爾斯·狄更斯（Charles Dickens）的《雙城記》（*A Tale of Two Cities*））

「他們先射殺了那個白人女孩……」〔托妮．莫里森（Toni Morrison）的《樂園》（*Paradise*）〕

「很久以前，在一個遙遠的星系……」〔每一部《星際大戰》（*Star Wars*）電影〕

「我說嘻哈，嘻皮，嘻皮，嘻，嘻哈，你不會停……」〔糖山幫（The Sugarhill Gang）的〈饒舌樂翻天〉（Rapper's Delight）〕。

精彩的開頭會引人入勝，讓我們意猶未盡。

演講也是如此。在二〇〇八年競選期間的首場勝利之夜，歐巴馬登上愛荷華州黨團會議的講台，用一句簡單的話概括了那一刻：「他們說這一天永遠不會到來。」歐巴馬最初的競選撰稿人亞當．法蘭克爾（Adam Frankel）說這句話精煉了歐巴馬的核心訊息，他回憶道：「每段精彩的演講都需要對當下的時刻有所回應，這句話以輕鬆但充滿希望與理想的方式，來說明在競選中和我們國家中最大的問題，也就是種族。」

歐巴馬另一個強有力的開場白是：「今晚，我可以向美國人民和全世界報告，美國進行了一次行動，擊斃了蓋達組織（Qaeda）的領袖奧薩瑪．賓拉登（Osama bin Laden）。」這句話是很多人等待多年才聽到的消息。

所以，如果你能將當下濃縮成一句精彩的開場白，就這麼做吧。

話雖如此，我不建議花太多時間去想一個完美的開場白（除非你有澳洲司機幫忙）。多年來，我見過無數的演講者和撰稿人，為了想出一句可能名留青史的經典名言而絞盡腦汁。

但演講不是一句口號而已，記住，一篇演講就是一個故事。這意味著，如果你一心試圖想出一句難忘的台詞，就是本末倒置了。人們最常與歐巴馬連結在一起的一句話是：「是的，我們可以！」（Yes we can!）然而，他從未以這幾個字為核心構建整段演講。當我們在橢圓形辦公室的會議中，如果他察覺到我們太過專注於構思巧妙的口號，他會很快提醒我們：「不要擔心那句話。先把故事講好，那句話自然而然會出現。」

從一個故事開始

二〇〇一年九月十一日攻擊事件發生十多年後，歐巴馬與倖存者及遺屬們一起出席了紐約市九一一紀念博物館的揭幕儀式。他走向講台，環視聽眾，將他們帶回到九月那個早晨：

> 在南塔遭受攻擊的可怕時刻過後，一些受傷者擠在七十八樓的殘骸中，火勢在蔓延，空氣中瀰漫著煙霧，天色昏暗，他們幾乎看不見，彷彿毫無出路。

沒有冗長的開場白，歐巴馬只是講了一個故事，而且不是從頭開始。他從故事的中段開始（即「攔腰法」（in medias res）），選在情緒最高漲的時刻，迅速吸引了聽眾的注意。此外，歐巴馬沒有分享那一天更多的恐怖片段，而是將大部分的內容集中在一個故事上。他講述了南塔中那些受傷的工人是如何被一位用紅手帕遮擋煙霧的年輕人，威爾斯．克勞瑟（Welles Crowther）所救，這位「紅巾男子」的英雄舉動和犧牲，展現了歐巴馬所說的「九一一事件的真正精神」。

如果你想用故事開場，問問自己：這個故事中最引人入勝的時刻是什麼？從那裡開始。你會立刻吸引聽眾，因為人們總是想知道接下來會發生什麼事。

引經據典

根據活動性質和你的聽眾，引用《聖經》中的經文可以是強而有力的開場方式。尤其是在悲劇和失落時刻，它可以喚起許多人內心的力量，將你的演講和當下時刻置於更高、更神聖的背景中。

二〇一四年，德州胡德堡（Fort Hood）發生槍擊事件，導致三名士兵喪生，十多人受傷。歐巴馬在事件後的紀念儀式上，以《聖經》中的一段話開啟他的演講：「愛是凡事包容，凡事相信，凡事盼望，凡事忍耐；愛是永不止息。」

不過，要謹慎。我們生活在一個多元的世界，引用《聖經》經文可能會深深打動許多聽眾，但同時，有三六%的美國人不認同自己是基督徒，其中近三〇%的人完全沒有宗教信仰[2]。引用《新約聖經》的內容，對於猶太教徒、穆斯林或印度教徒聽眾來說，可能不會有太大的共鳴，這也是為什麼了解你的聽眾是誰，總是非常重要的。

一個更好的致謝方式

我聽過有些演講教練建議完全不要發表感謝致詞。**什麼？**感謝那些邀請你的人、活動主辦人和你的聽眾，是最基本的禮貌。這能顯示出尊重和感激，有助於建立融洽和信任的關係。永遠不要忘記感謝主辦人和聽眾。

關鍵在於如何做得恰到好處，意即要簡潔有力。每次情況都不盡相同，但在念完五、六個名字後，大多數聽眾就會開始不耐煩。如果你以一句簡潔的開場白、自我介紹，或透過講述一個故事開始演講，你可以稍後再表達謝意，並將它們融入你的內容。

即使你一開始就要致謝，也有一個好方法。與其將謝詞視為不得不為之的麻煩，不如把它們看成強化你所講述故事的方法。不要只是讀出一串名字和頭銜，而是將感謝變成對主辦方及其付出的讚美，以及頌揚將你們凝聚在一起的精神。帶著感情說出來，這樣一來，你的聽眾也很可能參與其中。例如，一場畢業典禮的講稿可能是這樣：

各位畢業生，大家好！〔歡呼〕醞釀了四年，歡迎來到這一天！〔歡呼〕今天，我們要向所有幫助你達到這個里程碑的人表示感謝。感謝史密斯校長，以及所有指導過你的老師、教職員！

〔歡呼〕感謝托馬斯市長、戴維斯督學和所有支持你們的領導者！感謝社區裡的鄰居，尤其是你的家人和朋友，一路上給予你無限鼓勵！〔歡呼〕

在提及人名時，還有兩點建議：首先，注意不要強化過時的性別刻板印象。不要只讚美女性的「奉獻精神」、「熱情」或「同理心」，也不要只是讚美男人的「自信」、「決心」和「力量」，任何美德都不應被任何性別壟斷。

其次，絕不要假設對方的性取向或性別認同。「我要感謝帕克的領導」（I want to thank Parker for his leadership）是一個很好的讚美，除非帕克的自稱是「她」（she）或「他們」（they）。試著了解別人希望怎麼被稱呼，這是基本的禮貌。如果你不知道，這裡有一個簡單的方法來確保你表現出尊重，就是完全避免使用性別代詞：「帕克，感謝你的領導。」（Parker, thank you for your leadership.）

表揚聽眾熱愛的事物

另一個迅速與聽眾建立連結的好方法，是表達你對**他們**所熱愛事物的認同，我稱之為三個F：第一（Firsts）、美食（Foods）和粉絲（Fans）。

他們有沒有為作為某些歷史上的第一感到自豪？歐巴馬在訪問紐奧良（New Orleans）時，

稱讚該市是全國首座在解決退伍軍人長期無家可歸問題上取得重大進展的城市之一，聽眾聽到後驕傲地鼓掌。

他們喜愛什麼當地美食？在一個慶祝墨裔美國人貢獻的五月五日節（Cinco de Mayo）派對上，歐巴馬表示自己對眼前各式各樣的塔可、吉拿棒和瑪格麗塔酒感到興奮，這時聽眾中有人大喊「龍舌蘭」！

或者他們支持哪支球隊？在舊金山的一個活動中，當歐巴馬向「你們的NBA冠軍，金州勇士隊（Golden State Warriors）」致敬時，獲得了熱烈的歡呼。

尊重你的聽眾所熱愛的事物，他們也會投桃報李。

震驚他們

幾年前，拜登總統在發表演講後與聽眾握手。在與人群互動時，一名女性直視他的眼睛，直截了當地說道：「我是美國公民，但我母親在集中營裡。」這句話讓總統停下腳步，給了那位女士自我介紹和陳述案情的機會。

她叫茲巴．穆拉特（Ziba Murat），一位美國人，而她在中國的家人和數百萬名維吾爾族人一樣，遭受了殘酷的壓迫，其中超過一百萬人被關押在拘留營。她僅用兩句簡短的話語便引起總統的注意。

想要抓住聽眾的注意力嗎？說些出乎意料的話，或向聽眾拋出一個令人震驚的事實或數據。要談論經濟不平等？或許可以從這個痛苦的事實開始：「超過三分之一的美國人沒有足夠的儲蓄來應付四百美元的緊急開支。」

向投資者推銷一個讓食品更實惠的新事業嗎？也許可以這樣開場：「今晚，美國這個地球上最富有的國家，將有數百萬兒童在飢餓中入睡。」

談論槍枝暴力？「過去五十年來，美國因槍枝而喪生的人數超過了美國歷史上所有戰爭的死亡人數總和。」

雖然統計數據很少改變別人的想法（詳情請見第八章），但如果你一開始發言就丟出一個令人震驚的陳述，可以吸引聽眾的注意，讓他們更願意聽你接下來要說的內容。

用他們的語言溝通

如果你向來自不同背景的聽眾或世界各地的團體發表演講，可以考慮借鑑一下歐巴馬的做法。他每到一個地方，都會走上講台，露出燦爛的笑容，靠近麥克風，然後用他們熟悉的語言說聲你好。

在墨西哥：「Hola!」

在牙買加：「Greetings, Massive!」

在以色列：「Shalom!」

在巴勒斯坦地區：「Marhaba!」

在肯亞：「Habari Zenu!」

在緬甸：「緬甸國，Mingalaba!」

在南非，用許多當地原住民語言：「Thobela! Molweni! Sanibona! Dumelang! Ndaa! Reperile!」*

歐巴馬並非每句話都能說得完美無缺。有時，他會稍微搞混一些詞語，然後望向聽眾尋求幫助。但這反而讓情況更好，這展示出一種脆弱，每次都能引起聽眾瘋狂歡呼。用當地語言打招呼不僅僅是噱頭，這也是歐巴馬和我們這些為他撰稿的人在他環遊世界時刻意做出的選擇，因為講別人的語言是對他人表達尊重的終極方式。

別用搞笑拉近距離

當然，還有另一種與聽眾建立連結的好方法：幽默感。因此許多演講教練會說，你需要「從一個笑話開始」。

我不同意。

原因是這樣的。

當然，一個精心設計的笑話有時能幫助你更好地表達觀點，就像歐巴馬在國情咨文中調侃過度的官僚主義時說：「內政部負責管理鮭魚在淡水中的情況，但商務部負責處理牠們在鹹水中的情況，我聽說等牠們變成煙燻鮭魚後事情就會更加複雜。」

噗嗤。

但你不是總統，也沒有撰稿人團隊，更沒有人期望你如此。你不必用機智的語句當演講開場白，因為你不是喜劇演員或深夜電視節目主持人（當然你也不是年度白宮記者協會晚宴上的總統，總統在那個場合會像深夜電視節目主持人一樣講話）。

你不用重複老掉牙的笑話（「一位牧師、一位拉比和一位神父走進酒吧……」）；事實上，請不要這樣做，畢竟現在不是一九五〇年代了。

你也不必講一個冗長的故事來引出機智的妙語結尾。是的，雷根總統時常這樣做，他非常擅長這件事，但在他成為政治家之前，他曾是一名電影演員，參與過多部喜劇電影。他會把笑話寫在索引卡上，磨練了許多年。

放輕鬆。作為一名演講者，你不必非得**講笑話**。相反地，你只需要加入一點幽默感。這有什

* 有一段精彩的影片捕捉了歐巴馬出訪時許多這樣的瞬間。你可以在網路上搜尋：「Obama, Greetings Massive!」

麼不同呢？曾擔任歐巴馬撰稿人的喬恩・洛維特（Jon Lovett）曾多次為總統撰寫在白宮記者協會晚宴上發表的搞笑橋段，他解釋道：「幽默是一種達到目的的方法。幽默是一種工具，透過說出一種未曾言明的連結，讓你的聽眾感到驚喜和愉悅，它可以是一種訊號，顯示出你們之間有共同點。當人們一起大笑時，正是在享受這種連結。」

這就是為什麼在葬禮上，一個關於朋友或親人的有趣故事能引發微笑，因為你們在共同追憶這個人所帶來的愛和喜悅。這就是為什麼你不應該在公共場合分享圈內笑話，就像伴郎在婚禮敬酒時，轉向新郎說：「兄弟，還記得坎昆嗎？」結果沒有人笑，因為，兄弟，沒有人知道你在說什麼。

在歐巴馬第二任期曾策劃數場白宮記者協會晚宴演講的大衛・利特（David Litt）說：「你不必非得很搞笑，只需要表現出友善，和一些人情味。」

與其讓人捧腹大笑，不如努力讓人會心一笑。你只需要以共同的連結和一點人情味，讓你的聽眾感到驚喜和愉悅。這裡有一些簡單的方法來做到這一點。

放低姿態

自嘲。這對每個人都有效，當你是一位領導者時尤其如此。

歐巴馬有時開玩笑說，聽眾寧願聽到第一夫人的演講，或者說他的女兒們已經厭倦了聽他說話。又或者，當他獲得諾貝爾和平獎時，他的女兒瑪莉亞更關心的是那天是他們家的狗生日。這些話之所以好笑，是因為它很真實，容易引起共鳴。很少有父母在自己的家中是英雄，即使你身為總統也不例外。

給他們一點驚喜

歐巴馬在向英國議會致詞時，這無疑是個非常莊重的場合，他卻說：「據說在我之前的三位演講者是教宗、女王陛下和納爾遜．曼德拉（Nelson Mandela），這要嘛是個非常高的標準，要嘛是個非常有趣的笑話開頭。」

在歡迎日本首相到訪白宮時，他讚揚了日本對世界的諸多貢獻，包括它的創新、藝術，「當然還有表情符號」。

在向北歐國家的領袖致意時，他感謝他們維護全球安全與繁榮，並且發明了「Minecraft」、「憤怒鳥」和「糖果傳奇」（Candy Crush）。

搞笑嗎？其實不是，但很可愛，那些妙語讓人忍俊不禁。有時，讓聽眾微笑和大笑的最簡單方法，就是用意想不到的事物給他們驚喜，即使是在嚴肅的場合。

借鑑最佳演講

梅爾．布魯克斯（Mel Brooks）榮獲甘迺迪中心榮譽獎時，歐巴馬在白宮向這位傳奇喜劇演員致敬。歐巴馬說，布魯克斯在第二次世界大戰期間服役於歐洲戰區，那裡有「很多行動」，但一點「演出場面」也沒有。隨後，布魯克斯成為一名成功的喜劇演員，而這也意味著「恐慌、歇斯底里、失眠，以及多年的精神分析」。

我真希望我們的撰稿團隊能想出這樣的句子。事實上，正如歐巴馬對他的聽眾所說，他引用了布魯克斯自己的笑話回敬給他，而聽眾們非常喜歡這些笑話。

引用喜劇演員的台詞沒什麼錯，他們經過實戰測試，保證會讓人發笑。但要記得致敬，如果只是抄襲，那麼笑到最後的就是你的批評者。

玩點雙關

每年十一月，美國總統都會參加一項歷史悠久，但不一定那麼令人敬重的傳統活動：感恩節火雞赦免儀式。對歐巴馬來說，這也成了另一個傳統：「用一堆老套的火雞冷笑話來讓我的女兒們尷尬。」

他承認這樣有點傻，但他「絕不會戒掉這個習慣」。

他紀念那數百萬未能「搭上通往自由的肉汁列車」的勇敢鳥兒，牠們證明了「自己不是膽小如雞」。

如果在感恩節聚會上，有人不讓你再吃配菜，他說：「我希望你以一句能概括飢餓人民精神的信條回應他：是的，我們『渴餓』以（Yes we cran）。」

雙關語很有趣。你的聽眾可以和你一起玩文字遊戲，這是一種共同的連結。當然，要小心不要過度使用。還有，一如既往地，最好事先寫下來，不要臨場發揮。

恰到好處的幽默感甚至可以幫助你應對最棘手的情況。

幽默應該有重點

「我被審查了。」

這是詹德・莫立茲（Zander Moricz）回憶他與高中校長見面時說的話。那時莫立茲距離畢業只剩幾個禮拜，而他作為高年級班長，將在畢業典禮上發表演講，但佛羅里達州奧斯皮利（Osprey）的學校校長卻很緊張。

佛羅里達州最近通過了一項法律，禁止在某些年級內的課堂上討論性取向或性別認同等主題。但這項法律含糊不清，未明確定義禁止哪種「討論」以及在哪些「年級」。反對者稱其為「別說同性戀」法（“Don’t Say Gay” law），警告這將迫使LGBTQ學生回到必須隱藏身分的困境。

同性戀者莫立茲在學校發起罷課以抗議該措施，並參與訴訟，在法庭上對抗這條法律。儘管法律尚未生效，他的校長擔心莫立茲會在畢業演講中發表反對意見。

「校長說他個人支持我，但『不適合』在演講中討論我的性取向、法律或我的行動主義。」莫立茲在一年後接受我採訪時說，「他還說，如果我這麼做，他們會『切斷我的麥克風』。」

莫立茲在推特上發表了他的困境，一些朋友和支持者力勸他挑戰學校，讓他們切斷麥克風。他感到糾結。「我想忠於自己。」莫立茲說，「但是我的同學和他們的家人為這一天努力了多年，我不想破壞這個慶祝活動。」

畢業典禮前幾天，氣氛越來越緊張。憤怒的來電淹沒了學校的電話，莫立茲還收到死亡威脅。他停止上學，不再獨自出門，當陌生人在超市搭訕他時，他躲進超市洗手間以確保安全。

畢業典禮那天，莫立茲走上講台，全場一片安靜。

在最初的幾分鐘內，他的演講和任何一位班長沒有什麼不同。他讚揚了那些把全班凝聚在一起的活動和計畫，例如他們在新冠疫情期間順利應對遠距學習，以及他們在爭取種族正義和氣候行動的抗議中展現的團結。莫立茲說，面對社區和公民權利的「退步」，他們必須挺身而出。

「這就是為什麼我必須討論我身分中一個非常公開的部分。」他說，「這個特徵可能已經成為你們想起我時首先會想到的事情，正如你們所知，我……」

莫立茲脫下畢業帽，撫摸他那頭棕色的頭髮。

「……是捲髮。」

笑聲和掌聲在人群中迴盪開來，每個人都明白他在做什麼。

「我以前討厭我的捲髮。」他接著說，「我整天都為此感到尷尬，拚命想要糾正這部分的自己。」他承認道，「在佛羅里達擁有捲髮是很困難的，因為溼氣的緣故。」這句話引來更多笑聲。但最終，他找到勇氣向他的體育老師坦白，「因為我沒有其他捲髮的人可以傾訴。」

然後莫立茲變得認真起來。「正是因為這個群體給我的愛，我才向家人坦白。」他將手放在心口，試圖調整呼吸，「現在我很幸福。」

他呼籲他的同學們一起「運用我們共同的力量」，為「成千上萬像他一樣捲髮的小孩」發聲，因為他們在學校「需要一個支持的社群」。

莫立茲沒有講「笑話」，也沒有妙語如珠，但他很有趣。他告訴我：「當時的幽默是有目的的，藉由將認同比喻為捲髮，我得以表達出佛羅里達州這項法律是多麼荒謬和危險。」而且麥克風也沒有被消音。演講後，全場起立鼓掌，他的父母熱淚盈眶，而他的演講迅速走紅。

儘管莫立茲和其他反對者未能阻止佛羅里達州的這項法律生效，但他們最終贏得了一項重要勝利：一項法律和解聲明，明確表達佛羅里達州的教師和學生可以在課堂上討論「性傾向」和「性別認同」的話題。莫立茲在發表了那場只有他才能給予的既幽默又強烈的演講後，仍繼續為平等發聲。

「如果我們不理解為何需要改變，社會絕不會變得更平等。」他告訴我，「我們能做的最有力的事情，就是和另一個人分享我們的故事，即使我們不得不用一點幽默來做到這一點。」

重點討論

在準備講稿時，記得就像任何精彩的表演一樣，你的開場白應該立刻抓住聽眾的注意，迅速建立情感連結。以下是一些方法：

- 用**你好**俘獲他們的心（或說「早安！」、「晚安！」），或者向聽眾表達愛意（「芝加哥，你們好！」、「護士們好！」）。
- **自我介紹**（「我的名字是……」），強調你的權威和可信度，聽眾為何要聽你說話（「作為這個小鎮的居民已有三十年。」）。
- 用殺手級的開場白、引人入勝的故事、感人的經文或令人震驚的事實來**吸引他們**。
- **不要從致謝詞開始演講，而是將致謝詞融入內容中。**簡明扼要地表示對主辦方的讚美，讚揚他們的工作以及活動的精神。
- **表達對聽眾的三個重要元素的喜愛**，那些讓他們成為自己並感到自豪的「第一」、「美食」和「粉絲」。
- **與其試圖搞笑，不如運用一些幽默感。**用出乎意料的共同點來驚喜並取悅你的聽眾。

第六章

讓你的話語帶來團結的力量

你必須堅持一些比自己更偉大的事情。

——荷西・安東尼奧・瓦爾加斯（Jose Antonio Vargas）

在任何報告或演講的前期，理想情況下是在開場白之後，就是時候進入主題了。你的聽眾需要了解你**為什麼**對他們說話：你的目的是什麼。而我相信，任何好的演講，不論你是誰，談論的是什麼，或是對誰演講，都只能有一個目的。

我詳細說明一下。

在世界各地，許多社會比以往更加分裂，領導者不提供真正的解決方案，反而貶低對手，並將弱勢群體當作替罪羔羊。追求收視率的電視評論員煽動政治、經濟和社會分歧，社群媒體內容背後的演算法，讓我們對彼此憤怒，來保持我們的參與度。

這一切都意味著，無論在家庭、公司還是社區，當我們起身發言時，我們是有選擇的。我們是要助長這些分歧，還是嘗試團結大家呢？我們是用言語煽動還是安撫，是要傷害還是療癒？

這就是為什麼我相信，真正好的演講只能有一個目的，就是透過團結人們齊心協力，達成一個**好的**目標，來**做**善事。

發表祝酒詞或悼詞？你的目的是團結你的家人和朋友，並重申你所尊敬的人的價值觀和人生工作。

工作簡報？你的目的是團結同事，共同提供優質的產品或服務，希望能夠改善客戶的生活。

在公開會議上發言？你的目的是團結社區或民選官員（或至少是多數選民），來支持你認為能改善你所在城鎮、縣郡或城市居民生活的措施。

呼籲支持某個事業或慈善活動？你的目的是團結聽眾，吸引新的志願者和捐款，以減輕痛苦或拯救生命。

參選公職嗎？你的目的是盡可能團結選民，不只是為了當選，而是希望能利用你的權力創建一個更加平等、安全和繁榮的社會。

所以，請忘記那句陳舊的糟糕建議：「重要的不是你說了**什麼**，而是你**怎麼**說。」你所說的內容，也就是言詞的**本質**，比你的表達風格更重要，那才是任何演講的精髓所在。歐巴馬曾經對我說：「你需要傳遞一個能引起共鳴並能產生影響的訊息。」

以下提供三種主要方法，可以讓你的訊息引起聽眾共鳴，並激勵他們共同努力：共同的挑戰、共同的認同和共同的理念。

號召聽眾迎接共同的挑戰

想想那些讓你與周圍的人感到最團結的時刻。有可能是當你們面對一個共同挑戰的時候，你的家人為身患重病的摯愛團結在一起，你的社區在一場毀滅性的意外或風暴後共同努力，你的公司在面對競爭對手的挑戰時竭盡全力，你的國家在遭受攻擊後團結一致。

「一個團體越感受到威脅，就會越團結合作。」史丹佛大學（Stanford University）商學研究所的文化心理學家蜜雪兒・蓋爾凡（Michele Gelfand）這樣解釋，她專門研究社會如何應對戰爭、疾病爆發和自然災害等威脅。這對於試圖激勵聽眾迎接挑戰的演講者來說，是一個重要的啟示。

「讓挑戰具體化。」蓋爾凡告訴我：「如果挑戰太抽象，聽眾將無法理解。」換句話說，請用生動的語言。蓋爾凡和她的同事們分析超過一個世紀的紙本和線上出版物中出現的數百萬個詞彙，並開發他們所稱的「威脅詞典」，其中包含兩百四十個演講者和作者在描述挑戰時經常使用的詞彙，這些詞彙包括包括「憤怒」、「攻擊」、「混亂」、「崩潰」、「致命」、「毀滅性」、「令人恐懼」、「傷害」、「謀殺」、「風暴」、「痛苦」、「恐怖分子」和「受害者」等詞語[1]。

領導者經常使用這樣生動的語言，尤其是在號召人民面對人為或自然災害的挑戰時。看看布希總統在九一一當晚演講的前兩段內容就知道了。

> 大家晚安。今天，我們的同胞、我們的生活方式，甚至我們的自由，都在一連串蓄意且致命的**恐怖攻擊**中受到了威脅。**受害者**有些在飛機上，有些在辦公室裡；包括祕書、商務人士、軍事及聯邦政府員工；其中也有某些人的父母、朋友和鄰居。上千條生命被**邪惡**、卑鄙的**恐怖**行為突然終結了。
>
> 飛機撞入建築物、大火**燃燒**、巨大建築**倒塌**的畫面充斥眼前，讓我們感到震驚、極度悲傷，並燃起一股沉靜而不屈的**憤怒**。這些大規模**謀殺**行為意圖讓我們的國家陷入**混亂**和**退縮**，但是他們失敗了，我們的國家依然強大。

或者看看歐巴馬總統在密蘇里州喬普林市（Joplin）遭遇毀滅性龍捲風後的演講，那場災難奪走了超過一百六十名男女老幼的生命。

這次的**破壞**與幾週前我們在阿拉巴馬州塔斯卡盧薩（Tuscaloosa）看到的情況相當，甚至可能更加嚴重。到目前為止，我們知道已有**超過一百人喪生**，仍有許多**失蹤者**及數百名**傷者**。很明顯，我們的思念與祈禱與此刻正在**受苦**的家庭同在。

兩位總統在兩種截然不同的場合發表演說，但使用相似的語言（這種語言正是蓋爾凡和她的研究夥伴所指出的那樣），能「瞬間吸引我們注意」，並鼓勵我們集體行動的詞彙*。

想號召**你的**聽眾迎接共同的挑戰？不要用模糊的抽象語言，具體一點，運用生動的語言，讓你的聽眾在腦海中清晰地看到挑戰的情景。

*同樣地，許多領域的領袖經常使用「戰爭」的語言來說明各種挑戰，例如：「反貧困戰爭」、「反愛滋戰爭」、「禁毒戰爭」、「掃罪戰爭」、「反恐戰爭」。「戰爭」確實是一個激勵任何聽眾的強大隱喻，許多領袖無法抗拒將自己描繪成戰鬥中的決策指揮官，但這種方式也有風險。歷史告訴我們，某個議題的「戰爭」很容易轉變成對人的戰爭，包括令人擔憂的過度行為，如偏見、歧視和侵犯公民自由。我的建議是：盡可能避免對政治、經濟或社會問題宣戰，尤其是這些問題根本無法透過軍事手段解決。

如何描述挑戰

不要模糊不清

「我們的社區受到槍枝暴力的影響。」

「污染正在影響我們的城鎮。」

「我們公司的市場佔有率正在流失。」

「氣候變遷影響著我們每一個人。」

要具體而生動

「槍枝暴力正在奪走我們孩子的生命，他們不應該在學校被殺害。」

「這些致命的化學物質正在汙染我們的飲用水，危害我們的生命。」

「這個新競爭者對我們公司的生存構成了威脅。」

「由氣候變遷引發的暴風、火災和乾旱正在摧毀我們的家園，重創我們的社區。」

當然，在你號召聽眾迎接挑戰時，一定要謹慎。你必須成為一名領導者。

別變成煽動者

民調公司提出壓倒性的數據顯示，美國人對公共話語中的惡毒和粗鄙已感到厭倦，他們希望看到更多的文明對話。我們已經說了這麼多年，然而，事情似乎只是變得更糟。因此，這裡有個幫助我們所有人都變得更文明的辦法：在動員聽眾面對挑戰時，**對事不對人**，尤其不是針對其他人。

當然，總有一些個人和團體（例如嗜血的暴君和恐怖主義組織）是我們應該鄙視的，他們的野蠻行徑是邪惡的，即使在今天，仍有一些專制政權威脅著民主和人權，我們必須揭露他們所帶來的危險。

同時，優秀的演講者，我指的是那些真正做好事的人，不會妖魔化整個群體。那些透過訴諸聽眾最負面的情緒和偏見來達到目的的演講者，稱為煽動者。這一點不僅適用領導者，我們在討論所熱衷的問題，尤其是在激烈的辯論中，很容易不自覺變得不文明，甚至落入煽動性言論。以下提供一些避免煽動言論的方法，更重要的是，如何識別一個煽動者。

不要質疑他人的動機

我曾為一位國會民主黨議員撰寫講稿，他提議寫進這樣一句話：「共和黨想傷害孩子，民主黨要幫助孩子。」

我是個民主黨員。我確實相信在大多數情況下，民主黨的政策會比共和黨對兒童更有利。你可能有不同的看法，理性的人可以持不同意見，但說共和黨「想傷害」孩子？拜託，許多共和黨人也為人父母，他們也希望為自己的孩子爭取最好的未來。

沒錯，這世界上**確實**有一些壞人，包括在政治界的各種意識形態立場，他們的行為和政策確實會傷害到人，有時這可能真的是他們的目標。如果你有確鑿的證據可以證明他們的惡意動機，請揭穿他們。但挑戰在於：在很多情況下，我們很難，甚至不可能真正了解別人的真實動機。

當我們質疑別人的動機時，當我們聲稱那些與我們意見相左的人「憎恨」我們的生活方式或「**想**摧毀我們的國家」，這可能會加劇不信任和分裂的惡性循環，進一步撕裂我們國家的結構，這也使得說服他人接受我們的觀點變得更加困難。這就是為什麼，儘管歐巴馬反對美國入侵伊拉克，他仍然承認「會有反對伊拉克戰爭的愛國者，當然也會有支持伊拉克戰爭的愛國者」。

我們很難知道別人心裡真正在想什麼，因此我們應該謹慎，不要自以為了解他們的內心。

不要攻擊他人的人格

如果別人貶低、侮辱或貶損我們，我們很容易想以相同方式反擊，你的聽眾甚至可能會為你的以牙還牙喝采。正如俗話所說，別跟豬摔跤，你們會弄髒自己，但豬卻很享受這個過程。

當然，對於像種族主義、性別歧視和恐同症等偏見，我們應該譴責，因為它們是社會的禍害。同時，如果你正試圖**說服**某人，例如鄰居、同事、僱主、民選官員，或是感恩節聚會上那位瘋狂的叔叔，我不建議你當面說他們是偏執狂。史丹佛大學的社會心理學解決現實問題中心的阿拉娜．康納（Alana Conner）說：「告訴別人他們是種族主義者、性別歧視者和排外主義者，是不會有任何結果的。這是一個極具威脅的訊息，我們從社會心理學中知道，當人們感覺受到威脅時，他們無法改變，也無法聆聽[2]。」我認為這是個有力的證明，支持了蜜雪兒．歐巴馬在面對冷酷無情之人時所提出的明智建議：「當他們選擇低俗時，我們選擇高尚。」

把和豬摔跤的事情留給政客和名嘴去做吧。我們其他人必須像家人、鄰居和同事一樣一起生活和工作，如果你不同意某人的看法，不要攻擊他們的人格，而應該討論他們的觀點。挑戰他們的論點：確認觀點，逐一剖析，然後一一反駁。

避免使用分裂的語言

每個社會都有罪犯和極端分子，他們必須為自己的不法行為負責。然而，除了犯罪行為外，理性的人之間存在意見分歧是民主的一部分，但我擔心我們有時太快地將那些與我們意見不一致的人歸於主流之外。我承認，有時候自己也犯過同樣的錯誤。

你可以從我們使用的詞彙中看到這一點。一組研究人員在分析近兩萬則推文後，整理出一份約兩百個詞語的清單，這些詞語經常出現在最具黨派傾向的社群媒體帳號中，他們稱之為極化詞典（Polarization Dictionary）[3]。想幫助我們的社區和國家減少分裂言論嗎？極化詞典提供了應避免使用的詞彙範例，例如，與持不同意見的人激烈辯論時，要避免稱他們為「白痴」、「騙子」或「罪犯」，尤其是在你試圖說服他們時。如果你是死忠的自由派，不要稱所有保守派為「右翼法西斯」，也不要貶低整片美國為「飛越國」。如果你是自豪的保守派，不要稱所有自由派為「左派激進分子」或「沿海菁英」。

你可能已經注意到，很多政客和名嘴一直都是這麼說話的。他們將辯論視為零和遊戲，非黑即白，這也是許多人對政治感到厭倦的原因之一。事實上，生活很複雜，所以，當然要永遠捍衛你的信念，請以堅定和熱情的語氣說話，但請抗拒給那些你不認同的人貼標籤的衝動，這只會加深我們之間的分裂。我們每個人都能盡一份力，不讓煽動性言論破壞連結我們之間的橋梁。

不要他者化、妖魔化或去人性化

警惕煽動者的特徵。

如果有人傾向將與自己觀點一致的人稱為「我們」，而將其他人，尤其是不同種族、宗教、民族、性取向或性別的團體稱為「他們」，那麼他們就是將人**他者化**的煽動者。如果他們將這樣的團體形容為「陰險」、「邪惡」或「惡魔」，那麼他們就是將人**妖魔化**的煽動者。如果他們將他人稱為「害蟲」、「動物」或「成群的異類」，那他們就是將人**去人性化**的煽動者。當一位演講者將其對手或他們的想法形容為「病毒」或「毒藥」時，請特別留意，因為這通常會伴隨著要「根除」它們的惡劣承諾。

但是，語言只是說說而已，對吧？如果只是這樣就好了。語言會帶來後果。納粹稱猶太人為「老鼠」，並在大屠殺中屠殺了超過六百萬無辜的猶太男女及兒童。在盧安達，胡圖族（Hutus）稱圖西族（Tutsis）為「蟑螂」，然後屠殺了多達八十萬人。

在美國，將黑人罪犯稱為「超級掠奪者」（superpredators），促成了一個大規模監禁的時代，對非裔美國人造成嚴重影響。近年來，不論是公民還是政客，針對拉丁裔、猶太人、穆斯林、亞裔和LGBTQ群體的仇恨言論不斷增加，已被證實與針對這些群體的仇恨犯罪上升有關[4]。

言語舉足輕重，尤其是在社群媒體能瞬間傳播的時代。每個人都要對從自己口中說出的話負責，優秀的演說家（那些真正做好事的演講者）不會散播可能導致現實世界傷害的仇恨言論。

不要威脅使用暴力

歷代以來，演講者們一直敦促他們的聽眾為信念「奮鬥」。這通常是一個比喻說法，然而，今日這種說法已變得過於真實。公職人員、法官、選舉工作人員及其家人遭到身體攻擊，有的人甚至被槍擊或被殺害。在二〇二一年一月六日的集會上，當國會準備認證拜登的勝選時，川普提到「戰鬥」或「奮戰」約二十次，隨後他的支持者衝進美國國會大廈，試圖推翻選舉結果。越來越多的美國人（接近四分之一）認為可能需要「訴諸暴力」來「拯救」國家免受政治對手的威脅[5]。

當政治暴力成為明顯且迫在眉睫的危險時，我們都應該明智地遠離那些可能被視為威脅或煽動暴力的言詞。我們可以從這幾個地方開始：停止將意見不合的人描述為需要「消滅」或「摧毀」的「敵人」；停止煽動聽眾去「戰鬥」和「奪回我們的國家」，因為我們這個超過三億人口的多元社會，不屬於任何一個群體，也不能從我們的鄰居那裡「奪取」。還有，謹慎使用「但是」，例如「暴力不應被接受，但是……」因為「但是」會否定前面說的所有內容。在一個能透過和平抗議和選票改變現狀的民主社會中，暴力行為是絕不被容許的，而且沒有任何讓步空間。

我們無法一直阻止煽動者散播恐懼和仇恨，但我們可以做出不同的選擇。在號召聽眾共同面對挑戰的同時，我們可以在演講開頭訴諸共同的身分認同，避免挑起人與人的對立。

喚起共同的身分認同

從某種意義上說，你不得不承認煽動者的本事。他們完全知道自己在做什麼，他們了解作為社會性動物，人類會傾向靠近與自己外貌、行為或思想相似的群體，尤其當我們感到脆弱或害怕時[6]。煽動者利用我們的種族、宗教、族群、性別和性取向來分裂我們，並造成傷害。好消息是：我們也可以喚起這些身分認同，將人們團結在一起做好事。

「關於群體的一個最大迷思是，它們不可避免地會導致對非群體成員的歧視。」紐約大學（New York University）心理學和神經科學教授傑伊・范・巴維爾（Jay Van Bavel）解釋道，「然而，情況並非總是如此。人們若加入一個非常重視多元和包容的團體時，可能會引導他們接納來自群體外的人[7]。」

事實上，喚起共同的身分認同可以成為激勵聽眾行善的最有力方式之一，而這始於你如何自我認同。

「你」的力量

讓我向你介紹兩個人。

第一個人住在維吉尼亞州，他是白人。他的父親曾在軍中服役，有許多朋友和同事都是退伍軍人，他是個想要保護家庭的丈夫和父親，也是個自豪的美國人。

第二個人認為自己是自由派和進步派，佛洛伊德被謀殺後，他參加了一場爭取正義的集會，他相信美國在實現真正的平等上仍有很長的路要走。

在你閱讀這兩段描述時，我猜你馬上開始對每個人做出一些判斷。也許你對其中一個人更有共鳴，被他深深吸引，並且因此更願意聽他說的話。

事實上，這兩個人其實是同一個人，也就是我。

沒有任何一個人是單一面向的。正如華特・惠特曼（Walt Whitman）所寫：每個人「內心都有萬象」（contain multitudes）。我們說話時也是一樣，要如何向聽眾展示自己，會深刻影響他們對我們的看法，決定他們是否將我們視為自己群體的一部分，從而決定是否願意接受我們所說的內容。這是群體忠誠的本質，我們更有可能認同並相信那些與我們相似或屬於我們群體的人[8]。

這意味著說服力從你自身開始。每當你說話時，請思考你眾多真實且真誠的身分中，哪一個能最有效地與聽眾連結。「今天我的談話是作為……」：「一位母親」、「一位父親」、「一位女兒」、「這個社區的一員」、「一個信仰者」、「一位退伍軍人」、「一個移民的孩子」、「家裡第一個上大學的人」。

我們有很多身分可以選擇，每次演講都可以選擇不同的身分。在每次發言前，問問自己：我如何才能最好地展現自己，並與這些聽眾建立連結？

「我們」的力量

這裡還有一個修辭武器庫中非常強大的詞彙：「我們」。很遺憾，這個詞出現得還是不夠多。相較於那些以「我們」對抗「他們」的煽動者，「我們」可以透過提醒聽眾我們的共同點來凝聚力量，「我們」可以是家庭成員、鄰居、同事或是同胞。「『我們』是民主制度中最有力的詞語。」歐巴馬在紀念阿拉巴馬州塞爾瑪（Selma）民權遊行五十週年時說道，「『我們人民。』、『我們必定克服困難。』、『是的，我們可以。』這些話語不屬於任何人，它屬於所有人。」

當你以「我們」、「我們的」、「我們所有人」訴諸於大眾，你可以吸引更多人支持你的事業，正如李海大學（Lehigh University）心理學教授巴維爾和多米尼克・帕克（Dominic Packer）在他們的書《我們的力量》（*The Power of Us*）中所展示的那樣。一份研究發現，提醒人們他們之間共同的身分，例如，透過呼籲我們「美國同胞」，可以減少對來自另一政黨成員的負面態度[9]。另一項研究顯示，在演講中更多使用「我們」和「我們的」等詞語的候選人在選舉中更加成功[10]。這對包括企業在內的任何組織而言，都是一個成功的祕訣。面對那些排斥他人的人，我們必須包容，這樣我們的家庭、社區、公司和國家才能受益於每個人的才華和技能。

在嘗試爭取他人支持你的事業時，試著放下那些可能使部分聽眾反感的標籤：「民主黨」、「共和黨」、「自由派」、「保守派」，轉而訴諸他們重視的更為包容的認同：「賓州同胞」、

「喬治亞州同胞」、「美國同胞」。

那麼，如果你要呼籲聽眾幫助在世界另一端那些他們覺得幾乎毫無共同點的人，又該怎麼辦呢？提醒他們，我們與地球上每一個人共享的最基本身分：「我們人類同胞」。

「行動」的力量

喚醒聽眾的共同身分，不僅令人愉悅，還有助實現目標。怎麼做到的呢？賓州大學（University of Pennsylvania）沃頓商學院的行銷學教授喬納・伯格（Jonah Berger），建議我們少用動詞，多用名詞。他指出有項研究發現，鼓勵人們把自己視為「選民」，比說他們是計畫「去投票」的人，更能促使他們去投票[11]。伯格稱此為「將行動轉化為身分」[12]。

我們也可以這麼做。與社區對話時，我們可以喚起學校董事會成員作為「教育者」的身分，以及警察作為「保護者」的身分。在稱呼我們的同事時，我們可以強調他們作為「問題解決者」、「創造者」和「創新者」的自豪感。

想像你的聽眾，他們如何看待自己？他們以什麼為傲？與那些身分對話，能讓他們更有可能採取行動，並實現你想要的結果。

訴諸共同理念

除了我們共同的身分認同之外，我們還可以透過訴諸共同擁有的信念來激勵聽眾。多年來，我發現許多演講者並未充分意識到他們有機會將演講包裹在更大的理念中，我經常在商業領袖身上看到這一點。我聽過很多企業撰稿人說：「我的執行長只想談論我們的服務和產品，她不想談論更大的議題。」真是太可惜了，因為說實話，很多服務和產品，並不那麼令人興奮。如果你只談論那些，那麼你的演講可能也不會很有趣。

每次的發言，都是一次非凡的機會，不僅僅是說話，而是能傳遞可以激勵聽眾的理念，而且理念越大，效果越好。歐巴馬作為候選人和總統所發表的大多數演講，無論以何種方式，基本上都是圍繞一個簡單卻深刻的理念：美國人的建國信念，即：「人人生而平等，造物主賦予他們若干不可剝奪的權利，其中包括生命、自由和追求幸福的權利。」這是一個非常強大的理念，兩個多世紀以來，美國人一直在努力維護這個理念，並啟發了世界各地的人。

也許你正在公開會議上發言，當討論種族歧視或仇恨犯罪的危險時，可以試著讓鄰居們圍繞一個更宏大的理念團結起來：「我們相信在一個安全的社區中，每個人都可以自在地走在街上，不會因為自己是誰或外貌如何而成為目標。」

也許你們公司正要推出一款新產品，當然，演講中要展示它所有尖端功能和優勢，但別忘了將產品和更大的理念包裹在一起，並團結你的員工，如果你是一家科技公司，或許可以是：「我們相信每個人都有隱私權，並能掌控自己的數據。」

或者，也許你是一位「生態創業家」，開發出驚人的環保產品。是的，為什麼創業投資公司能夠透過投資你們減少碳排放的創新技術來賺錢，你當然要提出財務論證，但別錯過機會，用一個更宏大的使命來激勵他們，也許可以這樣說：「我們相信，我們有責任為後代留下更安全、更健康的地球。」

每次演講，你都有機會用宏偉、大膽的理念來團結聽眾、激勵聽眾。你的理念是什麼？

挑戰聽眾的想法

再者，或許你想利用你的演講來改變聽眾的想法：透過重新定義一個舊觀念，或挑戰他們接受一個新想法。

金恩博士的「我有一個夢想」演講，是一場振奮人心的挑戰，呼籲美國要「奮起並實現其信條的真正意義」，即人人生而平等。

麻州教師大衛．麥卡洛二世（David McCullough, Jr.）在其高中畢業典禮上的演講出乎畢業生意料，他告訴畢業生他們被「過度照顧」了，並且說「你們並不特別」，這一番話引發了全國關於育兒和教育的討論。

「程式女孩」（Girls Who Code）的創辦人瑞什瑪・索贊尼（Reshma Saujani）在史密斯學院（Smith College）的畢業典禮演講中，駁斥了「冒牌者症候群」（imposter syndrome）是女性需要在自己心中解決的問題。她主張，真正的問題是系統性的不平等，例如女性從事同樣工作，報酬卻低於男性，這是每個人的責任，包括男性在內，都應該「修正這個系統」。

捍衛你的理念

或許，你想利用站在講台上的時間，**捍衛**一個正受到威脅的理念，這正是路易斯安那州圖書館員阿曼達・瓊斯（Amanda Jones）幾年前在當地圖書館委員會會議上所做的事。

瓊斯是路易斯安那州沃森鎮（Watson）一位驕傲的當地居民，這個小鎮位於巴頓魯治（Baton Rouge）郊外的利文斯頓教區（Livingston Parish），她說她「熱愛路易斯安那的一切」。她和她的丈夫及十幾歲的女兒一起為路易斯安那州立大學老虎隊（LSU Tigers Football）加油，隨著柴迪科（Zydeco）音樂起舞，並享受卡津（Cajun）美食：「懺悔節期間的貝涅餅、布丁和國王派」。

瓊斯從小就是南方浸信會信徒，她說：「我是一個基督徒，我也公開談論我的信仰，上帝賦予我的使命是教育孩子。」這個信念讓她成為一名中學圖書館員，並在履行父母職責的同時，平衡這個角色，「作為母親，我必須決定我的孩子看到什麼。」她一生都是共和黨員，並在二〇一六年投票支持川普。

同時，瓊斯也是一位教育工作者。「我要確保學生們擁有所需的書籍。」她說。這就是為什麼她致力於讓學校圖書館的藏書「盡可能多元化，讓所有學生都能在書中看到自己」。

所以，當瓊斯注意到當地圖書館委員會即將召開的會議議程中出現不同尋常的項目：「書籍內容」，她立刻知道這是怎麼回事，某個團體一直在努力將一些書籍從全州的圖書館移除。這是針對某些書籍進行的全國性激進行動的一部分，這些書大多是有色人種或LGBTQ社群的作家撰寫，或是內容與他們有關。現在他們將目標鎖定在瓊斯的學校。

「我不得不站出來說話。」她說。

會議的前一晚，瓊斯坐在沙發上，打開筆記型電腦，迅速輸入她想說的一切。她的憤怒在初稿中表露無遺，「我本來打算大幹一場。」她告訴我。但當她將草稿分享給幾位圖書館同事時，他們建議她採取一種較不具對抗性的方式。「我當時確實有點火爆。」瓊斯承認道，「所以我降低語氣，讓它變得更具和解性。」

會議當晚，將近六十人聚集在當地圖書館，瓊斯走到麥克風前，開始發言。她後來告訴我：「我一開始感到非常憤怒，但我努力控制住語氣，保持冷靜。」事實上，她接下來所發表的言論展示了如何以文明和優雅的方式發言，吸引人們支持一個目標。

儘管心懷怒火，瓊斯沒有攻擊那些與她意見不同的人，她沒有質疑他們的動機。相反地，她邀請那位將「書籍內容」列入議程的委員會成員，與她一同合作，了解審查制度對年輕人的有害影響。

瓊斯喚起了她與聽眾的共同身分認同。她說：「我作為一名終生居住在利文斯頓市的居民、孩子的家長和納稅人站在這裡。」她進一步解釋，她從小就被教導「上帝是愛」。

她具體談論了她所看到的挑戰：她「擔心委員會的一員試圖審查書籍」，她呼籲結束這種「虛假言論」，因為「沒有人在圖書館的兒童區放置色情書籍」。最後，瓊斯強而有力地主張一個理念：閱讀的自由，並向聽眾解釋為什麼這對他們來說很重要。

我們教區的市民包括白人、黑人、棕色人種、同性戀者、異性戀者、基督徒和非基督徒等，來自各種背景和生活階層的納稅人，社區的任何一部分人都不應該決定其他市民可以接觸到什麼。僅僅因為你不想讀或不想看，不代表你能剝奪他人接觸的權利，也無權要求重新安置書籍。

瓊斯結束發言後，房間裡的支持者們爆出掌聲。她那充滿激情的呼籲，以及當晚其他發言人的表態發揮了效果，圖書館委員會在不移除任何書籍的情況下，進入了下一個議程*。

* 沒有瓊斯向圖書館委員會演講的影片，因為會議現場沒有攝影機。完整演講稿可以在她的網站「奇蹟守護者阿曼達瓊斯」（Amanda Jones, Defender of Wonder）上找到。

然而，不久之後，瓊斯遭遇了她所稱的「有組織的攻擊」。她被分享了數百次的臉書貼文中，有人問她為什麼要「把性挑逗和色情書藉留在兒童區」，她被罵作「變態」和「病豬」，還有名男子寄來電子郵件，威脅要殺死她。

「我當時非常害怕。」她在一年後告訴我，「我買了監控攝影機、一支電擊棒，還開始在床下放一把霰彈槍。」這些威脅造成巨大的情緒壓力，「我全身起疹，開始出現恐慌症，還陷入憂鬱。我請了病假，好幾個月都沒出門。」然而，她最擔心的還是學校的學生。「如果有孩子受傷……」她的聲音越來越低，最後開始哽咽。

即便如此，瓊斯仍然拒絕退讓。「如果他們想讓我安靜下來，那他們找錯人了，我會發出更大聲的咆哮。」瓊斯繼續在當地的會議上發言，收到了數百封支持信，也激勵了全國各地的人，包括我在麻州的妹妹凱瑟琳（Katherine，她也是位敬業的圖書館員），她告訴我：「看到瓊斯為言論自由挺身而出，讓我為自己的職業感到自豪，因為這工作捍衛了我們國家的根基。」

對瓊斯來說，幫助大家團結起來支持閱讀自由就是最大的回報，尤其是讓孩子們能自由讀到關於自己生活美好故事的書籍。「我在這裡是為了支持這些孩子，他們需要感覺到被接納和被愛。」她說，「被針對的人不應該孤軍奮戰，每個人都應該站出來聲援。」

重點討論

在演講或報告的開頭，你必須直接切入主題。你必須告訴聽眾你為什麼要發言：你的目的和目標。我相信，一場優秀的、有益的演講只能有一個目的，那就是將聽眾凝聚起來，激勵他們為一個好的目標而努力。例如，你可以這樣做：

- **號召聽眾應對共同的挑戰**，以具體且生動的語言描述問題，但要時刻注意避免任何將他人他者化、妖魔化或去人性化的煽動言論。
- **喚起與聽眾共同的身分認同**，展示你自己的身分（「你」的力量），訴諸共同的連結（「我們」的力量），或展示你希望聽眾採取的行動（「行動」的力量）。
- **訴諸共同理念**，激勵聽眾，挑戰聽眾接受新的想法，或捍衛一個受到威脅的理念。不要只是告訴聽眾你的想法，或只是訴說你的信念，如：「我相信我們的社區／公司／國家會變得更強大」。

第七章

訴諸價值觀提升說服力

雖然我們身處同一世界，卻以不同視角看待它。

——維吉尼亞・吳爾芙（Virginia Woolf）

你已經向聽眾問好，吸引了他們的注意，開始將他們團結在一個共同的目標、身分或理念之下。接下來該做什麼呢？

在任何演講中，我接下來要做的，就是將主要的觀點或論點，圍繞著聽眾最珍視的價值觀展開。這是與聽眾建立連結，並說服他們的最有效方法之一。

不幸的是，許多人常常錯過這個機會。

來自史丹佛大學和多倫多大學（University of Toronto）的研究人員進行一項有趣的實驗，探討我們是如何試圖說服他人改變想法。這項活動參與者約有兩百人，其中一半自認為政治立場偏自由派，另一半則偏保守派[1]。研究人員讓自由派寫幾句話來說服保守派支持同性婚姻，又讓保守派寫幾句話來說服自由派支持將英語作為美國的官方語言。結果是什麼呢？

幾乎每個人都失敗了。

在自由派人士中，絕大多數（七四％）支持同性婚姻的理由是基於平等和公平等**自由派**常常推崇的價值觀和論點。如：「他們理應擁有與其他美國人相同的平等權利。」只有九％的自由派使用保守派重視的價值觀，像是忠誠和團結，來吸引保守派，如：「美國的國民應當與我們並肩而立。」更糟的是，有三分之一的自由派（三四％）使用了與保守派價值觀相悖的論點，例如信仰的重要性：「儘管你個人可能認為你的信仰應該反對這樣的事情，你的宗教不應該在美國的法律中扮演任何角色。」這就是沒有讀懂聽眾的心！

保守派的表現也沒有好多少。大多數人（七〇％）以保守派重視的**價值觀**，如忠誠和團結，來主張以英語作為美國的官方語言。例如：「將英語定為官方語言將有助於國家的統一，因為我們可以互相溝通，講同一種國語。」只有八％的保守派用自由派喜歡的價值觀，例如公平，來吸引自由派：「將英語定為官方語言，可減少種族主義和歧視。」而有一四％的保守派提出了與自由派價值觀**相矛盾**的論點：「那些鼓吹多元和平等、認為每個人都該占他人便宜的人，應該好好想一想。」攻擊你的聽眾，並不是一個有效的說服策略。

我們都曾在某個時刻做過這樣的事，無論是在感恩節與家人共進晚餐，還是與鄰居參加社區會議，我們經常試圖用對我們合理的論點和價值觀來說服他人，其他人也會用同樣的方式回應我們，導致我們無法真正交流。正如這項研究的合著者、來自多倫多大學的組織行為學教授馬修・范伯格（Matthew Feinberg）所說：「大多數人不擅長訴諸他人的價值觀[2]。」

這也許可以解釋為什麼有時候我們說得越多，反而越難改變那些與我們世界觀不同的人。在另一項研究中，研究人員要求數百名自由派人士關注當時推特上的著名保守派人士，同時要求數百名保守派人士關注著名自由派人士。你覺得有人被說服了嗎？當然沒有。事實上，大約一個月後，保守派的信念變得更保守，而自由派則變得更自由[3]。

為什麼我們那麼**不擅長**說服那些持不同觀點的人呢？

加利福尼亞大學爾灣分校（University of California Irvine）的研究人員提出了一個可能的答案。他們認為，許多人存在一種「道德同理心缺口」，我們時常未能理解他人擁有與我們不同的道德世界觀。研究人員解釋道：「我們無法體會他人的感受，使我們難以理解他們的想法。」而這反過來又使我們難以建立連結、進行溝通和說服彼此[4]。

但是，還有希望。

一些社會心理學家認為，人類往往透過幾種主要的視角，或稱為「道德基礎」[5]來看待世界。這些基礎大致如下：

- 關懷／傷害：專注於關懷他人，並保護他人免受傷害。

- 公平／欺騙：強調平等對待，反對欺騙。
- 權威／顛覆：深刻尊重階級和權威，反對顛覆行為。
- 忠誠／背叛：對家庭、社區和國家的忠誠，並鄙視背叛。
- 神聖／墮落：相信應維護我們身體、機構和生活的神聖性。
- 自由／壓迫：強調獨立，拒絕壓迫。

當然，這六個道德基礎無法單獨解釋每個人對每個問題的信念，且多數人不會只認同其中一個。不過，當你看過這些基礎後，你可能會發現自己更偏向某一項，你認為自己比較偏向進步派或自由派？你可能會傾向於關懷和公平。你的觀點比較傳統或保守？你可能更認同權威、忠誠和神聖性[6]。不論我們的意識形態如何，大家都應該支持自由，不是嗎？

在我離開白宮後，我第一次了解到道德基礎，感覺就像醍醐灌頂，我覺得我終於找到了多年來從事撰稿工作的理論。對我來說，「道德基礎」是「價值觀」的另一種說法，而價值觀可以幫助你在這個兩極分化的時代與任何聽眾建立橋梁。

我們共享的價值觀

幾年前的一個星期六，我在維吉尼亞州的一個教堂地下室度過了一天，聽十幾個美國人談論他們的生活、信仰和國家。有一半的人自認為是保守派，另一半則認為自己是自由派。正如你所預料的，討論很快變得激烈起來，有些人難以在不貶低對方的情況下表達自己，還有些人重複了從政客和電視名嘴那裡聽來的熟悉論點。

但也有一些驚喜，這正是重點所在。這次會議是由「更勇敢的天使」（Braver Angels）召集的，這是一個致力於幫助美國人彌合黨派分歧的組織。經過七個多小時激烈且在情緒上令人筋疲力盡的對話，一些保守派和自由派的論述竟然開始有些相似。自由主義者自豪地描述他們深厚的宗教信仰、軍中的服役經歷，以及他們重視家庭勝於一切的價值觀。保守派表示，社區應該歡迎來自各種背景的移民，而且美國需要成為一個所有種族和宗教的人都能茁壯成長的地方。

有時，這些保守派和自由派甚至使用完全相同的詞語來描述他們的信仰和目標：「個人的尊嚴、尊重所有人、為更多的美國人創造成功的機會。」

有人開玩笑說：「對方並不像我想像中那麼不講理。」

確實如此。許多人沒有意識到，即使我們在某些特定問題上意見不合，甚至激烈爭辯，大多數人仍然共享基本價值觀。在一項調查中，研究人員詢問了共和黨和民主黨對自己及彼此的看法[7]。不到三分之一的民主黨人覺得，共和黨人認為讓美國人從過去中學習，以促進國家進步是「極為或非常重要」的。事實上，九一％的共和黨人表示他們相信這一點。同樣地，只有大約三分之一的共和黨人覺得，民主黨認為政府對人民負責是「極其或非常重要」的。事實上，有九〇%的民主黨人表示他們相信這點。

這種現象也存在其他價值觀上。在調查中，大約九〇%的受訪者，包括共和黨和民主黨都表示，個人責任、公正執法、同情心和尊重差異對他們來說很重要。正如那天在維吉尼亞教堂地下室的一位參與者所說：「我們確實存在分歧，但我認為我們的動機源於深植心中的共同原則。」

這就是為什麼作為演講者，訴諸價值觀會如此有效。如關懷、公平、權威、忠誠、神聖、自由等價值觀，也就是道德基礎，不屬於任何一個特定群體或社區，這意味著它們可以幫助我們超越家庭、公司、社區和國家中常見的分歧。

當然，儘管人們珍視相同的價值觀，有時卻會對特定問題持有截然不同的意見。對許多保守派來說，「自由」意味著免於過度的政府監管；對許多自由派來說，它意味著政府在教育和醫療等領域中發揮更大的作用，以幫助人們在自由和安全中生活。對許多保守派人士而言，「關心他人」和「保護生命」意指保護未出生的胎兒免於墮胎；對許多自由派人士而言，這則意味著保護母親的生命和選擇。

這就是價值觀的美好與力量所在。你的聽眾可能不會在每個問題上都同意你的看法，但在許多情況下，你可以透過訴諸更廣泛、更深層次的共同價值觀，找到共識，並為你的立場贏得支持。這樣一來，以價值觀為基礎的公開演講可以促進更深刻的理解、同理心和合作，甚至跨越不同的社群和文化。

訴諸普世的價值觀

歐巴馬曾告訴我，作為一名演講者，他必須學會「訴諸價值觀」。看看他在二〇〇四年波士頓大會上首次的重要全國演講中使用的一些詞彙：「努力工作、自由與機會、愛、多樣性、平等、權利、自由、變革、選擇、信念、服務、個人主義。」十三年後，當他準備離開白宮，在芝加哥發表告別演說時，他提到：「信仰、變革、權利、自由、個人、平等、變革、多樣性、機會、努力、愛、服務、選擇。」兩場演講相隔十多年，但內容都根植於大多數美國人共有的基本價值觀，歐巴馬相信，如果我們能記住並重新確認這些價值觀，或許能變得更加團結。

歐巴馬並不完美。在一場募款活動中，他犯了一個錯誤，後來他稱之為第一次總統競選中「最大的錯誤」[8]。他說，在許多數十年來飽受失業影響的小城鎮裡，「人們變得憤世嫉俗，緊抓著槍枝或宗教不放，對異己心懷敵意，或產生反移民情緒，以此來解釋他們的挫敗感。」

歐巴馬後來解釋，他當時試圖說明為什麼許多人會在他們包括信仰的傳統中找到慰藉和力量，但是，他承認自己一番「措辭不當」的評論，傳達出截然不同的訊息。他似乎貶低了某些人最深切的價值觀。多年後，他回憶道：「直到今天，我仍然想收回那段話[9]。」

訴諸共同價值觀也是歐巴馬演講的一大特色，尤其是面對世界各地的朋友和盟友時。他對加拿大國會的整篇演講都圍繞著「一套共同的價值觀」：加拿大人和美國人對「自由」的信念；透過現役軍人的「服務」和「犧牲」所促成的軍事合作；旨在促進「和平」的國際聯盟；促進「開放」、「創新」和「機會」的經濟合作；以及對民主和人權的投入，以維護「多元、包容和平等」。「他的演講是對民主價值的全力捍衛。」曾在歐巴馬演講時在加拿大下議院聆聽的國家安全會議撰稿人澤夫・卡林—紐曼（Zev Karlin-Neumann）如是說，「他在提醒兩國的民眾，我們的最佳狀態是什麼樣子。」在座的加拿大立法者似乎也同意。在他的演講結束時，他們開始高喊：「再四年！」

喚起共同的價值觀可以幫助你跨越文化，與聽眾建立連結。以下是三段歐巴馬的演講片段：

演講一：「我們都渴望自由，我們都渴望被傾聽，我們都渴望在沒有恐懼或歧視的環境中生活。」

演講二：「我們都有共同的願望：生活在和平與安全中；接受教育和機會；愛護我們的家庭、社區和信仰。」

演講三：「我們相信言論自由、信仰自由、基本人權尊嚴，以及所有人免於恐懼的權利。」

歐巴馬分別在巴西、迦納和緬甸發表了這些演講，這三個國家各有其獨特的歷史、文化和人口結構，但演講使用的詞彙非常相似。在這三種情況下，聽眾都報以熱烈的掌聲。這是因為某些價值觀確實具有普世性，當你訴諸這些價值觀時，你幾乎可以與任何地方的聽眾建立連結，即使是在競爭激烈的商業世界中亦然。

價值觀通常對企業有所助益

賽富時（Salesforce，以雲端軟體幫助企業與客戶建立數位連結的公司）的創辦人兼執行長馬克・貝尼奧夫（Marc Benioff）每年向員工、顧客、投資者及國際會議發表數十場演講。大部分時間，他專注於公司產品，但幾乎每一場演講中，他也會談到更大的事情，那就是公司價值觀。

他告訴我：「執行長只專注於獲利的日子已經結束了，我要對所有利益相關者負責，包括股東、員工、所在的社區，以及我們所有人依賴的地球。這表示即使我們盈利，也必須堅持一套核心價值觀，包括我們對信任、創新、客戶成功、平等和永續性的承諾。」我與貝尼奧夫和賽富時合作多年，但他自二十多年前創立公司以來，便一直這樣談論價值觀。

如果你是領導階層，將你的工作圍繞更大的價值來進行，這對你的生意也有好處。「這就是員工所期望的。」貝尼奧夫說。事實上，將近三分之二的員工表示他們只願意為與自己價值觀相符的公司工作[10]。今日，多數年輕員工表示，如果公司不捍衛多元、公平和包容，他們會選擇離開公司[11]。貝尼奧夫解釋道：「我們的價值觀是我們能夠招聘和留住優秀人才的重要原因。」

訴諸顧客珍視的價值觀也有助於提升收益。根據一項調查，超過八成的消費者更喜歡與自己價值觀一致的品牌[12]。研究發現，那些除了盈利之外還有其他目標的公司通常成長更快，收入更高[13]。貝尼奧夫說道：「價值創造價值。」他的公司每年收入將近四百億美元。

當然，不同的領導階層必然會以不同的價值觀來包裝公司的工作。工藝品零售連鎖店好必來（Hobby Lobby）以推崇「在所有行為中榮耀主，並以符合聖經原則的方式經營」這一價值觀，吸引了員工和顧客。一些顧客喜愛福來雞（Chick-fil-A）不僅因為它販售美味的雞肉三明治，還因為它的企業宗旨是「透過忠實管理所託付給我們的一切來榮耀上帝」。一些投資者實踐所謂「符合聖經責任的投資」（Biblical Responsible Investing，BRI），選擇投資他們認為符合基督教價值觀的公司。數以萬計的企業使用自稱「支持生命、支持家庭、支持自由」的線上市場公共廣場（Public Square）。

埃森哲（Accenture）專業服務公司的執行長茱莉．史威特（Julie Sweet），是企業界提倡公平和多元的領袖之一，她告訴主管們：「如果你服務於社區，就必須思考如何超越自身的界限。」對喬巴尼（Chobani）優格的執行長漢迪．烏魯卡亞（Hamdi Ulukaya）來說，這意味著他會以生動的言詞談論「社區」這個理念，而他透過僱用來自戰亂地區的難民來實現這一點。

巴塔哥尼亞（Patagonia）創辦人伊馮．喬伊納德（Yvon Chouinard）則表示，他的公司致力於「維護我們的價值觀」，包括履行對地球的「責任」。他甚至將公司的所有權捐贈給非營利組織和信託基金，以便未來的利潤可以用於對抗氣候變遷。喬伊納德曾說：「為了拯救地球，我們創立了這家公司。」這個以價值觀為基礎的訊息，解釋了為什麼巴塔哥尼亞名列美國消費者中最受尊敬的品牌之一[14]。

反之，未維護對顧客而言重要的價值觀，可能會損害品牌形象。以 Meta（臉書的母公司）和前身為推特的 X 為例，兩家公司都主張他們維護言論自由的價值觀。然而，這兩家公司未能更有效地阻止陰謀論、仇恨言論和兒童剝削的問題，也常常未能維護其他價值觀，包括用戶的信任與隱私，以及弱勢群體的安全。難怪，在近年的消費者調查中，Meta 和 X 的聲譽大幅下滑[15]。

有些批評者會對領導階層在簡報中夾帶價值觀抱持懷疑。他們指出，那些呼籲關注不平等的執行長們，拿到的薪水往往是大多數員工的幾百倍，而且有些公司繳的聯邦稅很少，甚至不繳稅，進一步加劇了經濟不平等。在某些情況下，關於永續發展的安撫性言詞可能只是一種「假環保」，掩飾了破壞環境的有害行為。總而言之，如果你是位即將要談論價值觀的領導階層，務必以行動佐證你的言語（詳情請見第十二章）。

當然，對那些以更大價值觀進行管理的企業領導者而言，另一個挑戰是：當這些價值觀面臨風險。近年來，新一代的商業領袖願意挺身捍衛他們認為對企業和社會極為重要的價值觀。

在佛洛伊德慘遭殺害後，無數企業主管及其公司重申了他們對平等的承諾，並誓言採取行動，解決系統性種族主義問題（許多人仍需要兌現他們的承諾）。美國運通（American Express）前總裁肯尼斯·錢納特（Kenneth Chenault）和默克藥廠（Merck）執行長肯·弗雷澤（Ken Frazier），兩位美國最具影響力的黑人執行長，召集了數十位主管，公開反對他們認為會削弱選舉權的州法律，他們稱這些法律是對「所有人的公平正義」的威脅。

在公司致力於推動平等的宗旨下，貝尼奧夫經常談到女性同工同酬的重要性，他在賽富時總部公開支持一項倡議，像他這樣的企業應該增加稅收，以幫助解決該市無家者的問題，並表示像他這樣的億萬富翁也該繳納更高的稅款。他也公開反對那些讓LGBTQ員工擔心自己與家人會受歧視的州法律。為了應對氣候變遷的威脅，他還呼籲企業應將永續發展視為「核心價值」。

毫無疑問地，當一家公司將工作置於價值觀的框架下，並公開捍衛這些價值觀，有時候可能會付出代價，因為有些政治人物很快就會針對反對其政策的商業領袖發動攻擊。主張某一部分員工和消費者所珍視的價值觀，有時也可能引起他人的反感。好必來和福來雞長期以來支持「捍衛家庭」（pro-family）的團體，但批評者認為這是「反LGBTQ」的。

在迪士尼（Disney）公開反對佛羅里達州所謂的「別說同性戀」法案後，它的聲譽在自由派中上升，但在保守派中下降。一些顧客對目標百貨（Target）出售LGBTQ主題服飾感到不滿後，該公司將展示區移至其他地方，這一舉動又引起其他顧客和人權組織的譴責。在一位跨性別網紅公開感謝百威（Budweiser）送她一罐印有她照片的紀念啤酒之後，保守派發起抵制，導致銷量暴跌。這一連串事件解釋了為什麼約有四〇%的美國人認為現今公司「說得太多」[16]。

如果你是一位企業領袖，你該怎麼做？你如何判斷何時應該奉行更大的價值觀來組織工作？或在感覺價值觀受到威脅時，該不該發聲支持？

當然，你關心某些價值觀，並不代表你必須在每次演講或每次新聞中都要談論它們。我的建議是：問問自己第一章的那些問題，因為有效的溝通都是從此開始的。

我是誰？

我相信什麼？

我的價值觀和公司的價值觀是什麼？

我們的員工和客戶期望我們代表什麼樣的價值觀？

如果我們堅持我們相信的價值觀，並遭到強烈反對，我們願意付出什麼代價？

若我們不為自己的價值觀發聲，我們願意付出多少代價？

並非每位主管和每間公司都會以相同的方式回答這些問題。儘管受到一些消費者和政治家的批評，迪士尼、百威啤酒的製造商安海斯—布希（Anheuser-Busch）及目標百貨（儘管在二〇二四年驕傲月期間縮減了LGBTQ的商品銷售），仍重申他們對LGBTQ社群的承諾，不過仍有些倡議者認為這樣的行動來得太晚[17]。某些曾以平等之名公開反對系統性種族主義的企業主管，選擇不對其他議題發表意見，如墮胎辯論。

最後，最好的指引可能來自同事和員工。貝尼奧夫指出，正是賽富時的LGBTQ員工，首先敦促他在考慮制定相關歧視法律的地區，公開為平等發聲。「我永遠都會支持我的員工。」他說，「今天，作為一名領導人，意味著要照顧每個人，並堅守我們共同的核心價值觀。這是企業勢在必行的責任。」

價值觀可以改變思維

訴諸價值觀不僅是一個與聽眾建立連結的絕佳方式，更是一個說服聽眾的強大手段。研究人員稱之為「道德框架」，這正是本章開頭的實驗中，許多人無法做到的事。如何才能正確運用道德框架？在另一項研究中，當以忠誠和愛國主義為論點框架時，參與者（包括保守派）更有可能支持合法移民，因為勤奮工作的移民有助於推動美國的經濟力量和全球領導地位[18]。另一項研究發現，若以公平性為框架，自由派更有可能支持增加軍事預算，因為軍隊作為一個多元的機構，能幫助軍人克服貧困和不平等[19]。

這種策略在現實中也同樣有效。保守派長期以來將許多政策包裝在更廣泛的價值觀中，例如維護「法律和秩序」及捍衛「家庭」，對特許學校（charter school）和宗教學校的公共資金援助，被包裝成給予家庭「選擇權」，圖書館禁止陳列某些書籍則被標榜為「保護兒童」。歐巴馬在上任的第一年，成功地提高了公眾對其醫療改革計畫的支持，因為他強調這一計畫將獎勵「勤奮工作」和「公平競爭」，並為美國家庭創造更多的「機會」、「安全」和「穩定」[20]。

對價值觀的刻意訴求，也促使美國歷史上某一議題的輿論發生最快速的轉變。二〇一〇年的民調顯示，略多於半數的美國人支持承認同性婚姻的合法地位。但對於像「自由婚姻」（Freedom to Marry）組織的艾文・沃夫森（Evan Wolfson）這樣的倡議者來說，這樣的公眾支持度遠遠不夠。沃夫森說：「我們希望建立一個關鍵的支持體系，並爭取至少再多五到一〇％的支持者。」

但是，該怎麼做呢？

首先，這意味著不要妖魔化那些持不同意見或對此議題感到矛盾的人。沃夫森說：「我們試圖說服人們。而將他們拒之門外，並公開譴責他們，只會讓人感到反感。」

沃夫森和他在「自由婚姻」的同事們仔細檢視了他們使用的語言。多年來，他們提出各種支持同性婚姻的理由：維護平等權利與自由；反對歧視；確保法律、健康和稅務上的利益；並讓同性伴侶能夠分享婚姻所帶來的愛情、承諾和家庭。然而，當他們試圖說服更多美國人時，沃夫森解釋：「我們傳達的訊息（如法律和稅收優惠），反而成了阻礙。」他們的研究發現，最具說服力的訊息是，同性伴侶只是想共享婚姻的價值觀。

隨後數年，推動者「更加強調『愛』、『承諾』和『家庭』。」沃夫森說道。社群媒體上充斥著像 #LoveIsLove 這樣的標籤，同性伴侶在演講和訪談中分享他們彼此承諾的故事，在感人的見證中，他們的父親、母親、姊妹和兄弟講述了將他們團結在一起的家庭連結。

結果非常出色。過去約有三十個州的選民否決了婚姻平權，但二〇一二年底，四個將此議題納入投票的州份全部通過。二〇一五年，超過六〇％的美國人支持婚姻平權，美國最高法院確立同性伴侶的結婚自由。二〇二二年，超過七成的美國人支持此事，國會通過並由總統簽署成為法律，為同性婚姻提供聯邦保護。

當然，輿論的轉變不只是因為倡議者使用的語言。人們的觀點改變會基於許多原因：抗議、立法、訴訟，以及許多勇敢的美國人有勇氣向家人和朋友公開自己的身分。但這些話語也很重要，沃夫森解釋道：「我們讓人們知道，婚姻平權的確符合他們對愛、承諾和家庭的價值觀。我們讓他們思考自己的價值觀，這個方式可以感動人心，並創造一個真正符合美國價值觀的更好國家。」

艾希莉・沃爾（Ashley All）是一位來自堪薩斯州的母親，她育有五個孩子，其中包括三個年幼的女兒。沃爾也深知價值觀的力量。

某天早上，沃爾在開車送孩子們去營地時，聽到收音機上報導最高法院推翻了羅訴韋德案（*Roe v. Wade*），終止了美國憲法賦予的墮胎權。她告訴我：「我非常憤怒，因為我的女兒們在身體和健康方面的憲法權利竟比我還少，這是無法接受的。」

作為一個兩次投票支持歐巴馬、經常收聽國家公共廣播、開著富豪汽車的民主黨人，沃爾承認她是「非常進步」的。但作為在堪薩斯州致力於保護墮胎權的倡議者，她也明白「與持不同意見的人溝通的重要性」。她已經沒有時間可以浪費，最高法院裁決後，堪薩斯州將是第一個將該議題付諸公投的州。

乍看之下，情況並不樂觀。堪薩斯是全國最保守的州之一，這個州大約六十年來從未在總統選舉中支持過民主黨候選人。

像沃爾這樣的倡議者應該怎麼做？

他們沒做這些事：他們沒有妖魔化持不同意見的人。在他們的演講、與選民的對話，以及廣告中，也沒有強調通常更能引起自由派共鳴的價值觀，如「平等」或女性的「選擇權」，他們甚至連「墮胎」這個詞都不提。

相反地，沃爾和她的倡議者們訴諸於堪薩斯州廣大民眾，其中包括許多保守派，所抱持的價值觀。沃爾的團體「堪薩斯人憲法自由聯盟」（Kansans for Constitutional Freedom）表示，人們應該擁有「做出自己私密醫療決定的自由」。限制女性的墮胎權是「政府干預」和「嚴厲的政府命令」，這會威脅到「核心自由」，並危及「個人權利」。

他們呼籲堪薩斯人：「不要讓政客奪走你的自由，拒絕更多的政府控制」並且要「捍衛自由」。

這個方法奏效了，投票率相當高，堪薩斯州人（即使是一些鄉村地區的保守派選民）以壓倒性的五十九比四十一震驚全國，他們支持保護女性選擇權。從那以後，在所有進行公投的州份，類似的訊息也都有助於贏得生育權利的勝利，包括保守的肯塔基和蒙大拿。

「我們不能只是對著別人大喊大叫，要求他們同意我們的觀點。」沃爾告訴我，「這樣行不通，還會讓人們感到反感。不管問題是什麼，我們必須使用能夠團結人們的語言，以共同的價值觀和理想凝聚在一起，這是我們取得進展的唯一途徑。」

重點討論

如果你想說服聽眾接受你的觀點，不要只是論述對你來說有道理的觀點。練習將你的論述結合對聽眾而言重要的價值觀，來進行價值導向的演講。前面提到的六個道德基礎可以作為有用的指導方針，在每個主題旁邊，我提供一些你可以在演講中強調的重點。

如果你的觀眾重視	考慮將你的想法和論點圍繞以下框架
關懷	慈善、社區、同情、尊嚴、同理、和平、保護弱者、責任、犧牲、安全、保障、無私、服務、永續性、寬容、理解
公平	接納、機會、利他主義、社區、同情、尊嚴、同理、平等、公正、平等對待、包容、個性、開放、機會、保護弱者、互惠、尊重、權利、社會正義、信任
權威	連續性、紀律、階級、合法性、領導力、服從、秩序、尊重、犧牲、安全、穩定、力量、強硬、傳統、信任
忠誠	勇敢、勇氣、公民身分、社區、國家、紀律、家庭、榮譽、責任、愛國精神、可靠、責任、犧牲、無私、服務、團結、統一
神聖性	虔誠、尊嚴、紀律、信仰、上帝、謙遜、純潔、誠信、服從、謹慎、謙虛、道德、尊重、克制、犧牲、自我控制、傳統
自由	選擇、創造力、好奇心、創業精神、靈活性、自由、獨立、個人主義、創新、公正、機會、權利、自立、自給自足

當然，不同的聽眾可能會優先考慮不同的價值觀，作為演講者，你要專注於那些能讓你與最多人產生連結的價值觀，並將這些價值觀貫穿於你的整個演講中，包括從開場到正文。

Part III

演講中段：讓聽眾願意繼續聽你說話

第八章

言要由衷：用發自肺腑的話語打動聽眾

有些人心中擁有真理，但他們並不以言詞表達。

——紀伯倫（Kahlil Gibran）

二〇一九年十二月的某一天，數千名政治領袖、企業主管和社運份子齊聚馬德里，參加一場全球氣候變遷會議。其中一位演講者是瑞典少女格蕾塔・童貝里（Greta Thunberg），年僅十六歲的她已是世界氣候社運領袖。她走上講台，以柔和但堅定的聲音開始演講，她提到一份由聯合國政府間氣候變化專門委員會（Intergovernmental Panel on Climate Change，IPCC）發布的報告：

在去年發表的全球升溫一・五℃特別報告（Special Report on Global Warming of 1.5℃）中

第二章第一百零八頁提到，如果我們要有六七%的機會將全球溫度上升限制在攝氏一．五度以內，那麼到二〇一八年一月一日前，我們還剩下四百二十億噸的二氧化碳排放配額。當然，如今這個數字要低得多，我們每年排放約四十二億噸二氧化碳，包括土地使用在內。

聽得懂嗎？

如果沒聽懂，別擔心。後來，童貝里自己也承認，列舉這麼多統計數據可能不是最好的表達方式：「我基本上只談到了事實和數據。」她告訴記者，「人們看了之後，感覺沒有人明白我說的話。」

童貝里激勵了全球數百萬人，尤其是年輕人，要求政府加快應對氣候變遷的行動。但在馬德里的那一刻，她犯了公開演講中最常見的錯誤之一：試圖透過大量的事實、數據和統計來說服聽眾。

為什麼這麼多演講者會在他們的簡報中塞滿大量的數據？

自亞里斯多德以來，**邏輯**一直被視為有效說服技巧的三大要求之一。在學校，師長教導我們要用證據支持主張，有些撰稿者甚至認為，演講最動人的部分不是語言，而是邏輯（不是情感，而是論點）。這些因素促使許多演講者在演講中塞滿統計數據。

提供數據的危險

在任何演講，尤其是在你陳述論點的過程，依賴過多的事實和數據需要非常謹慎。首先，很多聽眾可能天生對你提供的數字抱持懷疑，尤其在這個充斥著錯誤訊息的時代。他們知道統計數據和圖表可能會為了符合講者的目的而被誤導或扭曲。甚至有本書專門談論這個議題，名為《統計操控的真相與謊言》（*How to Lie with Statistics*）。

同樣要記住，你的聽眾可能**不願**接受你所提供的證據。正如我們所知，在面對挑戰自己觀點的訊息時，我們可能會感到不安，這正是心理學家所稱的「認知失調」（cognitive dissonance），為了抵抗這種不適，我們往往會在不知不覺中產生「確認偏誤」（confirmation bias）。我認為，賽門與葛芬柯（Simon & Garfunkel）的歌詞很適合用來定義這個現象：「一個人只聽他想聽的／而忽略了其他。」如果你的聽眾因為你的論點與他們的信仰相悖而不願接受，任何統計數據都不太可能改變他們的想法。

事實也無法與恐懼抗衡。當我在白宮時，西非爆發了伊波拉病毒，而且美國本土出現首例病例，引發了全國恐慌。然而，在美國本土感染該疾病的美國人數量有多少呢？總計是兩位，而且都是醫院的護理人員。我們的撰稿團隊一篇接一篇地寫出講稿，歐巴馬試圖在演講中用證據來安撫人們的焦慮。他提醒道：「我們必須記住基本事實。」例如在美國感染伊波拉病毒是多麼困難的事。強調以科學為基礎的事實是正確的做法，但這對平息恐慌並未發揮多大作用。重視事實的天體物理學家尼爾・德格拉斯・泰森（Neil deGrasse Tyson）曾經觀察到：「你無法用理性去說服一個原本就不是用理性得出結論的人。」

有時候，數據甚至會適得其反，讓你的聽眾更不願意支持你的立場。一份研究發現，向對疫苗抱持懷疑的父母提供更多有關疫苗的訊息，反而會加重部分家長的不信任感[1]。倫敦大學學院（University College London）和麻省理工學院（Massachusetts Institute of Technology）的認知神經科學教授塔利・沙洛特（Tali Sharot）解釋道：「數字和統計數據對揭露真相而言是必要且正面的，但它們不足以改變信念，也幾乎無法激勵人們採取行動[2]。」

統計數據有時還會讓人們不願意支持某些值得幫助的事業。假設你在募款，你以為問題越大，人們就會捐越多錢，對吧？然而並非如此。多項研究顯示，在要求參與者捐款以幫助有需要的兒童時，隨著需要幫助的孩子數量上升，捐款反而**減少**了[3]。

在另一項研究中，一組參與者聽到有關非洲糧食危機的呼籲時慷慨解囊，因為募款的重點放在幫助一個名為蘿基婭（Rokia）的小女孩身上。但是當另一組參與者聽到相同的呼籲，並附上幾個呈現了更大的人道危機的統計數據時，捐款反而**減少**了[4]。這似乎是因為大問題的統計數據削弱了對蘿基婭困境的同情，心理學家稱之為「心理麻木」（psychic numbing）：痛苦的規模越大，人們越容易感到不知所措，伸出援手的可能性也越小。正如蘿基婭研究的首席研究員黛博拉·斯摩爾（Deborah Small）所解釋的那樣：「人類很難對統計數據產生情感[5]。」

如果你必須使用統計數據

我不是說你在演講中絕對不能使用統計數據。如果你在工作中向投資者提案或爭取客戶，或是在社區會議上支持新的專案，你最好要有一些數據來支持你的論點。如果你是在美國統計協會演講，一連串的統計數據可能會讓你的聽眾感到興奮不已。

在大多數情況下，我建議謹慎且有策略地使用事實和數據，利用數據來達成所有成功演講應該達成的一切：講述一個有開頭、中段和結尾的故事。這正是歐巴馬在其總統任期最後一年所做的事，當時接連發生一連串手無寸鐵的非裔美國人被警方射殺的悲劇事件。他引用了多項研究數據，指出：

> 非裔美國人被攔下的可能性比白人高出三成，非裔美國人和西班牙裔在被攔下後遭到搜查的可能性是其他人的三倍。去年，非裔美國人被警察射殺的比例是白人的兩倍多，非裔美國人的被捕率則是白人的兩倍。非裔美國被告比白人被告更有可能面臨強制最低刑期的罪名，其比例高達七五％，而他們被判處的刑期幾乎比因同樣罪行被逮捕的白人長近一〇％。

統計數字很多，但它們講述的是同一個故事，包括這個結尾：「如果把所有數字加起來，非裔美國人和西班牙裔人口只占總人口的三〇%，但他們卻占了監禁人口的一半以上。」這就是歐巴馬希望美國人民了解並正視的故事，而在這種情況下，統計數據是一種強有力的敘述方式。

想在簡報中使用統計數據嗎？先提出以下問題：

- 這個數據能否幫助聽眾更清楚理解問題？
- 這個數據會提高聽眾採取行動的可能性嗎？
- 這個數據能否講述一個故事？

如果答案是否定的，那麼就沒有必要提出這個數據了。

感受你的內容

如果大量數據無法有效與聽眾溝通，那麼正確的方式是什麼呢？

讓我們回到童貝里的故事。

她在馬德里演講的幾個月前，也在紐約的聯合國發表了一場演說。她的言詞充滿情感，帶著強烈的憤怒。她一開始就將言詞直指那些出席的世界領導人：「我要說的是，我們會監督你們。」演講後段，她說：

你用空洞的言詞偷走了我的夢想和童年，然而，我還算是幸運的。有人正在受苦，有人正在死亡，整個生態系統正在崩潰，我們正處於大規模滅絕的開端，而你們卻只談論金錢和永續經濟成長的童話。你們怎麼敢！

童貝里揮舞手臂強調每句話，她的聲音幾乎顫抖，淚水在她眼中打轉。那週在聯合國有無數的演講者，但那位十六歲女孩的話語打動了世界，因為她做到了偉大演講者所做的一切。她由衷而發，充滿熱情和堅定的信念，更重要的是，她不只是說出她的話，而是**感受**到它們。

蜜雪兒．歐巴馬非常擅長此道。曾為第一夫人和歐巴馬總統撰寫講稿的泰勒．萊希滕伯格（Tyler Lechtenberg）記得，有一次在準備會議上，她對收到的草稿不滿意。萊希滕伯格記得她問道：「我們到底想做什麼？」而這句話背後的意思是：「這篇講稿缺乏情感核心。」「身為演講者，她的其中一項長處就是她賦予言詞的情感力量。」他說，「她只會在自身有所感受時發表演講，因為這樣一來，聽眾也能有所感觸。」

對我們其他人來說也是如此。除非我們自己先感受到情感，否則我們無法觸動聽眾，也就是亞里斯多德稱之為**感染力**（pathos）的修辭學第三支柱。所以，我認為一篇演講中最為感人之處並非在於邏輯，而是發言者在內容中所帶來的情感，也就是感覺、真誠和真實性。如果我們想真正與聽眾建立連結，說服並激勵他們，感性往往勝於理性。

這也是我強烈建議你**不要**完全仰賴AI工具來撰寫講稿的另一個原因，尤其是那些非常個人的演講。如我們所討論的，演講是一個基本的人類體驗，涉及到正在演講的人，也就是你，以及正在聆聽的聽眾。無論技術多麼先進，AI工具永遠無法真正了解你心中的想法。你的聽眾希望看到更多的人性，這是不能少的。

使用感性的詞彙

越來越多的研究證實了為何發自內心的演講如此強大。

第六章曾提及的沃頓商學院伯格教授和他的同事凱瑟琳・米克曼（Katherine Milkman），想要知道為什麼讀者更愛分享某些線上新聞故事。伯格和米克曼檢視了大約七千篇新聞，發現讀者更傾向分享那些能引發強烈情緒的文章，如驚奇、憤怒或焦慮[6]。這些情緒會引發生理反應，柏格和米克曼稱之為「生理激發」（physiological arousal），這會讓我們想與他人分享這種經歷。我們在尋求與家人和朋友的情感連結，柏格解釋道：「如果對方閱讀這篇文章後感受到相同的情感，雙方將會更加親近[7]。」

另一組研究人員在當時的推特上也發現了類似的情況，紐約大學的心理學教授分析超過五十六萬則關於槍枝安全、同性婚姻和氣候變遷的推文，他們比較了帶有道德和情感字眼的推文與使用中性詞語的推文，發現每當使用如「犯罪」、「憐憫」、「正義」、「害怕」、「愛」、「哭泣」、「虐待」、「榮譽」、「怨恨」、「信仰」和「罪惡」等道德情感字眼時，推文被分享的可能性增加了二〇%[8]。

網路上的現象常常也適用於現實生活。我們被那些撥動我們心弦、讓我們有所感觸的語言吸引，而這一切都始於我們使用的語言。當你準備演講時，可以上網搜尋「情感輪」（Feeling Wheel）或「情緒輪」（Emotion Wheel），你的螢幕很快就會充滿色彩豐富的詞輪。文案寫手和傳播領域的專業人士最愛這些詞輪，經常在社群媒體上分享。但這些詞輪根本不是作家創作的，它們最初是由心理學家所設計，目的在於幫助個案更好地識別和表達自己的感受[9]。這也正是為什麼當你想在演講中帶入更多情感時，它們是一個非常有效的工具。

別只是說你感到「開心」，可以說你感到「驕傲」、「樂觀」、「喜悅」或「充滿希望」。不要只是說你「生氣」，可以說你感到「沮喪」、「憤怒」或「憤慨」。與其說「驚訝」，不如說你「驚奇」、「興奮」或「敬畏」。在演講時，不要只用一般詞彙來表達，盡可能使用能夠真實傳達你**內心情感**的詞彙，這樣可以讓你與聽眾建立更深層的連結。

投入感情

如果我在幾十年前撰寫這本書，我可能會建議你在演講時控制好自己的情緒。長久以來，領導者，尤其是女性，經常因為表現出太多情感而遭到不公平的嘲笑，即使只是流下一滴眼淚，也可能被批評為「軟弱」或「情緒不穩」。是的，一些刻板印象依然存在，女性領導者有時仍因他們表達了憤怒、恐懼和懊悔等情緒，而被不公地認為是「過於情緒化」或「表現較差」[10]。一項研究發現，有色人種若在工作中表達憤怒，更容易被視為「激進」或「不合群」，而白人員工表達憤怒則被視為對工作的「熱情」，這再次提醒我們必須解決工作場所、社區以及我們心靈和思想中長時間的偏見[11]。

我在白宮時的撰稿同事薩拉達．佩里（Sarada Peri）說：「展現情感總是很難，尤其是對女性和有色人種而言，但分享情感是與聽眾建立信任的最佳方式之一。」相反地，正如佩里指出的：「一篇空洞、冷漠且毫無情感的演講，對任何人來說都是一種風險。」我自己也見證過這一點。多年來，我與來自不同背景的演講者合作過，從未聽過聽眾要求少放點感情；事實上，他們總是希望聽見更多情感投入。

如今，分享內心想法被廣泛視為講者真誠的象徵。二〇〇八年，希拉蕊．柯林頓（Hillary Clinton）在競選活動中談到她對公共服務的承諾時情緒激動，過去這可能會被許多人視為不合格的表現，但當時大家卻認為這使她更具人情味。

而且不僅是女性。在一場感性的賽後採訪中，底特律雄獅隊的跑衛賈馬爾．威廉斯（Jamaal Williams）流著眼淚，將球隊的勝利和他個人打破的球隊紀錄獻給已故的曾祖父，隨後他嚴詞反駁了質疑球隊的批評者，現在會說這樣的表現是「對工作的熱情」。他的言論引起數百萬人的共鳴；他的發言影片瞬間爆紅。同樣地，當費城老鷹隊的傑森．凱勒斯（Jason Kelce）數次落淚宣布從國家美式足球聯盟（National Football League，NFL）退役時，他因為展現真誠的情感而廣受讚譽，一位體育主播稱其為「美麗，真的很美」。

我在白宮也見識到發自內心演講的力量。在歐巴馬任內的八年中，我們的撰稿團隊為總統撰寫了三千四百七十七篇講稿和聲明，其中你能記得多少？（沒關係，連我都無法記得他所有的演講，甚至是我處理過的內容。）但我敢說，你一定記得以下這場演講。

在康乃狄克州新鎮（Newtown），一名槍手在一所小學殺害了二十名孩童和六名教育工作者後，歐巴馬走進白宮簡報室。他甚至無法堅持一分鐘就開始哽咽。

「今日喪生的大部分都是孩子，這群可愛的孩子年齡介於五到十歲。」他停了下來，無法繼續，並擦去眼中的淚水。他嘆了口氣，煩燥地捏著講稿。他試圖再次開口說話，但又再次停頓了大約十秒鐘的時間。他靜靜地站著，努力保持鎮定。終於，他抬起頭來繼續說話，邊說邊拭淚。

「他們前方還有大好的人生。生日、畢業、婚禮、自己的孩子。」

那次發言是歐巴馬任內最受關注的影片，觀看次數達數百萬次。為什麼？並不是他用詞有多優雅，他的話語簡單樸實。也不是他的論點多有**邏輯**，而是他的言論在瞬間觸動了許多人，因為歐巴馬當時所展現出的真實人性情感是無法計畫和編排的。他不僅以總統的身分，也是以父母的身分發言。他以我們每個人都應該採用的方式說話，來自內心深處、毫不畏懼地分享最真摯的情感。

展現脆弱

有時，分享我們內心的想法，意味著分享那些我們通常會保留為隱私的一部分：我們的挫折、痛苦和創傷。對許多人來說，這可能很可怕，尤其是面對一群陌生的聽眾。我甚至聽到一些演講教練說：「不要過於個人化。」

但我完全不同意。

表露個人感受和展現脆弱，是與聽眾建立情感連結，甚至讓他們接受你觀點的最有效方法。來自亞利桑那州女王溪（Queen Creek）的十三歲女孩奧莉薇亞・韋拉（Olivia Vella）在七年級英語課朗誦自己創作的擂台詩（slam poet）時發現了這個技巧。

韋拉在許多方面似乎都表現出色：她成績優異、熱愛排球，傍晚和週末常在社區劇院度過，她尤其喜歡芭蕾舞。然而私底下，她卻在苦苦掙扎。一如許多年輕人，特別是女孩，她在外貌上感受到來自同學和社會的無盡壓力，此外，她還說：「我對自己的身體非常不自信。我覺得自己很醜陋。」她被診斷出患有身體臆形症（body dysmorphia）、焦慮和憂鬱症，「我很難交到朋友，並且常常在餐廳被孤立。」因此，當她的英文老師告訴全班，他們得大聲朗讀一篇個人文章時，韋拉立刻決定要分享自己內心的感受，「這是我向同學們訴說心聲的方式。」

一位同學用手機錄下韋拉站在全班面前的六分鐘演講，記錄了她講述像她這樣的女孩每天承受的痛苦和壓力。

挑選一套符合最新潮流的服裝，
化點妝出門，這樣才敢露臉，看來稍微漂亮一些，
別忘了把頭髮弄成優雅的捲髮，
把胖腳塞進會把腳磨出血泡的名牌帆布鞋裡，學校裡每個人都在穿，不能顯得格格不入，
身上每件衣服都讓人不舒服。
但就算花了好幾個小時打扮，還是永遠比不上學校那些女孩。
其實只是忍住幾滴眼淚，卻像是在壓抑一場情感的海嘯，
為什麼我不夠好？

在她的詩接近尾聲時，韋拉的聲音漸漸高昂，最終到達充滿激情的結論。

你告訴自己：「我只希望大家喜歡我，希望被他們接受。」
但不吃飯和在手腕上留下傷痕並不能解決這個問題。
你看著其他女生，希望自己能像她們一樣，但其他女生也看著你，希望自己能像你一樣。
但社會是錯的。
你是被愛的。
你是珍貴的。
你是漂亮的。
你很有才華。
你很能幹。
你值得尊重。
你可以吃那頓飯。
你是七十億人中的唯一。
最重要的是，你已經夠好了。

韋拉的朗誦結束後，老師和一些同學淚流滿面，其他人則鼓掌歡呼。幾年後，她傾訴心聲對我說，那場演講在很多方面「改變了人生」。她回憶道：「我當時很緊張，因為我以為大家會嘲笑我。但這是我表達自己感受的時刻，我仍在對抗焦慮和憂鬱，但分享這些難受的情感是我重新找回力量的方式。」

她注意到她的同學們也發生了變化，包括一些過去對她不好的人。「當我朗誦時，我可以看到我的詩如何影響了他們。幾乎每個在朗誦後走過來找我的人都說：『我很高興你能說出來，因為我也有同樣的感受。』這讓我知道我不孤單，我們彼此也更能看見對方的內心。」

令韋拉驚訝的是，她的詩引起了全世界的共鳴。她朗誦的影片爆紅，引發更多人討論關於青少女面臨社會壓力，尤其是身體意象（body image）的議題。「妳的詩救了我。」一位住在懷俄明州的女孩在信中寫道：「它讓我感到快樂。」一位六十歲的女士說她每天都在與「永遠覺得自己不夠好」的感覺爭鬥，她寫道：「韋拉的詩彷彿是在對我說話。」

韋拉告訴我：「我覺得我們總是試圖壓抑自己的感受，擺出一副我們一切都很好的樣子。但當我們脆弱時，我們也要允許別人看見我們真正的樣子。我們並不完美，我們都有缺陷。尊重我們的情緒是做真正的自己，並讓我們與其他人建立連結，讓他們知道他們也可以做自己。」

除了演講要由衷而發之外，還有一種同樣強大的方式可以與聽眾建立情感連結：觸動**他們的**

心靈。有幾種方法可以做到這一點。

想像對特定的人說話

二〇一三年四月十五日，兩聲爆炸震撼了波士頓馬拉松的最終段，震驚了整座城市和全國。在這場屠殺中，三人喪生，近三百人受傷。爆炸事件發生的第二天，我們得知歐巴馬可能會前往波士頓，並在週末的追悼會上發表談話。這意味著我們只有大約四十八小時來準備他的講稿。

這場悲劇對歐巴馬來說尤為切身。他和第一夫人都熟悉波士頓，因為他們在哈佛法學院求學時就住在那裡，二〇〇四年他還在波士頓發表他的大會演講。這次爆炸也令我感同身受，我在波士頓出生，在我們舉家搬到鱈魚角後，還是經常回到波士頓與親戚一起過節、參加洗禮和婚禮。

我在準備演講時，總會想像一個特定的人，一個真實存在、鮮活的人，希望這次演講能與他產生深刻的情感連結，然後試著為他們寫作。在爆炸發生後的日子裡，我一直掛念著我在麻州的家人和朋友，尤其是丹叔叔。他是個徹頭徹尾的波士頓人，小時候在教堂擔任祭壇助手，畢業於天主教學校，擁有波士頓學院足球和冰球比賽的季票，也是幾家波士頓酒吧的常客。他是個堅定的保守派，並不喜歡歐巴馬。（而且他總會在每年感恩節向我強調這一點！）然而，當我在撰寫總統的講稿時，我想像著丹叔叔和他的朋友們一起在酒吧裡觀看這段演講，我問自己：**他會想聽到什麼？**

追悼會前一晚，我把草稿寄給歐巴馬。隔天早上，他的修訂稿已經放在橢圓形辦公室外面的桌子上，我寫的大部分內容都保留了，但每一段都有些改動。在飛往波士頓的航班上，他又做了些修改。就在空軍一號開始降落波士頓時，他悠閒地走回我的座位，又交給我新的版本，他正在把這篇演講變成自己的。

正午過後，歐巴馬站在能俯瞰滿是哀悼者的大教堂講壇上開始發表演說。他描繪了一幅「在波士頓美好一天」的圖景：太陽升到城市上空，春天百花盛開，跑者們繫緊鞋帶。然後「一瞬間，這一天的美好被打破了」。他向在爆炸中喪生的三名無辜者致敬，又對住院的傷者說：「你們一定會再次奔跑。」

演講進行到一半時，歐巴馬的語氣改變了。他直接對波士頓市民講話，並展現出那週以來充滿全城的「波士頓堅強」（Boston Strong）的抗爭精神與韌性。

> 你們的決心是對犯下這可憎罪行者最強烈的反擊，如果他們試圖恐嚇我們、威脅我們、動搖我們作為美國人的價值觀，那麼現在應該很明顯他們選錯城市了。

教堂響起熱烈的掌聲，聽眾們全體起立。歐巴馬靠近麥克風，在歡呼聲中繼續講話。

「不准在波士頓！不准在波士頓！」

過了一會兒，他描述有個跑者被爆炸衝倒，但很快又站了起來，「我們會振作起來。我們會繼續前進。我們一定會完成比賽！」

歐巴馬把這場追悼會變成了一次集會，不僅關於如何面對死亡，更是在召喚我們活出生命。當他的演講達到高潮時，他隨著教堂內澎湃的情緒，幾乎是在掌聲中吼叫：

> 明年此時，四月的第三個星期一，全世界將回到這座偉大的美國城市，比以往更努力地奔跑，更努力地歡呼，為第一百一十八屆波士頓馬拉松加油。一定會的！

座位上的波士頓人民再次起立鼓掌、歡呼、高聲叫喊，有些人揮舞著拳頭。這是一座堅強不屈的城市，拒絕接受恐嚇的國家。

當天稍晚，一位白宮的工作人員告訴我，那篇演講是「給波士頓的情書」，我有同感，而波士頓的人們似乎也這麼覺得。新聞報導顯示，人們聚集在大教堂外，擠滿餐廳和酒吧，聆聽歐巴馬的演講。這就是一個演講應該被接收的方式：一場共同的集體體驗。

那天下午，我注意到手機上的語音信箱有一則新的留言。

「泰瑞，我是你的丹叔叔。」他用濃厚的波士頓口音說道。

我很驚訝，因為他很少打電話給我。他不可能知道我在撰寫演講稿時，是想著他而寫的。從背景的噪音中，我可以猜到他在他最喜歡的其中一間酒吧裡。

「我剛剛看了總統的演講，我們都看了，他講得很好，演講非常精彩，我只是想讓你知道。」

他說得不多，但對我叔叔來說，這已經是很高的讚美了。在那一刻，無論多麼短暫，歐巴馬也與一個表面上毫無共同點的人產生了連結：他討論丹叔叔所愛的城市，定義它的精神，觸動了丹叔叔的心。

當你演講時，找到你的丹叔叔。

訴說他們的經驗

在任期最後一年，歐巴馬進行了三次歷史性訪問。

那年春天，他成為近九十年來首位訪問古巴的美國總統。在哈瓦那的演講中，他向古巴人民在醫療、教育和創業方面取得的成就致敬，他也讚揚了古巴文化，包括古巴人和美國人如何一起「跳恰恰或騷沙舞，並享用傳統菜餚燉牛肉（ropa vieja）」。最重要的是，他坦率地承認了美國歷任總統從未提及的事實，即美國對該國的貿易禁令是一個「過時的包袱」，這「只是在傷害古巴人民，而不是幫助他們」。

幾個月後，他成為首位訪問廣島的美國總統。美國曾在該處投下第一顆原子彈，結束了第二次世界大戰。歐巴馬會見了年長的轟炸倖存者，並向在「死亡從天而降」時逝去的受害者表達哀悼。站在那座紀念公園，他請求世人反思這些人所經歷的恐怖：

為什麼我們要來到廣島？我們來是為了反思在不久前釋放的可怕力量，我們來悼念死者，包括十多萬日本男女和孩子，數千名韓國人，以及十多名被囚禁的美國人。他們的靈魂在向我們訴說。

同年晚些時候，歐巴馬成為首位訪問寮國的美國總統，這個東南亞小國在越戰期間曾遭受美軍大規模轟炸。當我在準備他的講稿時，震驚地發現，從未有一位美國總統完全承認這場所謂的祕密戰爭（Secret War）造成的破壞。九年時間裡，美國飛機在寮國投下了超過兩百萬噸的炸彈，使寮國成為歷史上人均被轟炸最嚴重的國家。我和上千名寮國人民一起坐在首都永珍，聽著歐巴馬發表前所未有的話語：

正如一位寮國人所說：「炸彈如雨點般落下。」村莊和整個山谷都被摧毀了，無數平民被殺害。那場衝突再次提醒我們，無論什麼原因，無論什麼意圖，戰爭都會造成可怕的代價，尤其是對無辜的男人、女人和孩子。今日，我與你們一起承認那場衝突中各方所遭受的痛苦和犧牲。

歐巴馬的政治批評者喜歡說，他這些言詞是為過去八年來美國在世界各地錯誤行為的「道歉之旅」，但事實完全不是這樣。歐巴馬在做任何一位優秀演講者會做的事情，他展現了對聽眾的同理心，並承認塑造他們的歷史。作為演講者，我們絕不該低估這種同理心的力量，在職場中亦然。研究顯示，同理心是具有影響力的領導者應該掌握的關鍵技能[12]。

我親眼見證了這一點。有時在演講結束後，尤其是在海外，我會找個聽眾詢問他們對演講的看法。他們大概以為我是記者，我們的對話通常是這樣的：

「喔，我非常喜歡這個演講！」聽眾說。

「你有特別喜歡的一句話嗎？」我問。

這個時候，他們通常會停下來思考。

「其實沒有。」

「或是演講的某個部分？」

聽眾再一次停頓。

他們會說：「其實並不是某個特定的部分，重點在於整個演講給我的感受。他看見了我們，他了解我們。」我在世界各地一次次聽到類似的回答。

想一想那些對你最有意義的演講，無論是總統在就職典禮上的演說，還是兄弟姊妹為你的祖父母致悼詞。或許你會記得一、兩句精彩的內容，但我敢打賭，你印象最深刻的是講者讓你**感受到**被看見、被聆聽、被理解的感覺。你知道作為聽眾的感覺如何，當你成為演講者時，就應該努力營造這種感覺。

在你對聽眾展現出同理心時，還有另一種有力的方法能夠打動他們的心，尤其是當你想號召他們支持某個事業時。那就是激發他們對你試圖幫助的人的同理心。

展示富有人情味的面貌

二〇一六年夏天，敘利亞的殘酷內戰已經持續了五年多，成千上萬的人民和孩童被殺害，超過一千一百萬人被迫離開家園，而當時全球因衝突和饑荒流離失所的人估計達到六千五百萬人，這是自第二次世界大戰以來規模最大的難民危機。然而，對於世界上許多人來說，這些數字往往只是數字而已。

直到他們看見了歐穆朗．達克尼什（Omran Daqneesh）。

在敘利亞阿勒坡市（Aleppo）的一次空襲後，一段小男孩在救護車裡的影片傳了出來。達克尼什當時只有五歲，穿著短褲和T恤，全身布滿灰塵，左臉血跡斑斑。他坐在救護車裡，沉默不語，驚魂未定，一度試圖擦去他小手上的血跡。不久後，達克尼什的照片傳遍全世界，一場巨大的危機突然變得令人感同身受，許多父母透過他，看到了自己的孩子。

心理學家稱此為可辨識受害者效應（identifiable victim effect）。我們往往更容易對特定、可辨識的個體產生同理心，對一大群人則不那麼容易。還記得關於非洲糧食危機的研究吧，參與者更願意捐款幫助具體且可辨識的小女孩蘿基婭，而不是「超過三百萬名受苦的孩子」。

為什麼？

克萊蒙研究所（Claremont Graduate School）的神經經濟學家保羅・扎克（Paul Zak）發現，當我們聽到以人為中心的故事時，大腦會釋放催產素，這是一種與增加同情心、慷慨和慈善行為有關的荷爾蒙[13]。因此，扎克將催產素稱為「道德分子」（the moral molecule）。

他的研究證實了這一點。在一項實驗中，扎克和他的同事讓研究參與者觀看十幾個關於吸菸、飲酒和超速等問題的公共服務公告，然後詢問他們是否願意捐款給解決這些問題的慈善機構。這些參與者中一部分接受了安慰劑，另一部分則透過鼻子注射了合成催產素。結果呢？你猜對了。與接受安慰劑的參與者相比，接受催產素的人表示對中的人們更為關心，甚至捐款金額也增加了五六％[14]。

這樣的研究證實了我們一直以來所知道的道理：「當我看著一大群人，我永遠不會採取行動。但若只看著某一個人，我就會。」（這句話據說是德蕾莎修女（Mother Teresa）所說，也有可能是杜撰的。）

我不建議你嘗試將合成催產素注射到聽眾的鼻子裡。但如果你想激勵聽眾，最好的做法是講述你想幫助的人的故事。更好的是，講述某一個人的故事，迫使他們去「看那一個人」。歐巴馬也必須學會這一點，他告訴我，作為一名演講者，他逐漸明白「要講故事而不是事實，並且要觸動人們的心靈，而非只是訴諸理性」。

打動人心是每個人都能做到的事。

六歲的艾力克斯・邁特貝里（Alex Myteberi）在紐約斯卡斯代爾（Scarsdale）的家中，瞥見母親手機裡新聞畫面中達克尼什的身影，突然對那個來自敘利亞的小男孩著迷不已。「他整天都在談這件事。」邁特貝里的母親瓦爾（Val）回憶道，「他很沮喪，眼中充滿淚水。他想做些什麼來幫忙。」於是，邁特貝里坐到餐桌前，拿出一支藍筆和父母的黃色便箋紙，寫了一封信給歐巴馬總統。邁特貝里說他希望達克尼什能來紐約和他及他的家人一起住。

當白宮通訊辦公室的工作人員閱讀了邁特貝里的信件後，他們立刻將它轉給我們撰稿團隊。歐巴馬正準備在聯合國的難民峰會上發表演講，我們立刻意識到，邁特貝里的話可以讓全世界更加關注這場危機。

在演講中，歐巴馬呼籲國際社會提供更多對移民和難民的支持。接近尾聲時，他讀了邁特貝里信中的部分內容，顯然被這個年輕男孩的慷慨精神所感動。在聯合國的會議室內，各國總統和總理們通常是嚴肅的，但在聽了邁特貝里的話後，他們罕見地爆出一陣掌聲，而這封信的故事也成為全球新聞焦點。但接下來發生的事情，甚至比這還要驚人。

幾天前，白宮的攝影團隊拜訪了邁特貝里的家。他坐在自己寫信的那張餐桌前，大聲朗讀出那封信。他的信在某種意義上變成了一篇演講。

邁特貝里說：「歐穆朗將會成為我們的兄弟，我的小妹凱瑟琳會為他收集蝴蝶和螢火蟲，我們可以一起玩。」他說，「因為歐穆朗不會帶玩具來，我會分享我的腳踏車，並且教他怎麼騎，我會教他數學加法和減法。」

在那段慘痛的歲月裡，世界是否做了足夠的努力來幫助敘利亞人民？我相信我們本可以，也應該做得更多。我也相信那場難民峰會，還有邁特貝里真摯的話語確實產生了影響。他朗讀信件的影片迅速走紅，讓更多人了解到像達克尼什這樣的孩子的困境，同時也籌措到更多的人道援助資金。

「就算我們有不同的膚色或宗教信仰又怎樣？」幾年後我與邁特貝里談話時，他告訴我，「我希望同情心能像呼吸一樣普遍，我們都是希望能得到照顧，並過上好生活的普通人。只要我們彼此幫助，就能實現這個願望。」

正如歐巴馬在他的演講中所說：「我們都可以向邁特貝里學習。」當我們演講時，我們可以記住，像達克尼什這樣的個人故事，如何突破所有數字，讓一件可能難以承受的事變得更加人性化。我們也要記得，不論我們多麼會說話，有時最有力量的話語可能來自於他人，例如一個紐約男孩看到了敘利亞男孩，並了解我們都是應該互相幫助的人類。

重點討論

當你想與聽眾建立連結，並激勵他們採取行動，不要用大量數據淹沒他們，只要用心說話。記住，演講中最美麗且動人的部分是你所帶來的情感，是來自於你的那份真誠、真實和感受。

- **感受你的內容**。當你談論那些你最關心的人、事業和社群時，你將展現出最真實、最熱情的一面。你所愛的是什麼？是誰？如果你要向某人致敬或追悼，想一想他們讓你感受到的三、四種情緒，然後說出來。
- **使用感性的詞彙**。使用能表達內心深處感受的詞語來與聽眾建立連結。網路上的「情緒輪」可以幫助你找到表達憤怒、驕傲、挫折或興奮等不同情感強度的詞彙。
- **投入感情**。不要只是告訴聽眾你的想法，要讓他們感受到你的情感。避免冷漠無情的演講，而是分享你內心最深處的情感。分享情感不是軟弱的表現，而是堅強的象徵。

- **展現脆弱**。是什麼讓你感到痛苦？你怎麼克服困難的？當你放下防備，分享自己的疑惑、不安或失敗時，能給予聽眾反思自身的空間，進而創造更多同理心和理解的機會。你的演講除了要發自內心，也要觸動聽眾的心。
- **對某個人說話**。在準備簡報時，請想像一個具體的對象：一位真實存在，且能與你的內容產生情感連結的人。寫稿和演講時，都要以他們為對象。當你對聽眾說話時，直接用「你們」，不要用「他們」。
- **訴說他們的經驗**。試著設身處地，站在聽眾的立場，說出符合他們現實生活的內容。哪些經歷塑造了他們的生活？有沒有他們引以為傲的成就，可以在演講中讚揚？他們是否背負著痛苦、創傷或不公的感受，而且是可以被看見並討論的？
- **展現人情味面貌**。不要用模糊的術語和統計數據來描述問題，內容要更有人情味。透過講述真實人物或單一人物的故事，代表你希望聽眾關注的挑戰，使這個問題生動起來。

以下還有一種絕佳的方式，可以與你的聽眾建立連結。

第九章
BBQ法則：用最自然的方式說話

如果我擁有自己的世界，那裡的一切都將是毫無意義的。沒有事物會是它應有的樣子，因為每件事物都是它不應有的樣子。反之，它該怎樣，就不會那樣；它不該怎樣，就會那樣。明白了嗎？

——愛麗絲（Alice），路易斯・卡羅（Lewis Carroll）版的《愛麗絲夢遊仙境》（*Alice's Adventures in Wonderland*）

另一場演講即將到來，我走進一位白宮官員的辦公室，他正忙著制定歐巴馬總統將在致詞中公布的提案，姑且稱他葛雷格。幾分鐘後，他嘗試簡單解釋這份提案，他的解釋大致如下：

「舊的經濟模式已經行不通了，美國政府需要更加投入。」

我對此很感興趣，便進一步詢問了細節。

「我們提出了一個新模式：促進創新的公私合營夥伴關係。」

或許感覺到我的困惑，於是他又嘗試了一次。

「這種事沒有靈丹妙藥，這是關乎多部門合作的力量。」

他一定看到我開始目光呆滯，所以他想進一步解釋。或是說，努力解釋。

「這是要創造綜效，使我們能夠大規模地推動解決方案。」

我一直在記錄，但我的頭開始痛了。

「總之，總統有機會真正帶來改變。」他說。

到現在，我的懷疑之情應該表露無遺了，他再次嘗試解釋。

「泰瑞，這是一個真正的典範轉移，具有帶來轉型性變化的潛力。」

我聽葛瑞格講了半小時，帶著比走進他的辦公室前更多的困惑離開。我需要一顆阿斯匹靈。

為什麼那麼多人這樣說話？

不管你怎麼稱呼它：行話、流行語、官僚語言、胡言亂語、廢話、空話、唬爛（對，真的有這個字）、胡拼亂湊，反正你就是不能說它是國語。然而，這種修辭上的廢話卻充斥著我們每天聽到的許多對話和演講。

許多企業管理人員稱他們的員工為「人力資本」，敦促他們「聚焦核心競爭力」，強調「任務關鍵性」，但也要「跳出框架思考」。當情況變糟時，也不說員工被裁員，而是說「受到影響」或「受到波及」。

我聽過非營利組織的領導者督促他們的團隊要「突破極限」、展開「天馬行空的思考」，並「激勵最佳實踐」，以追求「整體性方法」來「產生正向成果」。這麼多詞語，卻什麼都沒說清楚。

金融專家往往有自己的一套語言。據傳艾倫．葛林斯潘（Alan Greenspan）在擔任總統經濟顧問委員會主席時曾說過：「這是一個棘手的問題，要找到適當的時機和方式來遏制因收入下降引起的風險溢價上升，而又不會過早終止通貨膨脹造成的風險溢價下降[1]。」

你說什麼？

這類講者有一種苦惱，稱之為「知識的詛咒」，也就是他們假設聽眾擁有與自己相同的知識和詞彙[2]。這種情況在包括醫學在內的各個領域都會發生。如果你跟我一樣，有時候會因為醫生用太多醫學術語而無法理解，直到他們終於說出類似「這就是瘀青的專業術語」，你才明白過來。

那為什麼不直接說「瘀青」就好？

波士頓的麻州總醫院急診醫生蘿拉．迪恩（Laura Dean）表示，醫生和病人及民眾溝通時，使用「太多術語」。她應該很了解這一點，在進入醫學院之前，她曾是我們白宮撰稿團隊的成員，大概也是世界上少數幾位擔任撰稿人的醫生。她指出：「專業術語可能成為理解的阻礙。」

我們在新冠疫情期間見過這種情況。公共衛生官員面臨著幾乎不可能的任務，即在我們對病毒的認識不斷演變之際，還要向驚恐的大眾傳達訊息。然而，每當我看著新聞，經常會因為官員所說的內容不禁搖頭，感到難以置信。例如某些變種病毒比其他「病原性更強」，我們應該避免「群聚環境」（這與「擁擠場所」有何不同？），還有某些「醫療對策」比其他的更具「功效」。我們不應需要讀過醫學院才能理解官員對我們說的話，尤其是在關乎生命的危機時刻。

就連總統也可能受累於冗長的發言。歐巴馬曾對我承認過：「有時我說話會過於複雜，其實可以更簡潔有力。」他笑著說，「毫無疑問，當我講得不好時，就是犯了這種特定類型的錯誤。」他說：「有種習慣是談論很多政策及其細節，有些是當律師時所受的訓練，要確保考慮到每個方面，這是一種特定的學術訓練，我可能展現了受訓的結果。這也可能與個性有關，有些優點也可能是缺點，反之亦然。」

歐巴馬身為曾經的大學講師，有時表現得相當學究。比如說，他經常（也應該如此）談論遵守「國際規則和規範」的重要性。在台下觀看時，我經常會想，**聽眾裡有誰真的知道什麼是「規範」嗎？**每次聽到他這麼說，基南都會像《歡樂酒店》（*Cheers*）裡的那群人歡迎他們的老友到酒吧一樣大喊：「規範！」（譯注：音似劇中的角色諾姆「Norm」。）

不過，我最喜歡的例子發生在歐巴馬到南韓參加的國際會議。在記者會上，他不滿記者們似乎輕視美國談判代表在制定峰會最終公報中的角色：

讓我們來回顧一下這次高峰會。我們協助開創了平衡與永續增長的框架，我們也構思了金融改革和巴塞爾資本協定三（Basel III）的理念。公報中提出的發展文件與我提出的發展理念相吻合；公報中的反腐倡儀也是根據我們提出的建議和意見。

直到今天，我仍然不確定巴塞爾資本協定三是什麼（雖然我猜它應該比協定二更好），而且，以歐巴馬的立場來說，或許他聽眾中的國際經濟專家需要聽到對「平衡與永續增長框架」的有力辯護。也許吧。但顯然，這不是針對美國本土的聽眾，我相信他們不會貼在電視前高喊：「巴塞爾協定三！巴塞爾協定三！」

就像統計數據一樣，我不是說你永遠不應該使用專業術語。如果你所有的聽眾都是專業人士，那就用他們熟悉的語言來講話。如果你在國際地質大會上做講座，要深入探討和挖掘，可以盡量技術化，你的聽眾可能會喜歡，震撼他們的世界吧。

不過，在大多數情況下，要小心避免使用某些聽眾可能不理解的詞彙，不要胡亂拼湊，那會讓人心生反感。避免聽眾需要費力解密的術語，以免在理解上造成分歧，讓內行人懂而外行人迷茫。術語會讓我們在應該創新時顯得陳腐、在應該精確時顯得模糊、在應該清晰時顯得混亂，也讓我們在應該直率時顯得閃爍其詞。

這就是為什麼術語會削弱我們作為講者的可信度。當聽眾覺得我們不夠坦誠，或是根本不知道自己在說什麼時，就會引起不信任感。專業術語和官僚用語這些陌生詞彙會推開聽眾，尤其是面對包括非母語者在內的多元聽眾時，我們應該以他們能理解的詞彙來歡迎他們。如果一個詞拗口，那就不該說出來。

幸運的是，我們有另一個選擇。

如何「說人話」

多年來，如果我合作的演講者想在演說中加入任何術語或空話，我的建議很簡單：別像機器人一樣說話。我加入白宮時，首席撰稿人法夫洛有個更好的說法，那就是「像個人一樣說話」。這很合理。我們是人類，要與其他人類交談。事實證明，說人話比你想像的還要簡單。

像普通人一樣說話

記住，最優秀的演講者是在和聽眾對話。歐巴馬曾經告訴我，這就像在和摯愛、好友或同事對話一樣，感覺就像是：「天哪，太棒了，我們聊得很開心，靈感湧現，我們好搭。」

身為第一夫人，蜜雪兒．歐巴馬「對術語毫無耐心」。她的演講撰稿人之一戴夫．卡維爾（Dave Cavell）回憶道：「她決心像普通人一樣說話。舉例來說，這就是為什麼她沒有把自己的兒童計畫稱為『第一夫人的青少年運動和健康飲食倡議計畫』，而將其稱為『動起來！』（Let's Move!）她跟年輕人說話的方式，就像是在對她女兒的朋友說話一樣。」

因此，我強烈建議演講者遵循ＢＢＱ法則：如果不是你會在親友烤肉聚會時說出來的話，就不要在演講中說。為什麼是烤肉聚會？在這裡，你可能會同時和你的奶奶、瘋狂的叔叔或正就讀國中一年級的十三歲侄女聊天。假如他們問你工作在做什麼，希望你不會說：「我利用次世代創新來創造綜效，從而最佳化科技以帶來正向的健康成果。」如果這麼說，你的侄女恐怕早就跑開了。

相反地，我希望你能說些像是：「我們製作的手錶可以監測你的心跳，並將這些資訊分享給醫生，讓你保持健康。」

沒有胡言亂語，也沒有術語。在烤肉聚會上的每個人都能理解你在說什麼，甚至你那讀國一的侄女也懂，因為你遵循了最基本的溝通原則：保持簡單。

許多演講，甚至一些國情咨文，都是用大約國一學生的語言程度書寫[3]。這並非巧合，因為這就是美國人平均的閱讀程度。能理解你演講內容的人越多，你的演講就越有效。

我並不是說你每次演講都必須像對國一學生講話一樣。然而，在準備你的講稿時，要小心「知識的詛咒」。仔細檢查每一個字，如果你發現自己使用的術語或語言對某些聽眾來說可能過於艱澀，請試著用更貼近人心的方式來表達，要使用日常用語。

想不到術語的通俗說法嗎？這時人工智慧就派上用場了。輸入「給我十個更簡單的詞」。是的，有時候ＡＩ可以幫助你更像人類地說話。

BBQ 法則

別說這些艱澀術語	改說這些日常用語
對齊／結盟	協調
設計架構	創造／想出
頻寬／資源可用性	可取得性
深思	思考
核心能力	獨特優勢
進行對話	深入討論
激勵	產生動機
相互依賴	相關的
槓杆作用	充分利用
非公民	人們

典範轉移	變革
協同合作	合作
運用	使用

談論「人」，而非「計畫」

以下是兩位講者的原話。

「未來我們將重新定義個人移動方式。」

「世界需要針對人類移動性達成新的全球協議。」

你知道他們在說什麼嗎？如果聽不懂，我不怪你。

的確，這兩段話都沒有上下文。但即使在上下文中，它們仍然不太明確，兩句話都使用了相似的詞彙，但討論的卻是截然不同的事物。第一段是某汽車產業主管談論我們如何駕車出行，第二段則引述了一位聯合國官員談論全球不斷上升的移民數字。類似的詞彙，想表達的卻是完全不同的意思，而且在每個問題的核心都缺乏人性，你無法從他們的話語裡看見活生生、會呼吸的人。

很多人都是這樣說話的。我們談論看似抽象的概念，如「薪酬平等」，而不是具體的目標，像是「確保同工同酬」。我們關注投入，如投資的金額，而非結果，也就是這些投資在現實世界中的影響。政治人物提到他們的「基礎建設計畫」，但他們錯誤地假設民眾知道或記得計畫的內容，而且並未提到計畫對我們日常生活的影響，比如說可以帶來更多工作機會、更好走的街道、更短的交通時間以及更多與家人相處的時間。

幾年前，維吉尼亞州某個新興非營利組織的共同創辦人正苦惱於該如何介紹她的工作。在這個名為「阿靈頓孩童曬衣繩」（The Clothesline for Arlington Kids）的小型地下室空間，艾倫・莫伊（Ellen Moy）收集當地家庭捐贈的衣物，並在類似商店的環境免費提供給有需要的孩子。莫伊有多年零售經驗，她知道自己在做什麼。但是當她向外籌措捐款和召募志願者時，她回憶道：「我說得太學術了。我過於專注於運作方式，包括『商業模式』、『商店』、『流程』。」

我們合作，一起重新思考她描述工作的方式。她如何為孩子們提供一個「溫馨、有趣、像雜貨店一樣」的環境，讓孩子們可以挑選「一整季的優質衣物」；而且這個組織「完全由當地志願者運營」，會展現「阿靈頓最美好的特質，充滿鄰里互助的精神」。最重要的是，莫伊開始講述一個更宏大、更具人情味的故事。她現在會說：「這不僅僅是給孩子一件外套或一雙鞋子，而是讓孩子在上學時能感到舒適，並因此獲得更好的學習品質。這是關乎尊嚴的問題。」

「相較於被營運細節分散注意力，現在傳達的訊息更有人情味，我談論的是我們所做事情的核心、更宏大的目標和使命。」有了這樣的訊息，莫伊招募了大量的志願者和幾位兼職員工，免費贈送衣物給成千上萬的當地孩子。其中一位孩子寫了封感謝信，說：「你們不知道，只是收到一件衣服，就能改變一個人的生活。」

說話時，要真誠。避免糾結於細枝末節，不要過度探討工作的機制、流程和投入，尤其當是你在陳述為何人們應該支持你的事業時。要談論實際成果，包括你所幫助的人，以及你如何改變他們的生活，即使有時候需要多說幾句話。

真誠以對

不要談論政策和計畫	而要談論人
這個計畫將產生經濟影響。	我們將為勞工創造新的工作機會。
這項倡議將減少嬰兒死亡率。	我們將挽救孩子們的生命。
這項政策將減輕糧食不安全問題。	我們將幫助家長確保他們的孩子有足夠的健康食物。

停止使用讓人困惑的縮寫

像正常人一樣說話也代表應該避免使用縮寫。當然，有些縮寫如今已經被廣泛流通，像是NFL、NBA、IRS、PTSD、ADHD，幾乎人人都認識他們，所以儘管放心使用。

問題在於，有時候縮寫對不同的受眾來說可能代表著不同的事物。威斯康辛州旅遊聯合會為了避免被簡稱為WTF而改名；而當愛荷華州居民為他們的年長者服務機構取新名字時，許多人擔心高齡部（Department of Aging）會被簡稱為DOA（到院前死亡）。如果你在西雅圖發表關於公共交通的演講，我建議不要用南湖聯合無軌電車（South Lake Union Trolley）的縮寫。

在談論技術問題時，縮寫尤其危險，因為不是每個聽眾都有相同的專業知識。也許你在一家經營B2B（企業對企業）或B2C（企業對消費者）業務的公司工作，也許有些聽眾WFH（在家工作），也許當你讀這些時，你也感到困惑。這就是我的重點。無論你認為聽眾有多麼博學，總是會有人不理解你所用的縮寫。也許你在想，**那我就解釋一下吧**。另一個優秀公開演講的規則是：如果需要解釋，那就別說。別再使用讓人困惑的縮寫。

小心縮讀字

如我們所討論的，好的演講者會思考當我們說出詞語時，聽起來是什麼感覺。這就是為什麼有效的溝通者不僅為書寫而寫，他們還為聽覺而說。縮讀字的運用就是一個例子。

有時候，縮讀字會成為你的敵人。當我們說話時，「can't」（不能）可能聽起來像「can」（能）；「shouldn't」（不該）可能被誤聽為「should」（該）；「didn't」（不是）可能會被認為是「did」（是）。當我們的聽眾聽到與我們意思相反的內容時，表示我們沒有表達清楚。無論何時，都要避免使用否定縮讀字。一字一字地說，清楚地說出「不能」、「不應該」、「不是」。

但有時，縮讀字也能成為你的好朋友。

「我很高興能來到這裡。」（I am excited to be here.）聽起來不是很高興。

「現在是採取行動的時候了。」（Now is the time to take action.）聽起來像是一個有感知的機器在命令它的機器大軍反抗人類。

你在說話時，尤其當你在談論感受時，更口語化的句子能讓你聽起來更有人情味，而不像機器人。試著把上述的例句改成「我真的很高興（I'm excited）」、「我很開心」、「現在是時候（Now's the time）保護人類免受失控科技威脅了」。

不要不避免雙重否定

看得懂標題嗎？你可能需要讀兩遍。現在，想像一下自己在聽眾席中聽到這段話。等等，不要不避免雙重否定？什麼意思？

雙重否定是清晰表達的大敵。它們迫使聽眾去揣測我們的意思，這也代表聽眾無法聽到我們接下來要說的話。更糟的是，聽眾往往只記得與我們本意相反的詞。在疫情期間，一些公共衛生官員告訴我們，如果我們是「非無症狀者」該怎麼做。嗯，「無症狀」（asymptomatic）聽起來和「有症狀」（symptomatic）很像，我敢打賭很多人和我一樣經常聽錯，這讓我更加困惑。

我通常不喜歡鐵律，因為幾乎總有例外。不過，當你在進行演講時，有一條不錯的規則可以遵循：禁用雙重否定。總有更好、更直接的方式來表達。

雙重否定，走開

別再使用否定詞語	改用肯定用詞
這種情況並非少見。	這種說法很常聽到。
這項計畫的成本不是微不足道的。	這項計畫的成本相當高。
我們不能不投資於我們的社區。	我們需要投資在我們的社區。

避免法律術語

如果你代表公司或組織發言，有時候把你的講稿交由律師審閱是個好主意。白宮的律師們已不止一次眼尖地發現我草稿中的措辭可能引發外交事件，甚至會讓我丟掉飯碗。感謝各位律師！

儘管如此，即使是最優秀的律師，有時也會過猶不及。在一份關於軍事無人機的演講草稿中，一位白宮律師將大部分提到「美國人」（Americans）的地方改為「美國人士」（U.S. persons）。一位撰稿同仁寫到美國在與中國的貿易爭端中「獲勝」時，一位律師則建議改成「我們取得了有利的結果」。看到歐巴馬在越南的一場演講草稿中引用了湯瑪斯・傑佛遜（Thomas Jefferson）讚美越南白米的話，一位貿易律師勃然大怒。他深信，美國農民會因總統引用了兩百年前讚揚他國稻米的發言而感到不滿，進而阻撓亞洲的貿易談判。但我們依然保留了這段引用，憤怒的美國農民是否因此到白宮發起遊行？並沒有。

的確，如果你或你的組織遭到起訴，你在公開場合的發言可能會在法庭上被當作不利於你的證據。如果你的律師真心認為你的言詞可能讓你陷入法律危機，請與他們合作，使用不會讓你惹上麻煩的措辭。不過，演講畢竟不是法律備忘錄，也不應該聽起來像法律備忘錄。在準備講稿時，你應該面向廣大民眾，而不是法庭。言詞要清晰易懂，讓不是律師的大多數聽眾也能理解。這才是達成有利結果的方式。

不要太過高深

我們有時無法自然表達的最終原因是，我們過於努力展現自己的口才，結果聽起來像是來自另一個世紀的人。我明白為什麼很多人會這樣做，因為我們被教導偉大的演講應該崇高而遠大。演講者常常過度演講。在內戰期間，林肯於他第二任就職演說中說：「讓我們奮力不懈，以完成此刻肩負的事業。」甘迺迪在他的就職演說中宣布：「讓這個訊息從這一刻傳向四方，告知友與敵，火炬已經傳遞下去。」這些話美麗、押韻、鼓舞人心，對一位總統的就職演說而言再適合不過。

但我們不是在發表就職演說的總統，所以不該聽起來像那樣。即使歐巴馬身為一位發表過就職演說的總統，他依然明白高深的語言要分時機和場合來使用。有一次，我寄給他一份草稿，其中幾段都以「讓我們……」（Let us……）來開頭。回稿中，他已經刪掉了每個句子，並全部改成了「我們來……」（Let's……）。我明白他的意思是：我們只在最莊重的場合使用「讓我們」。

歐巴馬在塞爾瑪的演講就是個很好的例子。那是個歷史性的時刻，是具有里程碑意義的民權遊行五十週年紀念日。但這個活動本身並非嚴肅的場合，在場的數千名聽眾情緒高昂。雖然這是一個紀念日，但也是為美國慶祝的日子，歐巴馬希望他的演講能與在場的聽眾產生共鳴。

「看看那篇稿子。」與總統共同撰寫那篇講稿的基南說，「在塞爾瑪的演講並不高深，它很口語化。」歐巴馬確實沒有說「讓我們前進，團結一致，鼓起勇氣迎接時代的挑戰」。他說：「我們必須知道，僅僅一天的紀念活動，不論多麼特別，都是不夠的。塞爾瑪事件給我們的教訓是，我們的工作永遠不會結束。」再強調一次，不是對聽眾說話，而是與他們溝通。

你寫的是講稿，而不是歷史書。要說出口，與你面前的那些人對談，用他們能夠理解和共鳴的語言交流。

讓高深的語言平易近人

別太高深	要更口語化
務必毫無疑義地	很明顯
我們應該	我們將
我們必須	我們需要
讓我釐清	不用懷疑

重點討論

在準備演講時，避免使用可能會讓聽眾感到困惑的術語和技術性語言，要像個人一樣說話。

- **記住BBQ法則，避免「知識的詛咒」**。就像你在烤肉聚會上與朋友或家人聊天一樣說話，對象包括你讀國一的十三歲侄女。使用日常用語，檢查每個句子和字詞，問問自己：我的每個聽眾都能理解嗎？怎麼說才能簡單一點？
- **談論人，而非計畫**。與其專注於模糊的概念，不如談談你試圖幫助的對象，以及你能夠對他們日常生活產生的改變。
- **停止使用讓人困惑的縮寫**。並非所有聽眾都了解你所知道的縮寫，避免使用它們。
- **小心縮讀字**。避免使用負面的縮讀字，這會讓聽眾不確定你到底**說了什麼**和**沒說什麼**。但在表達感受時，可以用縮讀字。
- **避免雙重否定**。它們是清晰表達的大敵。
- **避免法律術語**。演講不是，也不該聽起來像法律備忘錄。
- **不要太過高深**。你不是在發表就職演說的總統。與面前的人交談，不是對他們**說話**，而是與他們**溝通**。

儘管如此，像個人一樣說話應該是我們演講的最基本要求。如果我們真心想觸動聽眾的心靈，我們可以更加努力，例如用如音樂般悅耳的方式來說話。

第十章

加入韻律，將演講唱成歌

無論何處，只要你發現蘊含真實的節奏與旋律、具音樂感的句子，那麼其中的意義也必定深刻而美好。

——山繆・泰勒・柯勒律治（Samuel Taylor Coleridge）

一九七〇年代初期，一位名叫阿德里亞諾・切蘭塔諾（Adriano Celentano）的義大利流行歌手推出了一首融合了放克和歐洲流行音樂、節奏感強烈，讓人想隨之起舞的新歌。這首歌從羅馬到西柏林，掀起了一股熱潮。但問題是，沒有人聽得懂切蘭塔諾在唱什麼，大多數聽眾顯然以為他唱的是英文歌。

事實上，這首歌根本不屬於任何語言。

切蘭坦諾幾乎每個字都是編造出來的，這首歌詞不成句。即使是標題「Prisencolinensinainciusol」，也只是一堆毫無意義的混合字母。

那是一個實驗，證明話語並不重要。切蘭塔諾知道他的粉絲們喜歡美國音樂，他想看看自己能否創作出一首聽起來像美國人會演唱的歌曲，即使內容毫無意義。

他是對的。這首歌成為義大利及歐洲各地的冠軍歌曲。（上網聽聽看，真的很酷。）

為什麼我要告訴你一首五十年前的義大利歌曲呢？

正如一首歌不僅僅是歌詞，一篇演講也不僅僅是文字。在我職業生涯早期，我很艱辛地學到了這一點。

大學期間擔任白宮實習生時，我被分配協助撰寫柯林頓總統的外交政策演講稿。大部分時間，我不是在白宮圖書館做研究，就是用電腦嘗試搞懂如何使用一個叫做網路的新鮮事物。

有一天，我們接到消息，總統將招待摩洛哥國王進行國是訪問，需要準備一段祝酒詞。撰稿人因為有其他更緊迫的講稿要準備，便請我嘗試撰寫初稿。我簡直不敢相信，當時我才二十二歲，就要為美國總統寫講稿了！

我全力以赴，投入研究，盡可能了解有關這位國王和摩洛哥的一切。我花了好幾天寫好草稿，然後一改再改。終於，我準備好稿子交上去，確信這將成為史上最難忘的美國總統祝酒詞。

然後，撰稿人鮑伯・布斯廷（Bob Boorstin）把我叫進他的辦公室。我看到我的草稿在他桌上，幾乎整篇都被紅墨水做滿了記號。

「你做得很好。」他語氣親切，但我不禁好奇，如果這樣算好，那不好的稿子得用幾罐紅墨水來修正？

「但我希望你知道，一篇演講需要有節奏，要有韻律感。」

我點頭表示我明白。

但我其實不明白。我沒有學過修辭學、不會演奏樂器，更不是歌手。

後來，我查閱了字典。

韻律（cadence，名詞）一、說話時聲音的起伏；二、語調或音調的變化；三、任何有節奏的聲音流動；四、有節奏的移動，如在跳舞或行進中，或此類動作的節奏。

我寫的稿子是給人「看」的，以文字為主，布斯廷卻希望我寫出給人「聽」的稿子，要能被聽見的文字。

布斯廷接手完成了初稿。在幾晚後的國宴上，總統舉起酒杯開始他的祝酒詞：「尊敬的陛下，皇室成員，摩洛哥代表團的成員，貴賓們。」這幾乎是我的草稿中唯一倖存的部分。

不過，我學到了一個重要的教訓：一如一首好歌，一篇好的演講也需要有韻律。有拍子、有節奏、有韻律，要能讓**聽眾**有感覺。就像義大利阿德里亞諾．切蘭塔諾的歌曲，一場好的演講要能讓聽眾想**動起來**，也許是向前傾、坐在椅子的邊緣、鼓掌、歡呼、大聲回應、用力揮拳、踏腳，或是起身給予熱烈的掌聲。

你不需要有音樂天賦也可以讓演講有節奏感。虛擬樂團街頭霸王（Gorillaz）唱得沒錯：「節奏，你要嘛有，要嘛沒有／那是個謬論。」以下有幾種方法可以使你的演講如歌唱般悅耳。

要出其不意

紐約州前州長馬里奧・古默（Mario Cuomo）曾說過一句名言：「你以詩歌競選，但以散文治理。」古莫是一位出色的演說家，我明白他的意思。不過，我從來不在意這句話。是的，當我們宣傳或倡議自己信仰的事業時，我們的言詞往往會更理想化以講述自己希望實現的偉大願景和夢想。是的，一旦我們開始真正執行、領導組織、管理團隊、治理國家時，那些高昂的激勵言論往往會回歸現實，願景中的言詞淪為空洞的五點計畫。

但我們的日常演講和報告真的必須這麼乏味嗎？為什麼我們不能在對親人的祝酒詞和悼詞、工作上的簡報和社區會議中的發言加入更多變化，甚至一些詩意呢？

我曾在某處讀到，也許我們每天使用和聽到的語言中，有八〇％是基於相同的幾千個詞彙。我不知道這是不是真的，但我一點也不意外。你可能已經注意到，大多數人往往會不斷重複使用相同的詞彙。一方面來說，這是好事，正如我之前所說，我們應該用聽眾熟悉的日常用語來交流。另一方面，我們也不想變得如此乏味，以至於變得很容易被預測。

晚上從白宮開車回家時，我有時會聽廣播節目重播當天的政治演講（怎麼說呢，我就是自找苦吃）。我和自己玩了一個小遊戲，叫做「完成那個句子」。陪我一起玩吧。

當政治家說：「我們不應該分裂人民，我們應該＿＿＿＿＿。」

此時空格裡的答案是什麼？沒錯：「**團結**人心」！

當政治家又說：「我們不應該**壓制人民**，我們應該＿＿＿＿＿。」

沒錯，此時答案是：「**提升人民**」！

我不想自誇，但我每一次都猜對了。你可能也答對了，因為這樣的句子毫無新意。這也是許多政治人物認為他們**應有的**說話方式，因為政治家一直都是這樣說話的。這正是我的重點。這些句子有其獨到之處：平行構造、並列對比、有節奏感，能在政治集會上引起歡呼。但現在，這些句子毫無驚喜。

歐巴馬不喜歡被預測，他告訴我，他不想成為一個平凡的政治家。「他對那些能引發掌聲的句子過敏。」法夫洛說。萬一我們不小心寫了什麼他覺得太刻意或過於包裝的內容，歐巴馬就會把它刪掉。

我們每次的演講，都有機會用新穎、出人意料，甚至優雅的語言來引起聽眾的注意力。

這個技巧是一位意想不到的老師教給我的，他就是美國的前任國防部長威廉・科漢（William Cohen）。

把你的散文變成詩

科漢接管國防部前曾長時間擔任緬因州的參議員，並且在國家安全議題上頗具聲望。他也是古典文學的學生和語言愛好者，於大學期間獲得古典拉丁語和希臘文學的學位。即使任職於華盛頓期間，他仍創作了兩本詩集。我在五角大廈協助他撰稿時才二十多歲，那是我第一份撰稿工作。而那幾年在我的職涯中可謂是一門「如何將演講提升到極致」的速成課。

他告訴我：「演講是一種聽覺體驗，你的聽眾在**傾聽**。」就像在聆聽一首詩，「詩歌字斟句酌，直到你能感受到它們，這門語言優雅且充滿韻味。」他希望他的講稿也具備相同的特質。他說：「演講可以是美麗的，也可以是抒情的。一句話可以令聽眾著迷，但你必須精雕細琢，讓聽眾留下與眾不同的回憶*。」

科漢每場演講的用字都斟酌再三，無論是自己寫的抒情文，或是借用最優美的語言。他引用伯里克里斯（Pericles）的〈葬禮演說〉（Funeral Oration）讚頌陣亡的士兵：「他們將身軀奉獻給國家，並為自己贏得永垂不朽的讚譽。」如曾參與南北戰爭的退役軍人身兼法官的小奧利弗・溫德爾・霍姆斯（Oliver Wendell Holmes, Jr.）所說，退伍軍人可以回顧他們的服役期間，並知道「在我們的青春歲月裡，我們的心曾被烈焰點燃」。科漢說「自由不是免費的」，因為，借用二戰期間的記者沃爾特・李普曼（Walter Lippmann）所說：「每個你希望保留的美好事物，都需要犧牲你的舒適和安逸。」

永垂不朽的讚譽。心靈被烈焰點燃。犧牲你的舒適和安逸。這些不僅僅是言詞，也有如詩歌。當我聽到這些句子時才明白，原來演講也可以這麼動人。

多年後，我看到歐巴馬也做了一樣的事。「優秀的演講裡藏有詩意。」他曾告訴我。他談到了美國國家公園的「壯麗」、陣亡將士紀念日的「崇高」，以及國家為何需要維護與退伍軍人的「神聖盟約」。他在諾貝爾獎演講中宣稱，我們作為人類緊緊相連，因為「那股神聖的火花依然在我們每個人的靈魂中閃耀」。

誰會在日常生活中這樣說話？其實沒人會這樣，而這正是重點所在。即使我們應該在演講和報告中盡量使用日常用語，偶爾加入一些優雅的詞彙也不錯。在聆聽演講的過程中，優雅的詞

＊我從科漢那裡還學到另一個重要的教訓。他做了一件在政治上極為罕見的事情，那就是身為共和黨人，他跨越了黨派的界限，加入了民主黨柯林頓總統的政府。我因此成為一個為民主黨總統服務的共和黨撰稿人麾下的民主黨籍撰稿人。這很棘手，但成功了，也展示了政府應有的運作方式：國家利益高於黨派之分。

彙往往出人意料，它們能帶來驚喜，也因此它們能永遠銘刻在我們的心中和腦海裡。一場原本可能平淡無奇的演講，因這些字句而變得難忘。

你也可以做到。在撰寫講稿時，注意那些單調的詞句，並在適當的時候以更為優美動聽的詞語來代替。以下是我的幾個最愛：

使用動聽的詞彙

迷人	燦爛	艱鉅的
狂喜	優美	富裕
瀑布般	田園詩般	靈丹妙藥
天堂的	顯赫	熱情
珍愛	浸染	如畫的
命運	熾熱的	樸實無華
興高采烈	煽動性的	本質的

輝煌　閃耀　邪惡
優雅　難以言喻　樂天
雄辯　彩虹般　微量的
轉瞬即逝　迷宮　寧靜
頓悟　愛　孤獨
永恆　光明　崇高的
縹緲　壯麗　奢華
狂喜　奇蹟　平靜

當你嘗試使用這些動聽的詞語時，不要只是用眼閱讀，要大聲念出來，聆聽它們的聲音：柔和、舒緩、悅耳。像「優雅」這樣的詞聽起來確實很優雅，聽眾也喜愛優雅的詞彙，事實上，上述許多詞語都出現在人們認為英語中最美麗詞語的調查中。

需要為你的講稿找到一些優雅的用詞？上網搜尋「優美的詞語」。或者，我有時也會問問A

I：「可以給我＿＿＿＿＿＿的三十個同義詞嗎？」只需添上一絲優雅，你的口才就會備受讚譽。

加上節奏

歐巴馬曾經告訴我：「說話是有節奏的，無論是你和朋友坐在門廊閒聊，還是面對百萬聽眾。在教會傳統中也能看見這一點，不僅是黑人教會，白人教會也是如此。」

這就是為什麼在二〇一五年，歐巴馬在對南卡羅來納州查爾斯頓教堂槍擊案遇害的九名非裔美國人教友致悼詞時，能如此自然地唱起〈奇異恩典〉（Amazing Grace），並且讓聽眾一同跟著唱。他的悼詞，無論是紙上的文字還是在講壇上的演說，都充滿了詩意和韻律。他唱起這首受人喜愛的讚美詩的橋段並不是在他的演講**之外**，反而和演講**完美銜接**。

以下是幾種讓你的演講更有節奏的方法。

將講稿寫成劇本

二〇〇八年競選期間，歐巴馬在新罕布什爾州初選失利的那晚，仍然發表了他職業生涯中最令人難忘的演講之一，講述了美國人如何總是以一個簡單的信條回應充滿挑戰的時刻。如果你今天上網查閱這篇講稿，它看起來會是這樣：

這是一個寫進建國文件中的信條，宣告著一個國家的命運：是的，我們可以。這是奴隸和廢奴主義者在最黑暗的夜晚踏上通往自由的道路時的低語：是的，我們可以。這是遠渡重洋的移民踏上征途時的高歌，是在艱難險阻中仍不斷西行的拓荒者的心聲：是的，我們可以。這是一群工人組織起來的呼聲，女性爭取選票的努力，一位總統選擇月球作為我們的新邊疆，以及一位領袖帶我們登上山頂，指引我們前往應許之地：是的，我們可以，我們能夠實現正義和平等。

然而，這樣的行文像是一篇散文或文章，但它未能捕捉到歐巴馬實際講述時的方式。他每說幾個字便停頓一下，讓他的話語在空氣中停留。說起較長的段落時，他講得更快，聲音也會提高，較短的句子則會放慢速度。演講時有節奏，有韻律。

這就是為什麼如果情況允許，我都會嘗試像寫劇本一樣寫講稿，每個新句子從紙張左緣開始，每行之間留出空間。照這樣寫，歐巴馬演講的草稿可能會是這樣：

這是一個寫進建國文件中的信條，宣告著一個國家的命運：

是的，我們可以。

這是奴隸和廢奴主義者在最黑暗的夜晚踏上通往自由的道路時的低語：
是的，我們可以。
這是遠渡重洋的移民踏上征途時的高歌，是在艱難險阻中仍不斷西行的拓荒者的心聲：
是的，我們可以。
是一群工人組織起來的呼聲，女性爭取選票的努力，一位總統選擇月球作為我們的新邊疆，以及一位領袖帶我們登上山頂，指引我們前往應許之地：
是的，我們可以，我們能夠實現正義和平等。

我在五角大廈為那位詩人兼國防部長撰稿時，第一次學會寫這樣的演講。我不知道是誰想出來的，但我覺得這真是太聰明了。每個句子各自獨立，你可以在頁面上清楚地看到語言的流動，你可以看到「是的，我們可以」這句話獨立存在，六個字，三拍。你可以看到每句話逐漸變長，直至達到高潮。

更重要的是，當你以這種方式傳達這段文字時，你會被迫進入演講的節奏。試試看，花點時間大聲讀出上面的版本。真的，大聲讀出來。

很驚人吧？你剛剛發表了一段動人的演講，恰如其分地傳達了它在書面上的意思*。

這到底是怎麼回事呢？

融入你的呼吸

如果我們想保持演講的節奏和速度，必須在正確的時候呼吸。如此一來，我們可以賦予每一字、每一句應得的能量。若是在錯誤的時間點呼吸，會打斷原本流暢的句子。

像寫劇本一樣撰寫講稿有助於做到這一點。以歐巴馬在新罕布什爾州演講的第一句為例，再大聲讀一次。

這是一個寫進建國文件中的信條，宣告著一個國家的命運：

是的，我們可以。

在「一個國家的命運」之後，「是的，我們可以」之前，你是否輕輕吸了一口氣？當我給客戶這樣的講稿，或在我的工作坊中請人們這樣練習時，我發現他們經常會稍微吸一口氣。因為在每行結束時，我們的眼睛必須迅速移回左邊，而就在那一瞬間，我們經常會本能地輕輕吸氣。

* 在白宮，我們不會以劇本格式撰寫演講稿，因為這樣會讓我們與其他同事和各部門分享草稿時效率大大降低。

當我們像寫劇本一樣準備講稿時，就能在頁面上留下呼吸的時間，在講台上可以表現得更好。

檢視句子結構，並加以變化

當我們以寫劇本的方式準備講稿時，也可以馬上發現長句子。

還有過短的句子。

這是很好的提醒，轉換句子的長短可以讓我們的演講更加有趣，且更具音樂性。

所以混合一下。

就像歐巴馬在新罕布什爾州所做的那樣。

他有很長的句子，例如：「這是奴隸和廢奴主義者在最黑暗的夜晚踏上通往自由的道路時的低語。」緊隨其後的是短短的句子：「是的，我們可以。」

如果句子變得太長，字數過多，並且延續到頁面的第二行，我們也能立刻注意到。

我們可以再試一次，將它拆分為更簡潔有力的句子。

我如今就是這樣為所有客戶寫講稿。

也許對你也有效。

試試看。

請。

不是每句話都要火力全開

有一年，歐巴馬在審閱國情咨文草稿後，把基南叫到了橢圓形辦公室。

「事情是這樣的。」歐巴馬說，「裡面什麼都寫了，每句話都有所表達，每個字都有其意義。」現在，也許你在想，**這有什麼問題？每一句話和每一個字本來就該有意義，不是嗎？**歐巴馬一邊解釋，一邊舉起手來。

「整篇演講的張力都在這裡，滿分是十，而我需要某些地方降下來。」他邊說邊將手降下來，「降到六、七、八分，你明白我的意思嗎[1]？」

基南回到我們在橢圓形辦公室地下室的辦公室後（我們把這裡稱之為講稿洞穴），分享了歐巴馬的回饋。我沒有聽懂，於是基南將演講比喻為毛衣：「他說這很合身，但太緊了。線與線之間沒有縫隙，完全不能透氣。他希望我放鬆一點，讓它更舒適。」

這下我懂了。

基南著手修改，他將那些本可能以驚嘆號結束的強烈直述句，變成更具對話性、結尾較柔和、用句號收尾的句子。與其句句強勢宣告總統的政策，他選擇花時間解釋，即使這需要多說幾句話。在分享來自明尼蘇達州的年輕夫妻雷貝卡（Rebekah）和班．厄勒（Ben Erler）與許多美國人一樣面臨財務困難的故事時，他選擇簡短的語句。這讓他聯想到約翰．麥倫坎普（John

Mellencamp）的歌：「她當服務生，他是建築工人，他們的第一個孩子傑克即將出生。他們年輕且相愛，在美國生活。生活再好也不過如此。」

語氣沒那麼激烈，放鬆了許多。變成較為舒適的六分，而不是強烈的十分。

演講中，不是每句話都要火力全開，也不是每段話都要引來如雷掌聲，有時候慢下來會更好。拉長句子，讓你的句子有空間呼吸。放鬆話題的線頭，你的聽眾才能在你精心編織的話語中感到輕鬆自在。

用重複創造節奏

如同一首好歌，一段好的演講也可以有副歌，利用一個重複的句子或片語，創造出節奏感。這種在多個句子開頭使用相同字詞的技巧稱為「首語重複法」（anaphora），但如果你覺得這**聽來像天書一樣**，也不用擔心。我承認，直到我成為撰稿人，才第一次聽到這個詞。

當我們像寫劇本一樣撰寫講稿時，更容易看出哪些地方可能適合加入重複句。你可以像歐巴馬第二次就職演說一樣，在每個段落的開頭使用重複句：

我們人民依然相信，每個公民都應該享有基本的安全和尊嚴。

我們人民依然相信，作為美國人的責任不僅僅是對我們自己，更是對所有的後代子孫。

我們人民依然相信，持久的安全和長久的和平並不需要永無止境的戰爭。

或者，如果你想更有創意一點，可以像歐巴馬在新罕布什爾州的演講，同時使用兩個重複句。每個句子的開頭都是「這是」，並以「是的，我們可以」結尾。在最後一句中，甚至還有一點平行結構（「工人組織……女性爭取……總統選擇……領袖帶我們登上山頂……」）。以劇本的形式寫出來，這種模式就會一目了然、躍然紙上。如果你沒看到任何重複句，那就是在提示你可以加上一些。

加多少呢？許多演講者和撰稿人都喜愛「三的法則」（Rule of Three）。像林肯的「民有、民治、民享」這種三個一組的想法和語句，聽起來更悅耳。三拍能創造很好的節奏感，帶有一種韻律。

話雖如此，不要讓「三的法則」限制了你。如果你有四個例子或四個重要論點，我建議你說出來，你的聽眾可以應付得來。如果你有一個好的重複句，不要因為已經說了三次就覺得需要收斂。歐巴馬在新罕布什爾州的演講中，連續四個句子都以「這是」開頭，他說了十幾次「是的，我們可以」，而這仍然是一篇精彩的演講。

以頭韻增強效果，但避免濫用

如同歷史上許多偉大的演說家一樣，你也可以適度使用頭韻來提升你話語的層次。發音相似的詞語富有旋律感，研究顯示，一如重複句，頭韻可以使一個想法更容易被記住[2]。例如，在歐巴馬的第二次就職演說中，他提到美國人堅信人人生而平等，這種信念是「指引我們的星星，就像它曾指引我們的先祖度過塞內卡弗斯（Seneca Falls）、塞爾瑪和斯通瓦爾（Stonewall）」。

不過，我擔心太多演講者過度使用頭韻，尤其是許多政治人物。你知道，雖然豐富的頭韻是一種令人欽佩且大膽的藝術嘗試，能夠明確表達也能引起注意，但它也可能顯得像是荒謬可笑的拼湊，不自然且笨拙，結果成為對聽覺一種激烈的攻擊，可能使聽眾煩躁、疏離和反感。

我或許有些誇大，但你明白我的意思。過度使用頭韻會顯得牽強且不真實，因為我們在日常生活中不會這樣說話。

我建議盡量減少押韻和頭韻的使用。如果要用，每句的頭韻詞語也盡量不要超過三個。使用四個以上的頭韻，或更糟的是，連續幾句都使用頭韻，會讓你看來在炫耀，而這可能會讓聽眾不適、疏遠，甚至反感。這讓人想起一個經典的笑話：寫作時要遵循一條不錯的規則，永遠避免惹人厭的頭韻。

將演講變成歌

歐巴馬給出他對那篇國情咨文的回饋時，還要求基南做另一件事。

「給我一些沉默的時間。」

這再次展示了一篇演講如何像一首音樂作品，甚至像爵士樂。

「你知道他們怎麼說邁爾士·戴維斯（Miles Davis）嗎？」歐巴馬問基南，「是那些沒有彈奏的音符，是那些靜默，這就是他的高明之處。我需要一段帶有停頓和安靜時刻的演講，因為無聲也有意義，你懂嗎[3]？」

我們的演講都需要一些停頓，因為停頓有力量。停頓，也就是那些我們沒有說出的話，有助於我們與聽眾建立連結。停頓讓我們的話語能停留片刻，讓聽眾思考，讓其含義深入人心。停頓能強調重點，向聽眾傳達你剛剛說的內容很重要。停頓增加了戲劇效果，讓聽眾期待接下來的內容。但作為演講者，我們如何「找到」這些沉默時刻呢？

對我來說，這一切都在書寫的時候。有時候，我不只以寫劇本的方式準備講稿，也會用詩歌或歌曲的方式。我會在希望說話者停頓的地方斷行，以創造安靜時刻，即使只有片刻。例如，當你聆聽歐巴馬在新罕布什爾州的演講時，你會聽見他每幾個字就稍微停頓一下。寫成一首歌的話，會像這樣：

這是一個寫進建國文件中的信條
宣告著一個
國家的命運：
是的，我們可以。

這是奴隸和廢奴主義者
在最黑暗的夜晚
踏上通往自由的道路時的低語：
是的，我們可以。

這是遠渡重洋的移民踏上征途時的高歌
是在艱難險阻中仍不斷西行的
拓荒者的心聲：
是的，我們可以。

這是一群工人組織起來的呼聲，

女性爭取選票的努力，
一位總統選擇月球作為我們的新邊疆，
以及一位領袖帶我們登上山頂
指引我們前往應許之地：
是的，我們可以，我們能夠實現正義和平等。

看見了嗎？更重要的是，你能聽見嗎？每行最後一個字和下一行第一個字之間，總有那麼一絲微妙的沉默，而這些安靜有助於創造節奏感。這就是歐巴馬實際上演說的方式，幾乎像一首歌一樣。這就是為什麼黑眼豆豆能把這段演講改編成一首真正的歌曲。

如果你希望你的講稿有節奏感，就用創作音樂作品的方式把它寫出來。

重點討論

別胡言亂語。但是，如果你願意，可以嘗試一點像「Prisencolinensinainciusol」的風格，為你的語言帶來一些抒情感，賦予它節奏感，讓它像歌一樣。

➤ **要出其不意**。與其使用第一時間想到的詞語或片語，不如用一些聽眾意想不到的語言來給他們驚喜。

- **將你的散文化作詩篇**。記住，演講和簡報是聽覺的體驗，給聽眾一些悅耳的聽覺享受，使用動聽的詞彙。
- **將你的講稿寫成劇本**。當你用劇本的方式寫講稿，每個句子都從新的一行開始，句子之間留有空間，就能在紙上看見語言的流動，這也有助於更好的表達。
- **改變句子的結構**。幾句相同長度的句子，或具有相同音節數的詞彙，可以創造出美好的節奏感。但是，太多相同長度的句子會變得單調。請混合使用，將不同長短的句子穿插使用。
- **放鬆一下**。不必每個句子都以驚嘆號結尾，也不是每段話都要引來掌聲，放慢速度，放鬆一下，讓演講能呼吸。
- **透過重複句來創造節奏**。想讓講稿有節奏感，可以在幾個句子或段落開頭使用相同的詞語，或運用「三的法則」，或是加上一點頭韻。
- **將演講變成歌**。在你的演講中創造沉默和停頓，並以像創作詩歌或歌曲的方式寫講稿，以增加節奏感。

當然，要讓演講有效，不僅需要優美的語言，更需要真實性。

Part IV

結尾：在演講落幕時驚豔聽眾

第十一章

確保你的話語真實無誤

要有說服力，我們必須具有可信度；
要有可信度，我們必須真誠；
要真誠，我們必須講實話。

——愛德華・默羅（Edward R. Murrow）

歐巴馬總統已經忍無可忍。

那是他任期的最後一年。數個月來，共和黨總統候選人川普不斷批評歐巴馬，因為他拒絕使用「激進伊斯蘭恐怖主義」來形容那些占領了伊拉克和敘利亞部分地區，並在包括美國在內的全球各地發動攻擊的ＩＳＩＳ恐怖分子。

然後，在六月十二日，一名宣誓效忠ＩＳＩＳ的槍手在奧蘭多的同性戀夜店脈衝（Pulse）大開殺戒，造成四十九人喪生，數十人受傷。這是當時美國歷史上最致命的大規模槍擊事件。「感謝大家肯定我對激進伊斯蘭恐怖主義的看法。」川普在槍擊發生後發了這則推文，即使此時仍有許多家庭尚未得知自己親人遇害的消息。

隨著這場屠殺的規模變得明朗，歐巴馬向全國發表演說，譴責這一「恐怖行為」，承諾會與奧蘭多的家庭和人民站在一起，並重申美國「捍衛人民」的決心。

很快地，川普又發表推文：「歐巴馬總統今日拒絕說出『激進伊斯蘭』這個詞，這是很可恥的行為。光是這個理由，他就應該下台。」

兩天後，歐巴馬預定向全國發表有關打擊ＩＳＩＳ最新進展的例行演說，而我負責撰寫講稿。但當我到橢圓形辦公室外拿他修改的回稿時，他的筆記總告訴我他顯然有些話想說。

「讓我最後再說一點。」歐巴馬寫道。當晚，他拿出黃色法律用紙，一段又一段寫下他為何非常謹慎地避免使用「激進伊斯蘭恐怖主義」這樣的煽動性字眼，內容超過一頁。幾小時後，他站在講台上猛烈抨擊那些「發推文的政客」，旁邊站著他的軍事和國家安全顧問。

歐巴馬解釋：「像『ＩＳＩＳ』和蓋達組織這樣的團體，想要將這場戰爭變成伊斯蘭教和美國之間的戰爭。那是他們的宣傳手段，是他們招募成員的方法，如果我們落入這個陷阱，對所有穆斯林一概而論，暗示我們是與整個宗教開戰，那麼我們就是在替恐怖分子效力。」隨著他的怒氣漸增，他繼續指出「假定的共和黨總統候選人」提議「禁止所有穆斯林移民美國」。

「要走到什麼地步才會停止？我們要開始差別對待所有美國穆斯林嗎？還是我們要開始因為他們的信仰而歧視他們？」他警告，那樣會背叛我們的基本自由，包括宗教自由，「這些都是使我們國家偉大的根基，我們絕不能讓這種情況發生。」

這是歐巴馬在整個競選過程中對川普最尖銳的指責之一。然而，在他的修改中，還有一個地方讓我難以忘懷。在草稿的第一頁頂端，他寫道：

泰瑞，我把修改寫在第四頁，這樣比較容易追蹤。如果有任何疑問，請告訴我，並確保我在描述川普已經提出的內容時是正確無誤的。

美國民眾因奧蘭多的恐怖攻擊而震驚。在歐巴馬看來，川普是在利用這場悲劇來獲取政治利益，而他顯然對此非常生氣。儘管如此，歐巴馬依然堅持維護話語的準確性：「確保我說的話是正確無誤的。」即使在嚴厲譴責政敵之際，他依然希望確保自己說的是事實。

我們正面臨真實性的挑戰

如果我在十年前寫這本書，我不確定自己是否會認為有需要用一整章來說明誠實的重要性。然而，人們常說我們現在生活在一個歐威爾式（Orwellian）的「後真相」（post-truth）世界，政客及其顧問將針對他們的批評斥為「假新聞」，而在面對無可否認的真相時，又會提出他們自己的「另類事實」。社群媒體，如今再加上人工智慧，共同加速了錯誤訊息和陰謀論的傳播。由此看來，許多人已無法就基本事實達成共識。

難怪全球各地對機構的信任持續下滑，包括政府、法院、執法機構和媒體。當然，主要的原因在於這些機構的行為，尤其是他們未能履行對公民、顧客、聽眾和讀者的責任。我認為，另一個導致這場全球信任危機的因素，是這些機構領導人的言論。很多領導人，好一點的只是模糊真相，最糟糕的甚至會直接撒謊。

謊言向來極易散播。如果一個謊言說得夠多次，人們最終就會相信它（相傳是納粹宣傳家約瑟夫．戈培爾（Joseph Goebbels）所說）。心理學家甚至有一個專業術語來形容這種現象：虛幻真相效應（illusory truth effect），也就是當我們聽到某件事的次數越多，即使是假的，也越有可能相信它為真。

在社群媒體時代，謊言傳播得尤其迅速。在一項研究中，麻省理工學院的研究人員分析了數百萬則推特推文。他們發現：「謊言比真相擴散得更遠、更快、更深入、更廣泛[1]。」也就是說謊言往往比真相傳播得更快。

最糟糕的是，謊言會讓人受傷，甚至喪命。美國多屆政府官員對越戰的謊言和半真半假的訊息，導致超過五萬八千名美國人和數百萬東南亞人民死亡。關於二〇二〇年選舉「舞弊」的謊言促使成千上萬的川普支持者衝進國會攻擊警察，導致超過一百四十名警察受傷。最不幸的是，在那之後的幾個月內，五名在國會大廈執勤的警官因此喪命。

即使犯錯，也能保有可信度

我會說這些，是因為這就是我們的言語所流入的世界。每次演講，尤其是在演講結束前提出解決方案或提供前進的方向時，我們可以選擇要堅持事實還是散布謊言、要維護信任還是削弱信任、要傳播謊言還是說真話。

如果這本書中，你只能帶走一個教訓，我希望是這個：「說話時，要說真話」。

或許和我的丹叔叔一樣，你也不喜歡歐巴馬。也許你在讀這篇文章時大喊：「**歐巴馬常常撒謊！為什麼我要聽他的撰稿人講的話？**」

我可以回答你，因為在我為歐巴馬總統撰寫的數百篇演講稿中，我始終只寫自己所相信的真相，從未在講稿中放入明知或懷疑為虛假的事實或陳述。我身邊的撰稿人也是如此。我們希望準確無誤，因為我們希望歐巴馬能夠被信任，而歐巴馬本身也是如此。這就是為什麼在會議開始前，包括準備演講時的重點討論，他會說：「讓我們從真實的情況開始。」

此外，白宮擁有一個專門的研究團隊，負責在總統演講前，對草稿中的每一個字進行事實查核，而且他們非常嚴謹。負責研究團隊多年的班・霍爾澤（Ben Holzer）告訴我：「如果你的報告沒有建立在可信的論據和事實之上，那麼你的聽眾怎麼可能認真對待你呢？」長篇演講稿經查核後，可能會出現數十甚至數百條修正和評論，例如：「你所寫的是真的，但可能具有誤導性。」然後我們會合作，想出我們都同意的句子，真實且沒有誤導。

我們犯過錯嗎？當然。在歐巴馬第一任期內針對醫療改革的辯論中，他經常說：「如果你喜歡你的『醫療』計畫，你可以保留你的計畫。」然後有些美國人發現他們無法保留他們的計畫。

但歐巴馬**撒謊**了嗎？沒有。這個錯誤在於，他談論一個極其複雜的主題時過於斬釘截鐵。對於絕大多數的美國人來說，改革是有效的，因為他們保留了原有的計畫，而且醫療保險覆蓋範圍**擴展**到更多的人。當一些美國人失去他們的計畫時，歐巴馬做了一位負責的領導者應該做的事：他公開承認自己的錯誤，表示歉意，並再也沒有重複那個說法[2]。

我的重點是，即使我們犯了錯，歐巴馬和我們的團隊仍然非常重視誠實。我希望你也如此，你不會總是完美無缺，但你越誠實，就會越有說服力和可信度。為達到這個目的，以下可謂公開演講中「講真話的十誡」。

禁止剽竊

二〇二一年春季的一天，南卡羅來納大學（University of South Carolina）校長羅伯特・卡斯倫（Robert Caslen）向該校最新一屆畢業生發表演說。他在結束前說道：

> 要明白，人生是不公平的，如果你像我一樣，你會經常失敗。但如果你敢於冒險，在最艱難的時刻挺身而出，勇敢面對懦弱的霸凌者，並扶助被壓迫的人，永不放棄，如果你能做到這些，那麼下一代以及後代將生活在一個比我們現在更美好的世界。而今天在這裡開始的一切，確實將讓世界變得更美好。

這段話很美，充滿啟發性。但這幾乎是逐字逐句抄襲別人的演講，指揮擊斃賓拉登行動的威廉・麥克雷文（William McRaven）上將，數年前在德州大學（University of Texas）奧斯汀分校的畢業典禮演講中說過同樣的話。

不到一週後，卡斯倫辭職了。

是的，一次演講，尤其是抄襲的演講，可能會讓你付出沉重的代價。

在蒐集演講資料時，隨時記錄可能使用的引述或內容。如果你要借用或改寫別人的內容，一定要適當地向對方致謝。如果你這麼做了（這段說法改寫自卡斯倫剽竊麥克雷文的話），你寫在紙上的文字確實將讓世界變得更美好。

禁止胡編亂造

幾年前，有位國會候選人誇耀自己的背景。他說，他的猶太裔祖父母在大屠殺中倖存，他的母親在九一一恐怖攻擊中生還。他曾就讀於柏魯克學院（Baruch College），並且是排球隊的明星選手。他曾在高盛（Goldman Sachs）和花旗集團（Citigroup）工作，甚至透過自己創辦的慈善機構，拯救了數千隻狗。

這・一・切・都・不・是・真・的。

全都是喬治・桑托斯（George Santos）自己編造的。

他後來辯稱自己只是「美化」了履歷：「我從未聲稱自己是猶太人。」他面無表情地說，「只是有點像猶太人而已。」

沒有人買單。聯邦調查人員指控桑托斯犯下二十幾項刑事罪，包括詐欺和向國會撒謊。他被驅逐出眾議院，而當你讀到這裡時，他可能已經認罪、正在受審，或者已經被判有罪。

別學桑托斯。別編造事實。我知道這標準有點低，但令人驚訝的是，有許多演講者在推銷提案、政策或產品時會誇大其詞，甚至撒謊。多虧了網際網路，你的聽眾終會發現真相。等他們發現了，你的信譽將受到重創。正如在歐巴馬總統任期結束時領導白宮研究小組的亞歷山卓・普拉特金（Alexandra Platkin）所說：「說謊很糟糕，也很愚蠢。」

永遠都要釐清事實

一九四二年十二月七日下午，一波來自日本的空襲重創了夏威夷島的美國珍珠港海軍基地。在接下來的幾個小時內，超過兩千名美國人喪生，這是對美國五十個州中最致命的他國攻擊。總統狄奧多・羅斯福（Theodore Roosevelt）稱「這一天將惡名長在」，當國會回應並宣戰時，第二次世界大戰宣告開始。

你剛才讀的段落中有八個事實錯誤，你全部抓到了嗎？如果演講的對象是退伍軍人，他們馬上就會注意到，並且可能會開始糾正你，或對你發出噓聲。你不希望被噓吧。

即使我們有時覺得自己身處「後真相」世界，事實依然存在。有些事情就是非對即錯，例如：指涉人、事、物的名詞，包括數字。優秀的演講者會確保他們的事實準確無誤*。

在準備報告時，要仔細核對從維基百科獲得的資料，因為它雖然通常是正確的，但也會有出錯的時候。還有從AI那裡得到的訊息，可能會是「幻覺」，機器人可能會編造不正確的內容。對於在像X或抖音（TikTok）這樣的社群媒體平台上看到的「事實」，務必保持高度懷疑。

檢查你的草稿，圈出每個事實、數據和主張。以下是一些簡單的檢查方法：

- 主要來源，例如來自政府機構或大學的報告或網站，這些常是事實和統計數據的原始出處。
- 知名百科全書，例如《大英百科全書》（*Britannica*）。
- 獨立的事實查核機構，如FactCheck.org和PolitiFact.com。
- 非黨派組織，例如皮尤研究中心（Pew Research Center）。
- 有聲望的新聞機構，如《華爾街日報》（*Wall Street Journal*）、《紐約時報》（*New York Times*）、《華盛頓郵報》（*Washington Post*）、美聯社（Associated Press）和路透社（Reuters），這些機構都有自己的事實查核程序。當然，即使是這些新聞機構有時也會犯錯，所以最好多查閱幾個來源。

＊當然，作者也必須確保事實正確。為了這本書，我甚至聘請了幾位前白宮的事實查核員，他們在我的手稿中發現了許多錯誤。如果你發現我有任何錯漏，我一定會在未來的版本中進行修正。

藉由使用這些可靠的資源，我們可以輕鬆發現並糾正上述段落的八個錯誤：

錯誤一：「在下午」

事實：珍珠港事件發生在早上。

錯誤二：「一九四二」

事實：這場攻擊發生於一九四一年。

錯誤三：「位於夏威夷島」

事實：珍珠港位於歐胡島。

錯誤四：「最致命的他國攻擊」

事實：在九一一恐怖攻擊中，有更多的美國人不幸喪生。

錯誤五：「五十個州」

事實：攻擊發生時，夏威夷尚未成為一個州。

錯誤六：「總統狄奧多．羅斯福」

事實：攻擊發生時的總統是**富蘭克林**．羅斯福（Franklin Roosevelt）。

錯誤七：「這一天將惡名長在」（a date **that** will live in infamy）

事實：羅斯福稱其為「一個將惡名長在的日子」（a date **which** will live in infamy）。

錯誤八：「當國會回應並宣戰時，第二次世界大戰宣告開始」

事實：珍珠港事件確實宣告著美國開始參與第二次世界大戰，不過戰爭早在兩年前德國入侵波蘭時就已經開始了。

記得確認資料來源

在為這本書進行研究時，我不斷看到一個有趣的數據：七三％的人害怕公開演講。這個數字出現在無數的新聞文章和網路文章中，但奇怪的是，大多都沒有提供資料來源。有些人聲稱這是來自國家心理健康研究所的研究，但我從未找到過這樣的研究。我詢問一位作者，他經常被引用的文章中也包含了這個統計數據，他說他不記得是從哪裡得到的。值得肯定的是，他很快就刪除了那個參考資料。

同樣地，或許我最喜歡的一句話是：「我學到的教訓是，人們會忘記你說過什麼，忘記你做過什麼，但他們永遠不會忘記你讓他們感受到什麼。」

這句話普遍被認為是作家兼詩人瑪雅・安傑洛（Maya Angelou）所說，它完美地闡述了我對溝通的信念，以及我們為何需要觸動人心。但這本書在查核事實時，我發現安傑洛似乎從來沒說過這句話！或者就算她說了，也有其他人在她之前說過。

正如林肯所說：「不要相信你在網路上看到的一切。」小心那些大家都愛用但沒人能驗證的統計數據和引用名言。歐巴馬第二任期的白宮研究團隊副主任克莉絲汀・巴托洛尼（Kristen Bartoloni）說：「假如你要說出口，那就準備好為其辯護。」

一定要尋找有權威性的來源。統計數據如果無法被證實，就不要用。如果想要引用名言，可依靠由專家編輯的作品集，如《巴雷特名言集》（*Bartlett's*）和《牛津引語辭典》（*Oxford Dictionary of Quotations*）。或者可以試試我最喜歡的網站之一 QuoteInvestigator.com，這個網站由約翰霍普金斯大學（Johns Hopkins University）的前研究員經營，他會找出熱門名言的真實來源。

還不確定你引用的名言是誰說的嗎？或許你可以這樣說：「俗話說得好。」這樣就永遠沒錯。

誠實面對過去

二〇一五年，九名非裔美國人信徒在查爾斯頓（Charleston）的教堂被謀殺後不久，便出現了槍手的照片。照片上那名白人至上主義者，手持美利堅聯盟旗幟（Confederate flag）。幾天後，共和黨籍的南卡羅來納州州長妮基．海莉（Nikki Haley）發表了一篇演講，呼籲將旗幟從州議會大廈前的廣場上移除。

她說：「對於我們州的許多人來說，聯盟旗代表的是歷史、傳統和先人的遺產。」她同時表示，許多南卡羅來納州居民將這面旗幟視為「一個深具冒犯性的象徵，代表著殘酷壓迫的過去」，是「一個分裂我們的象徵，並對許多人造成了痛苦」。

「是時候了。」她說，「該把旗幟從議會大廈前移走。」幾週後，經過州議會的辯論和投票後，聯盟旗終於降下來了*。

面對痛苦的真相從來不容易，無論是關於我們的家庭、社區、公司，或是我們的國家，但這

* 近期，海莉似乎在談論歷史時遇到困難。二〇二三年競選總統期間，一位選民詢問她南北戰爭的起因，她卻未提及奴隸制度。在遭受大量批評後，她在隔天補充：「當然，南北戰爭和奴隸制度有關。」

正是優秀演講者所做的。這不僅僅是正確的事，也是明智之舉。在商業環境中，這種現象被稱為瑕疵效應（blemishing effect），意指有時分享一些有關產品的小缺點，反而能夠幫助在目標受眾中建立正面印象[3]。不僅僅在商業領域如此，當我們說出真相，包括我們的歷史，我們表現出謙卑，承認我們都是不完美的，如此可以建立信譽，讓人們更願意信任我們，並與我們合作。

避免「討好的言論」

歐巴馬在第一任期結束時，準備在美國空軍學院的畢業典禮上發表演講。我撰寫的草稿列出了他在外交政策上的成就，但顯然我寫得過頭了。這份草稿被歐巴馬退回，並附上一張便條：

寫得非常好。我唯一擔心的是，我們至少需要一段文字來承認恐怖主義的危險依然存在，不想只講一些樂觀的話。

我急於強調正面的成就，忽略了承認消極的一面。顯而易見的是，真正的挑戰依然存在。隔天在講台上，歐巴馬頭腦清晰，他宣稱：「我們仍面臨非常嚴重的威脅，從尋求大規模毀滅性武器的國家，到策劃下一次攻擊的恐怖分子組織；從舊有的海盜危機，到新的網路威脅，我們必須保持警惕。」

我們都應該小心不要陷入「討好的言論」。作為一名演講者，我們的可信度取決於我們是否誠實面對這個複雜的世界，以及我們經常必須做出的艱難選擇。

在面對挑戰或危機時尤其如此。如果你是一位正在引導社群、企業或組織度過困難時刻的領袖，請誠實以對。記得，最初的報告通常是錯誤的，所以避免妄下結論。要誠實面對你所知以及所不知的事。在處理恐怖攻擊或又一起大規模槍擊事件時，歐巴馬面對大眾的開場白通常是：「我們尚未了解所有事實。」此外，你也要誠實面對未來的發展。複雜的問題很少有簡單的答案，而那些過度承諾能提供快速且無痛解決方案的演講者，可能會另外引發信譽危機。

不要逃避你該面對的問題

上任十一個月後，歐巴馬在挪威奧斯陸的一群貴賓面前獲頒諾貝爾和平獎。正如諾貝爾獎委員會所言，這是為了表揚他「努力加強國際外交與人民之間的合作」。但在他準備演講時，還有個巨大的問題不容忽視。

就在幾天前，儘管美國部隊仍在伊拉克作戰，歐巴馬還是下令增派三萬名美軍前往阿富汗。他正在接受和平獎，同時也在擴大戰爭。

想像一下，如果你是當時的歐巴馬，你會怎麼說？

太多演講者往往會選擇忽視應該正視的問題，僅僅一帶而過，或將其隱藏在演講中段或結尾。一位社群領袖可能會模糊地提及「過去幾天的事件」；商業領袖在一連串裁員後，可能會提到「近期的困難」；受到批評的民選官員或許會提及「某些人的批評」。

但忽視或淡化這些該被正視的問題，並不會讓它消失。反之，這只會讓講者看起來脫離現實，讓問題更加明顯。更糟的是，這是對聽眾的侮辱，因為他們知道真相、期望真相，也理應得到真相。

這就是為什麼，歐巴馬在奧斯陸不僅沒有避開他該面對的這個問題，反而讓它成為整場焦點。在前往挪威的前一晚，他熬夜工作，在他的黃色便箋上手寫了七頁的演講稿。在講台上，他感謝了主辦方，對獲獎表達了感激之情，提及了在任期初期就獲獎的「爭議」，然後切入主題。「但也許圍繞著我獲得這個獎項最深刻的問題是，我作為一個處於兩場戰爭中的國家軍隊總司令的身分。」他在演講開始不到兩分鐘時說道，「我負責派遣上千名美國年輕人到遠遙的土地上作戰，有些人會殺人，有些人將喪命。」他隨後將戰爭與和平之間的緊張關係，以及如何從戰爭廢墟中爭取公正和平，作為整個演講的核心，這篇演說常被認為是他總統任期內最出色的演講之一。

如果你在演講時有明顯的問題：批評、爭議或危機，不要逃避或僅在最後一帶而過，要坦誠面對，最好是在演講開場時直言不諱。你的聽眾會欣賞你的坦率，你的可信度也會因此提升，這甚至有可能成為你人生中最精彩的演講之一。

謹慎使用絕對句

即使有些敘述的真實性顯而易見，優秀的演講者也明白生活中有許多事情並不是非黑即白，而是充滿了灰色地帶。

「我們社區的每個人都認為……」

「所有公司都是……」

「保守派總是……」

「自由派從不……」

這種絕對性的說法，或者將合理的分歧描繪成「對」與「錯」或「善」與「惡」之間的對決，都可能會讓人感到安慰，因為它們在複雜的世界中給予我們一種秩序感。只是生活很少那麼簡單明瞭。當我們使用絕對的句子，或以明確的道德標準來論述，不留任何餘地時，我們可能會傳播假訊息，也可能損害自己的可信度。更糟的是，絕對句往往成為某些人為了確保「正確」和「善良」（至少發言者自認如此）得以勝利，而不擇手段的藉口。

其實還有更好的方法。

盡量別說	試著說
一切／所有	大多數／幾乎所有
總是	經常
每個人	很多人
從不	很少

當然，像「最」這樣的詞也可能引起疑問。白宮的撰稿和事實查核團隊經常在處理這些量化術語時感到糾結不已，我的看法是這樣的：

「有些」＝少於五〇％

「大多數」＝多於五〇％

「絕大多數」＝七〇％以上

「幾乎全部」＝九〇%以上

然而，要小心「許多」。它可能完全真實，也可能極具誤導性。「許多」表示數量龐大，但不一定代表占大多數。「許多人喜愛社群媒體。」和「許多人厭惡社群媒體。」兩者都完全正確，但都沒有提供太多資訊。當你處理數字時，說「許多」可能會讓你的聽眾感到困惑。

不要畏懼細微的差異

這條誡律可視為避免絕對句的延伸。優秀的演講者要勇於面對灰色地帶，承認世界的複雜性。有時候，這確實會使我們的語言變得更複雜，正如歐巴馬曾經向我解釋的那樣，他坦承：「我用太多逗號、分號、括號和附錄了。」但他將這個習慣歸因於：「非常重視準確性、精確性和細微差別，因為你必須把這些都做對。」

「我的態度是，我想解釋一些事情，而我不在乎政治顧問手冊怎麼說，不管它是否過於複雜、冗長，或是我用了太艱深的詞彙，或是試圖引入太多歷史背景。」他說，「通常會假設大家無法理解這些內容，但這其實有些低估聽眾了。」

有時，這會導致他與團隊的分歧。

「正確地說，我的政治顧問要做的是讓我盡可能有效地傳達訊息，以獲得最多的選票，使我能贏得選舉。」他告訴我，「我的想法是，我想贏得選舉，但我也想看看是否能讓人們看到一些公共生活中未充分討論的真相，而這些真相會加劇我們面臨的某些問題，或阻礙我們共同解決問題。」

他提到自己在二〇〇八年競選期間於費城發表的演講，當時他面對芝加哥牧師發表的煽動性言論，試圖探討美國根深蒂固的種族複雜性。他在費城說，有些非裔美國人依然心存「憤怒和怨恨」，同時「白人社群中的某些群體也存在類似的憤怒」。

歐巴馬告訴我：「我為自己的準確性，並能看到問題雙方的觀點而感到自豪，我在演講和與聽眾交流時，自然會傾向去說：『這是對的，但這也是真的。』這可能看似矛盾，但其實不然。這不一定是最有效的溝通方式，但我在承認現實。」

即使需要多說幾句話，也要承認現實，承認複雜世界的細微差別，這對我們所有人來說都是一個很好的教訓。

勇於直言不諱

二〇〇八年競選活動的最後幾個月，共和黨候選人約翰．麥肯（John McCain）在明尼蘇達州接受了選民的提問。

「我無法信任歐巴馬。」一位女士說，「我看過他的資料，他不是，呃，他是個阿拉伯人。」

麥肯迅速抓起麥克風。

「不，女士。」他說，「他是個值得尊敬的、有家庭的男人，而我們只是剛好在基本問題上有歧見，他不是『阿拉伯人』。」

這不是理想的答案。你可以是個「值得尊敬的、有家庭的男人」，**同時**也是阿拉伯裔美國人，這兩者並不互斥。我懷疑如果麥肯有更多的時間來考慮這個問題，他可能會給出不同的答案。但儘管麥肯處在緊張的時刻，仍選擇坦誠說明歐巴馬的背景，即使有部分聽眾可能不願意聽到。其實，當麥肯在另一場相同的活動中，再次為歐巴馬辯護、告訴他的支持者不需要「害怕」歐巴馬時，人群裡有些人對他報以噓聲和嘲諷。

好的演講者不僅僅告訴聽眾他們**想要**聽的話，還要告訴他們**需要**聽的話。在一次演講中，歐巴馬看著一群華爾街主管，說他們的產業已導致對「規則和原則」的「嚴重侵蝕」，包括「用公司資金舉辦奢華的生日派對」。他在開羅向全球穆斯林社群發表演講時，強力捍衛「以色列的生存權」，並表示「哈瑪斯必須停止暴力行為」。另一次向以色列人民發表的演說中，他表示「占領和驅逐巴勒斯坦人都不是解決之道」，並且「巴勒斯坦人有權在自己的土地上成為自由的人民」。

說話時，請說真話。這並非易事，它需要勇氣，尤其如果你只是個普通市民，卻要對掌權者說真話。

二〇一六年秋天，作為一名律師和三個孩子的母親，瑞秋・丹娜蘭德（Rachael Denhollander）在肯塔基州的路易斯維爾（Louisville）過著平靜的生活。但多年來，她一直隱藏著一個祕密。她十五歲在練體操時，被與美國體操協會（USA Gymnastics）和密西根州立大學（Michigan State University）長期合作的醫生拉里・納薩爾（Larry Nassar）多次性侵。

在看到其他體操選手公開揭露其他教練類似的虐待行為後，丹娜蘭德決定公開她自己的故事。她報了警，接受媒體採訪，並成為第一個公開指控納薩爾的女性，而納薩爾後來被認為是美國歷史上最惡劣的戀童癖者之一。

坦率說出一切，讓她付出了沉重的代價。

「我失去了所有的隱私。」她說[4]。一位大學官員誹謗像丹娜蘭德一樣的受害者及其律師，指責他們是為了「賺錢」的冷血訟棍。但丹娜蘭德拒絕沉默。

最終，數百名女性和女孩，其中包括幾名美國奧運獎牌得主，站出來表示納薩爾也曾對她們性侵。在他被定罪後，一百五十六名女性在他為期一週的判刑聽證會上站出來，一個接一個地向全世界講述她們的故事。納薩爾被判處最高一百七十五年監禁，美國體操協會和密西根州立大學的部分官員由於涉嫌知情但未能阻止虐待，已經引咎辭職，其中一人被定罪並服刑[5]，受害者與美國體操協會和密西根州立大學達成了歷史性的財務和解。這一切都歸功於一群勇敢的女性（她們自稱「姊妹倖存者」），她們有勇氣發聲，而這一切始於丹娜蘭德。

在判刑聽證會上，丹娜蘭德在擠滿人的法庭發表了三十六分鐘的陳述。她的話語中既有倖存者的堅毅，也有律師的精確，也包含她身為母親，想要保護女兒及全球女童免於受害的決心。

她一再向法庭和全世界提出質疑：「一個小女孩的價值有多少？」

而在她發言即將結束時，她回答了自己的問題：「我們值得擁有一切，值得擁有法律最好的保護，值得獲得最公正的判決。」

我希望你永遠不會經歷丹娜蘭德和許多年輕女性所承受的那種創傷，但無論遇到什麼問題，我希望你們都能像丹娜蘭德那樣，始終有勇氣對當權者說出真相。尤其是當情況艱難，且當權者不願意聽取意見時。

因為真相需要有人勇敢說出口。

而你值得擁有這份勇氣。

重點討論

在一個假話傳播得比謊言更快的世界裡，堅持事實，你的信譽取決於此。記住遵守講真話的十誡：

- **禁止剽竊。**不要抄襲，如果你引用他人的內容，記得致意。
- **禁止胡編亂造。**這是錯誤的，你會被抓到，而你的信譽會因此嚴重受損。
- **永遠都要釐清事實。**請以可靠來源查核每個事實和數據。
- **記得確認資料來源。**是在網路上找到的資料嗎？試著找出原始來源。
- **誠實面對過去。**這能展現出謙虛，並建立信譽。
- **避免「討好的言論」。**即使你要強調積極正面的事物，也不要忘記承認消極的一面。
- **不要逃避你該面對的問題。**讓那個不容忽視的問題成為焦點。
- **你應謹慎使用絕對句。**因為大多數問題不是非黑即白。
- **不要畏懼細微的差異。**承認這個複雜世界的灰色地帶。
- **勇於直言不諱。**因為你想要的改變通常需要勇敢向當權者說出真相。

第十二章
將言語化為行動

光說不練，生米煮不成熟飯。

——中國諺語

歐巴馬上任時，世界正處於近八十年來最嚴重的經濟危機深淵，數以百萬計的美國人失去了工作、房屋或公司，大型銀行倒閉，許多人恐懼這會是再一次的經濟大蕭條。

此時歐巴馬的財政部長蒂莫西．蓋特納（Timothy Geithner）登場。歐巴馬上任數週後，蓋特納站在財政部大樓的講台前，概述了一項「新的金融穩定計畫」，以支撐金融部門。新聞頻道現場直播了這場演講，全世界都在關注，然而不幸的是，大家對他們所聽到的並不滿意。

隨著蓋特納的發言，股市開始下跌。當天結束時，道瓊工業指數已經暴跌近四百點。這個演講的即時回饋夠明顯吧？

「這個演講的效果顯然不好。」蓋特納事後承認[1]，歐巴馬則更直接地稱之為「災難」[2]。出了什麼問題？

問題的一部分在於蓋特納的表達方式。他解釋道：「從高中開始，我就害怕公開演講。」他沒有練習（「我一直拖延」練習演講，直到前一晚才「敷衍地過了幾遍」）。在講台上，他的身體不停地左右晃動（「就像一個在顛簸的船上不開心的乘客」）[3]，這些都無法讓人產生信心。

然而，蓋特納演講的更大問題不在於他怎麼說，而在於他說了什麼，或者更準確地說，是他沒說什麼。前一天，歐巴馬告訴媒體，蓋特納將會宣布政府拯救金融業的策略詳情，其中包括解決房市危機的計畫。相反地，蓋特納在演講中表示：「我們將在接下來的幾週內公布這項計畫的詳細內容。」

全世界都想知道具體細節，蓋特納卻給出含糊的概述。結果，一場本意為安排公眾和市場的演講，卻適得其反。正如歐巴馬所說，成了一場災難。

作為一名撰稿者，我深信文字有改變世界的力量，但蓋特納的演講提醒我們語言的局限性。語言很廉價，僅憑話語無法治癒我們的家庭、建設我們的社區、壯大我們的公司、團結我們的國家、制止戰爭或治癒疾病。甘迺迪總統的演講撰稿人泰德·索倫森（Ted Sorensen）承認：「即使是一篇崇高且有說服力的演講，終究也只是個演講，光說並不能成真[4]。」

光說不練只是空談。如果我們只描述問題，不提供解決方案，那麼我們的話語就顯得空洞。

這就是為什麼有效的演講者不只是提出診斷，他們還提供處方：一個前進的方法，尤其是當你試圖團結你的聽眾共同面對挑戰時。

「你必須讓你的語言為他人帶來力量。」我們在第六章提到的史丹佛大學的文化心理學教授蓋爾凡說道。你必須列出聽眾在應對這個挑戰時，可以採取的具體行動，比如：你的公司可以實施哪些變革來提升效率、你的社區可以採納哪些提案來改善公共安全、你的州或國家可以透過哪些法律來保障每個人的權利。

在你演講時，為聽眾提供一個路線圖會很有幫助，這樣他們就能明確知道你希望他們採取的行動：「我認為我們需要採取四個步驟。」請記住，你的聽眾看不到你的講稿，所以給他們一些指示，讓他們知道你正在從一個想法轉到另一個想法：「首先，我們應該……」、「其次，我們來……」、「第三，我們可以……」、「最後……」

然而，歸根究柢，無論演講者多麼口若懸河，他終究只是一個人。我們正在向一群人發表演說，是因為我們希望他們做些事情。這就是為什麼歐巴馬對他的聽眾說：「我請你們相信。不僅是相信我能帶來改變，而是相信你們自己的能力。」

以下是將你的言語轉化為行動，並激勵聽眾帶來你想要的改變的一些方法。

分享實用的經驗

南卡羅來納大學前校長卡斯倫抄襲德州大學奧斯汀分校麥克雷文上將的演講詞，這是無可辯解的行為。不過你得佩服卡斯倫，他確實懂得辨別精彩的演講，麥克雷文的畢業典禮演說依舊是近幾十年來最出色的演講之一。

這是因為麥克雷文的演說內容具備了一篇優秀演說的所有要素。他以海豹突擊隊新兵訓練的趣聞軼事，講述了只有他才能說的故事。他說話時使用簡短有力的句子，當他談到未通過制服檢查的學員時，他說：「那些學員沒有通過訓練，他們沒有理解演習的目的。」他用文字描繪出栩栩如生的畫面，他是這樣描述學員們在泥地過夜的場景：「寒冷刺骨、咬牙切齒，學員們顫抖著發出呻吟。」

然而，在我看來，真正讓麥克雷文的演講脫穎而出的是，他給了聽眾一份禮物，一件他們可以真正應用到自己生活中的東西。他向畢業生們分享了「從海豹突擊隊基本訓練中學到的十個教訓」，每個教訓都源自他的個人經歷，但又可以普遍地應用於生活之中。其中包括：每天從完成一項簡單的任務開始（「整理床鋪」）、與能幫助你在生活中前進的人為伴（「找人幫你一起划槳」）、勇於冒險（「有時你必須頭下腳上地滑過障礙物」），以及勇敢面對危險（「不要在鯊魚面前退縮」）。這真是太精彩了。

在準備演講時，請思考你在生活中學到的教訓，這些教訓可能會幫助你的聽眾改善他們的生活。我們每一個人都有一些東西可以分享。

- 你是父母嗎？你從撫養孩子的過程中學到了什麼？
- 你是一位企業家嗎？你從創業中學到了什麼？
- 你是新公民嗎？成為新國家的一分子後，你學到了什麼？
- 你是一位倡議者嗎？你在推動長期變革中學到了什麼？
- 無論你的人生道路是什麼，你在途中學到什麼讓你感到自豪或有成就感的事物？它可以是像「整理床鋪」那樣簡單的事情。

每次都要有訴求

如果聽眾在我們演講後感到困惑，不知道我們希望他們接下來該做什麼，那麼我們的演講就沒有達到效果。可惜了，我們浪費了大家的時間，也錯失了一個讓人們認同我們事業或觀點的機會。這就是為什麼每個好演講都需要有明確的行動呼籲：我們想要聽眾做什麼。

想一想你在這本書中學到的演講。每個人都有某種訴求，有時候是一些具體的東西。布林克呼籲她的聽眾奉獻時間和金錢來支持乳癌研究和治療、戴維斯要求國際足總讓北美主辦世界盃賽事、莫伊請鄰居們捐贈衣物，幫助一個孩子有尊嚴地上學。

同樣地，一些無形的訴求也能產生強大的力量。

當我們在同事退休時向他致敬，我們是在請求其他同事慶祝並以他們為榜樣，效仿他們出色的工作表現。

婚禮祝酒詞則讓我們可以請求親朋好友一同向這對新婚夫婦道賀，祝他們一生幸福，並承諾在他們人生的起伏中，隨時為他們提供支持。

即使是悼詞，也可以有行動呼籲。我們懇請悲傷中的家人朋友們，不僅要記得我們摯愛的那個人，更要透過延續逝者的付出，擁抱他們生活中珍視的價值觀，藉此紀念他們。

行動呼籲可以有多種形式。

要具體說明

如果你想向聽眾尋求幫助，別只是要求他們給予「支持」，這太模糊了，他們不會知道你要他們做什麼。相反地，請他們做一些具體的事情，不一定是驚天動地的事，正如重大問題可能讓人不知所措，會麻木你的聽眾，過於龐大的訴求也會令人望而生畏。有時，最有效的行動呼籲是從小事做起。

「我請求你簽署我們的請願書。」

「我請求你奉獻一個小時的時間。」
「我請求你成為我們團隊的一員。」
「我請求你捐出十美元。」
「我請求你在工作中做出這一項改變。」
「我請求你試試我們的產品。」
「我請求你與我們一同前行。」
「我請求你聯絡你的國會議員。」
「我請求你投票。」

你會請聽眾做什麼具體的事情呢？

列出你的要求

二〇二二年五月二十四日上午，金柏莉・馬塔—盧比歐（Kimberly Mata-Rubio）親吻了她的女兒萊希（Lexi），道別後將她送到小學。不久後，金柏莉和她的丈夫菲力克斯（Felix）又一起回來參加頒獎典禮，四年級的萊希獲得了全A的成績和優良公民獎。典禮結束後，金柏莉和菲力克斯回家前告訴萊希他們愛她，並說那天晚上會一起去吃冰淇淋慶祝。

他們再也沒有這個機會了。

不久後，一名槍手闖入萊希位於德州烏瓦德（Uvalde）的學校，殺害了她、其他十八名兒童和兩名教師。

萊希才剛滿十歲。

身為父母，我無法想像失去孩子的痛苦。我對那些承受巨大悲痛，卻仍能在守夜、葬禮或追悼會上振作起來，清晰地致詞，追悼自己心肝寶貝的父母敬佩不已。馬塔－盧比歐夫婦正是這樣做的。

悲劇發生兩週後，他們的小女兒尚未安葬，他們就向世界分享了他們的故事。他們並肩坐在家中，透過影片向國會作證，金柏莉流著淚訴說了那天的恐怖情景，聲音幾乎破碎。她描述自己和菲力克斯絕望地奔向學校，當時她甚至赤著腳。她不斷回想起最後一次在頒獎典禮後見到萊希的情景：「她回頭對我們微笑。」

金柏莉說：「萊希聰明、有同情心且很有運動細胞，她很安靜、害羞，但有話要說時絕不沉默。」她還提到，萊希有五個兄弟姊妹、她熱愛壘球、夢想在大學主修數學並進入法學院，「那個機會已經被奪走了。」

但金柏莉不只是為了讓世界了解她女兒是誰，在演講的尾聲，她清楚地表明為了紀念她的女兒，所要完成的事：

> 今天，我們為萊希站出來，代表她發聲，要求採取行動。我們要求禁止突擊步槍和大容量彈匣，我們希望將購買這些武器的年齡限制從十八歲提高到二十一歲，我們要求實施預防槍枝暴力的紅旗法，進行更嚴格的背景調查，也希望廢除槍枝製造商的責任豁免權。

憑藉充滿激情的行動呼籲，馬塔—盧比歐夫婦加入了已經行之多年的槍枝安全運動。在接下來的幾週，他們的行動達到了關鍵轉折點。對層出不窮的大規模槍擊事件感到憤怒的美國人也紛紛發聲，打爆了國會議會的電話，要求改變。他們成功了。在萊希去世一個月後，國會在兩黨支持下，通過了近三十年來首部重大槍械安全法，總統亦已簽署，其中包括更嚴格的背景審查。雖然馬塔—魯比歐家的訴求未能被完全滿足，甚至相距甚遠，但仍向前邁進了一步。在過去幾十年來，這似乎是無法想像的。

當你發言，尤其是在呼籲領袖們對你關心的事採取行動時，別吞吞吐吐。不要發出含糊不清的呼籲，要求「進步」、「改革」或「變化」。單靠這些詞語可以代表任何意義，因此也可能毫無意義。

要像金柏莉那樣，**明確**說出你要什麼，逐條列出你的要求，讓人毫不懷疑你期望那些應以你的最佳利益為依歸的領導者該做些什麼。因為你說得越具體，領袖和機構越難推卸責任。長期來看，曾經看似不可能的進步也會成為現實。

發起挑戰

白宮團隊原本預期歐巴馬的最後一次外訪會這樣展開：在那年十一月的選舉中，選民們將拒絕川普，他曾表示應該「粗暴對待」集會上的抗議者，他散布謠言稱「選舉舞弊非常普遍」，並且在競選的最後幾週拒絕針對「若是落選是否會接受結果」的質問表態。假設川普落敗，歐巴馬將在選舉幾天後前往民主的發源地希臘雅典，以帕德嫩神廟古老的白色大理石柱為背景，慶祝美國民主的持久力量。

然而，川普卻贏得了選舉。

選後兩天，歐巴馬總統在橢圓形辦公室歡迎當選人川普，開始進行交接流程。當天下午，歐巴馬把羅茲和我召進了白宮西廂的私人餐廳。他的午餐（看起來像是某種沙拉）只吃了一半，他想討論在雅典的演講。我們都知道，它應該會少些勝利的氣息。

「我們正在考慮將活動移到室內。」羅茲說。歐巴馬同意了。

「我們仍然可以肯定民主的力量優勢，但我們都需要清楚地認知到這些挑戰。」總統說。

接下來的幾天裡，我一直在修改這篇講稿，然後把草稿寄給歐巴馬，開始等待。我們飛越大西洋，我還沒有收到修改的版本。我們降落在希臘，仍然沒有任何修改。後來，羅茲在雅典的酒店大廳把我拉到一旁，他說歐巴馬正在努力準備演講。

「他想更深入探討對民主的威脅。」羅茲解釋道。我們在羅茲的飯店房間裡重新編寫講稿直到深夜，並將另一版草稿寄給歐巴馬。

隔天早上，也就是演講當天，我本以為會看到總統的修改意見。又一次，什麼都沒有。早餐後，他漫步於雅典衛城，那座俯瞰雅典、布滿岩石與遺跡的山丘；他還參觀了雅典衛城博物館，欣賞了古老的雕像和雕塑。距演講已經只剩一個多小時，我開始慌了。**他什麼時候會給我們修改意見？**

在博物館裡，歐巴馬和幾位高級助理在私人房間吃午餐，我焦急地在大廳等待，現在距離演講不到一小時了。最後，門終於開了一條縫，羅茲探出了頭。

「他準備好了。」

歐巴馬仍然坐著，他的午餐（我想又是一份沙拉）還是只吃了一半。我站在他身後，俯身看著他冷靜地解釋他的修改意見。我驚呆了，我以為他整個早上都在當遊客，原來他一直都在重新思考演講內容，並利用休息時間重寫。他不僅是修改，而是重組了講稿的大部分內容。他將圈選出的句子移到不同段落、將整個段落移動到其他頁面，並重新架構了演講的後半部分。

最後一小時真是驚心動魄的混亂，我至今仍不明白我們是如何完成所有修改。就在聽眾已經就座、歐巴馬在後台等待時，一場災難突如其來，我的網路連線斷了，演講稿被困在我的筆記型電腦裡。我跪在體育館外的人行道上，拚命嘗試連上網路。幾分鐘過去，依然沒有任何反應。

終於，我抓到訊號，並將講稿傳送至提詞器。不久後，在一個擠滿聽眾的禮堂裡聆聽歐巴馬演講時，我終於明白他在那一連串修改中做了什麼。

他講了將近一個小時，卻一次也沒有提及川普的名字。但毫無疑問，歐巴馬認為民主正處於危險之中。他表示，多元社會需要「法律面前人人平等，不僅僅是針對多數人，也包括少數人」。他駁斥了「因信仰或種族而優越的信念」，警告那些「以暴力、脅迫或鐵腕手段維持秩序」的領導人，並指出「民主仰賴於和平的權力轉移，尤其當你未能如願時」。

但這場演講不僅僅是一篇關於民主的學術論文，歐巴馬希望他的聽眾，無論是在現場的，還是遍布全世界的聽眾，都能夠**採取行動**。經過他的修改，演講的後半段已經變成一個明確的行動呼籲。他呼籲世人「捍衛民主價值」，隨著全球化讓許多勞工被邊緣化，他呼籲「建立更包容的經濟體系」；面對不斷升高的民族主義和宗派主義（sectarianism），他呼籲各地的人們在「我們這個多元、多文化、多種族、多宗教的世界」中，堅守「將我們團結在一起的共同信念」。

為了讓大家更明白他的訴求，他在演講結束時直接對全球公民，尤其是年輕人，提出呼籲：

因為最終，這一切取決於我們自己，因此，任何國家的重要職位都不是總統或總理、首相，而是「公民」。在所有的國家中，永遠是公民決定我們成為何種國家、我們追求什麼理想，以及定義我們的價值觀。

這是對公民的召喚，歐巴馬在他最後的任期內反覆提出這樣的呼籲。接下來的四年裡，美國乃至世界各地的人們站出來，大規模走上街頭，捍衛女性權利，抗議種族不公，並要求採取行動應對氣候變遷。在美國，包括年輕人在內的選民投票率顯著提升。美國的民主雖然受到重創，依然堅持了下來。

每個家庭、社區、公司和國家都面臨著各自的挑戰，僅靠言詞無法解決任何問題。說到底，我們的演講和報告只有在聽眾將我們的話付諸行動時才能產生影響，而這也取決於我們這些演講者是否能夠激勵他們這麼做。

當你的演講接近尾聲時，你能如何挑動你的聽眾，讓他們改變想法或行動？

以身作則

當然，要求你的聽眾做些什麼很容易。你說了，他們就做，這是一種行動呼籲的方法。還有另一種方法，就是以身作則來證實你的話語。

挺身而出，付諸行動

有影響力的演講者一如有影響力的領導者，不會說「照我說的做」，而是說「照我做的做」。因此，當歐巴馬呼籲美國人多加幫助有色人種的年輕人取得成功時，他親自花時間與這些年輕人會面和交談。當蜜雪兒・歐巴馬和吉兒・拜登（Jill Biden）博士號召更多美國人支持軍人家庭時，她們自己也參與了為軍人子女服務的學校和夏令營。

二〇二四年，社群媒體平台被指控放任兒童性剝削，多位執行長被傳喚到國會作證，一些執行長利用他們的證詞，宣布支持保護兒童上網安全的新立法。

只要有可能，用承諾來支持你的言論：

- 如果你要呼籲家人、員工或鄰居投入更多志工服務，在內容中做出個人的承諾，說你自己也會投入一定的志工服務。
- 想激勵員工在一個重要計畫上投入更多工時，那麼你也要承諾加班。
- 當你身為主管不得不暫停發放獎金、減薪或裁員，宣布你自己也會減薪，可能是個不錯的做法。
- 當你在多元、包容的活動中發表演講時，不要空手而來，在發言中做出具體且可衡量的承諾。例如，宣布你將在自己的部門僱用、指導和提拔在社群中代表性不足的人才。

言行一致

在亞特蘭大的春日，在美國唯一且歷史悠久的黑人男子文理學院，莫爾豪斯學院（Morehouse College），投資者兼慈善家羅伯特．史密斯（Robert F. Smith）在畢業典禮上發表演說。他讚揚畢業生的成就，回顧家族八代人激勵人心的故事，並分享他的「生活準則」。接近尾聲時，他的話震驚全場。

「僅代表在這個國家生活了八代的家族，我們將為你們的旅程加點燃料。」他告訴畢業生，「我的班級：二〇一九，我的家族將捐款以清償他們的學貸。」

畢業生們驚訝地爆出了歡呼聲，激動地跳上跳下以示慶祝。這位億萬富翁，也是最富有的非裔美國人信守了他的承諾，最終捐贈了三千四百萬美元，用於償還約四百名學生的助學貸款。這是一份改變人生的禮物，畢業生得以用省下的錢來支持家人、創業，並且成立非營利組織來幫助他們的社群。

但史密斯並不打算讓這僅只是個一次性的禮物。他說他的捐款是一個「挑戰」，希望人們透過「言語和行動」來「確保每個班級都有同樣的機會」。他這一非凡之舉確實重新引發了全國的辯論，激發了新的提議，以解決眾多年輕人背負的巨額學生債務問題。

我們之中沒多少人有能力拿出像史密斯那樣的巨額現金，不過，他的例子很具啟發性，而且你不需要成為億萬富翁也能帶來改變。

在新冠疫情初期，賓州普卡西（Perkasie）有一位名叫蘇菲亞・邁爾斯（Sophia Myers）的六歲女孩製作了一段影片，請求社區捐款給當地醫院，因為她認為「護理人員們工作非常辛苦」。蘇菲亞率先捐出她的粉紅白色獨角獸撲滿，裡面是她做家務賺來的十四・七美元，這也是她的畢生積蓄。蘇菲亞作為榜樣帶來的啟發促使這個社區的家庭們向醫院捐贈了超過六萬美元。這讓一些辛勤工作的護理人員感動得流下淚來，而這一切都是因為一位小女孩用她的獨角獸撲滿以身作則。

想激勵你的聽眾採取行動嗎？不要只是督促聽眾支持一個崇高的事業，自己要行動起來，用你或組織的行動證明你的承諾。

提供願景

然而，激勵聽眾最有效的方式，或許簡單且永恆，那就是給他們一個目標，一個可以在腦海中想像、在心中銘記，並全心全意追求的願景。讓你的聽眾知道，如果他們照你說的做，生活將會變得更好。

對未來世界提出願景是許多偉大宗教的核心。如基督徒堅信他們會如耶穌在《山上寶訓》

（*Sermon on the Mount*，這原本也是一場演講）中所承諾的，被迎入「天國」；穆斯林則堅信虔誠生活和善行將獲得永恆的天堂。

《獨立宣言》（*Declaration of Independence*）闡述了「人人生而平等」的願景，這是美國人超過兩百年來不斷追求的目標。廢奴主義者冒著生命危險，為一個沒有奴隸制度的美國願景而奮鬥。像蘇珊・安東尼（Susan B. Anthony）這樣支持女性選舉權的倡議者，則為了一個讓女性能投票的願景而遭受騷擾和監禁。勞工領袖凱薩・查維斯（Cesar Chavez）曾談到「一個夢想，一個目標，一個願景：推翻這個國家視農場工人為不重要人類的農業勞工制度」。許多社運份子為馬丁・路德・金恩博士的夢想前仆後繼，甚至獻出生命。

> 有朝一日，上帝所有的孩子們，不論是黑人或白人，猶太人或外邦人，新教徒還是天主教徒，都將手拉著手高唱古老的黑人聖歌：「終於自由了！終於自由了！感謝萬能的上帝，我們終於自由了！」

雷根總統曾借用清教徒殖民者約翰・溫斯羅普（John Winthrop）的話，將美國比喻為「山上的閃亮之城」（a shining city upon a hill）。歐巴馬說，他致力於創建一個未來，在那裡「無論你長什麼樣，無論你來自何方，無論你愛的是誰，無論你的姓名為何，無論你是何信仰，只要努力，在美國就能成功。」

在商業領域中，願景同樣至關重要。史帝夫・賈伯斯（Steve Jobs）推出iPhone時，不僅是推出一個新裝置，而是懷著「重新定義手機」的願景。耐吉（Nike）的高層管理人員談論他們的願景是「為每一位運動員帶來啟發和創新」。特斯拉的員工不僅僅是在組裝汽車，他們上班是為了打造「由太陽能驅動的世界」。

對美好未來的願景推動著社運份子和倡議者們每天努力不懈。國際仁人家園（Habitat for Humanity）致力於實現「人人都有體面住所的世界」。線上學習平台可汗學院（Khan Academy）的願景是「為任何地方的任何人提供免費的世界級教育」。主張裁減核武軍備則在談論「一個沒有核武器的世界」。

為什麼宏大的願景如此強大？正如甘迺迪總統所說，美國需要將太空人送上月球的原因是：「因為這個目標將幫助我們組織和衡量最好的能量和技能。」即使它可能是個無法馬上實現的目標，提出你對理想世界的願景可以激勵你的聽眾，團結他們，並鼓勵他們面對未來的艱鉅工作。

任何人都可以做到。

二〇〇七年冬天，九歲的菲力克斯・芬克拜納（Felix Finkbeiner）在四年級課堂上發表了一篇關於環境的報告，他讀了肯亞社運份子汪蓋瑞．馬塔伊（Wangari Maathai）的文章，馬塔伊因在非洲推動種植三千萬棵樹而獲得諾貝爾和平獎，這讓芬克拜納萌生了自己的想法。

多年後，他告訴我：「我對班上同學說，每個國家都應該種下一百萬棵樹。」

我問他，作為一個九歲的孩子，如何決定每個國家要種植一百萬棵樹的？

「對我來說，這很合理。」他笑著說。

這種想法對很多人來說都很合理。幾個星期後，芬克拜納和他的同學們在位於德國慕尼黑郊外的學校種下了他們的第一棵樹，那是一棵野山楂樹。其他老師邀請他去他們的班級演講，其他城鎮也邀請他到他們的學校演講。不久之後，在父母的支持下，芬克拜納開始在全國各地參加植樹活動，並發起一項「為地球種樹」的新計畫。三年後，他們已經種下了一百萬棵樹。

芬克拜納成了轟動人物。在他十歲時，他受邀在歐洲議會演講（「我那時太小了，還不知道害怕。」），十三歲時在聯合國發表演講（「當時我非常緊張。」），並決定設定一個新目標。「我們可以結合我們的力量。」他在聯合國演說時，穿著T恤和灰色連帽衫，世界領導者們看著他，「無論老少，無論貧富，共同努力種植一兆棵樹。」不久後，聯合國便將這項計畫委託芬克拜納和「為地球種樹」組織負責，雖然他當時只是個青少年，這個角色仍為他贏得了世界頂尖環保人士的認可。

如今，芬克拜納已經二十幾歲，他每年發表數十次演講，以提高各界對其組織的認識和募款，組織現已成長至一百五十名員工，且在夥伴的協助下，幫助全球復育和種植了近一億棵樹。

「我知道有些人會反感像『一兆棵樹』這樣簡單的口號。」他在墨西哥猶加敦半島的苗圃一邊檢查成排的幼苗，一邊和我通話，「但那時是正確的目標。在運動初期，你必須讓目標既簡單又吸引人，這樣才能讓人們理解並感到興奮。」

藉由激勵人心，芬克拜納為全球森林運動注入了新的活力，特別是他的團體在七十五個國家招募的十萬名年輕人，致力於種樹和保護森林，而這項全球使命始於一個九歲男孩當時的大膽目標。

你能提供什麼願景來激勵你的聽眾呢？大膽思考，勇於表達，然後將其簡化，保持簡單明瞭且具體，讓人一看就明白，就會覺得興奮，並付諸行動。需要幫忙嗎？試試填寫以下的句子：

「我們的願景是建立一個每個人都＿＿＿＿的社區。」

「我們公司願景是＿＿＿＿。」

「我們的願景是創造每個孩子都能＿＿＿＿的社會。」

「我們的願景是建立一個沒有＿＿＿＿的世界。」

重點討論

言語不能取代行動。當你結束報告時，確保聽眾清楚明白你希望他們在聽完後要做什麼。

- **經驗分享**。無論你是誰或你做什麼，分享從生活和工作得到的經驗，都可以幫助聽眾改善他們的生活。
- **要有訴求**。每個好的演講都包含一個行動呼籲，要明確說明你希望聽眾採取的具體步驟或行動。如果你呼籲變革，請逐一列出你的訴求。
- **發起挑戰**。也許你因為感到情勢緊迫而發聲，勇敢地向你的聽眾發起挑戰，讓他們以不同的方式思考或行動。
- **以身作則**。以行動來佐證你的話語。讓聽眾知道你已經做了什麼，藉此激勵他們也採取行動。
- **提供願景**。用一個宏大的理念或目標來激勵你的聽眾，無論是針對你的社區、公司、國家，或是這個世界的理想模樣。

第十三章
結束演講唯一的方法

相信。

——泰德・拉索（Ted Lasso）

二〇一六年選後隔天早晨，我滿懷震驚和不敢置信的心情來到白宮。即使在競選的最後幾天，民調相當接近時，我知道川普有可能勝出，但我還是覺得機率不高。**一個選擇歐巴馬兩次的國家會完全轉向，選擇跟他完全相反的人嗎？**我就是無法理解。

那天早上，大約有四十個人（撰稿人、新聞助理、公關人員）聚集在西廂的新聞祕書辦公室，大多數都是二十多歲或三十出頭的年輕人，有些人自歐巴馬第一次競選總統以來，已經跟隨他超過十年。他們有黑人、白人、棕色人種、有同性戀和異性戀，來自全國各地，他們為實現歐巴馬更包容的美國願景，奉獻了數年的光陰。

我們擠在一起，坐在沙發上，或盤腿坐在地板上，幾乎無言。因為前一晚的哭泣，許多人都紅著眼睛。一位年輕的美國穆斯林女子非常心煩意亂，因為她知道川普承諾要禁止像她這樣的人進入美國。我們八年來辛勤努力的一切，似乎一夜間都岌岌可危。

在走廊盡頭的橢圓形辦公室裡，歐巴馬正在接受每日情報簡報，這時有人告訴他，我們都聚集在附近。隨後傳來他想見我們的消極，於是我們全都安靜地走進辦公室。歐巴馬站在巨大的「堅毅桌」（Resolute Desk）旁，副總統拜登站在他旁邊。

我不記得歐巴馬那天早上說的每一句話，我無法理解當時發生的情況。我記得他說過，他知道這是艱難的一天，他為我們感到驕傲，而且我們應該抬起頭來，為我們所做的工作感到自豪。他說，美國以前也曾歷經艱難時期，「歷史並不會直線前進，而是會曲折前行。」

「我們會沒事的。」

我不太確定。川普曾誓言要推翻我們所有的成就，並將帶領國家走向一個完全不同的方向。幾小時後，我們再次聚集在玫瑰園，聆聽歐巴馬向全國發表演說。我站在旁邊，躲在西側柱廊旁的白色大理石柱後觀看。歐巴馬再次嘗試以積極的語氣發言，他表示，他對昨晚與川普的電話感到「振奮」，而且作為美國人，「我們現在都在期盼他成功團結和領導這個國家。」然後他對所有正在觀看的年輕人說話。

有時候你會輸掉選舉，他說：「如果我們輸了，就從錯誤中學習，我們會反思，我們會舔舐傷口，整理自己，然後重新回到競技場，下次更加努力。這就是為什麼我有信心，我們作為美國人所踏上的這趟非凡旅程會繼續下去。」

對我來說，那樣的話不足以安慰我。我為歐巴馬工作多年，這是我第一次對他感到有些生氣。回想起來，我現在才意識到，我只是需要將對選舉結果的怒氣發洩到某個人身上。但在那一刻，歐巴馬並沒有說出我的心聲。我心煩意亂，而他保持信念。我感到害怕，但他似乎還是有些樂觀。

某種程度上，我理解歐巴馬的做法。他像過去兩百多年來的每一位總統一樣，致力於權力的和平轉移，他必須保持積極。儘管如此，我心中還是有一部分希望歐巴馬能表現出像我一樣的擔憂，哪怕只是一點點。我們不僅僅是輸掉了一場選舉，我感覺我們正在失去那個曾經熟悉的國家。回到辦公室後，我關上門，坐在桌前，崩潰了。

在他任期最後兩個月，歐巴馬一次又一次這麼做。在芝加哥的一個會議廳，當他在告別演說中再次對年輕人發表談話時，我站在人群的後方。「你知道，美國的標誌一直在變化；這不是應該害怕的事，而是應該擁抱的事。」他宣告道，「你們願意繼續這個艱難的民主工作，你們很快就會超越我們所有人，我相信未來會掌握在可靠的人手中。」

最後，在就職典禮當天，我與數百名其他工作人員一起，站在馬里蘭州一處寒冷的軍事基地機庫裡，而人在華盛頓的川普剛剛宣誓就職。前總統歐巴馬攜夫人蜜雪兒登台，最後一次感謝我們：

我們的民主不是建築物，也不是紀念碑，而是願意努力讓事情變得更好的你們，願意互相傾聽，討論和爭辯，共同合作，挨家挨戶地敲門，打電話，並且以尊重的態度對待他人的你們。而這還沒有結束，這只是一個小停頓，它不是句號，而是在建設美國的故事中一個逗號。

就這樣，他和蜜雪兒·歐巴馬走過儀仗隊，走上等待中的飛機（不再是空軍一號），轉身，最後一次向我們揮手，然後飛離現場。

歐巴馬的總統任期結束了。

站在機庫裡，看著歐巴馬的飛機滑行離去，人群開始散去。我依然對未來感到恐懼，我仍在努力理解他最後幾個月所說的話。

「我有信心」？

「未來會掌握在可靠的人手中」？

「這只是一個小停頓」？

看著他的飛機漸漸消失在遠方，我終於明白他在做什麼了。歐巴馬並不是在**為**我說話，而是在**對**我以及所有對未來感到焦慮的人說話。他以每次結束演講的方式為他的總統任期畫下句點，包括多年前在波士頓大會上聽到的那次演講，傳達演講者能給予聽眾的最強而有力的訊息。

他在試圖給我們希望。

恐懼的危險

似乎每天都有聲音告訴我們要害怕。煽動者告訴我們要害怕那些外表、生活方式、愛情或信仰與我們不同的人，社群媒體演算法轟炸我們，推送激起我們恐懼和憤怒的貼文，新聞媒體不斷向我們傳遞無窮無盡的衝突和負面消息。有些候選人甚至將他們的競選活動建立在這樣的觀念上，即如果對方獲勝，我們所珍惜的一切將永遠消失。

為什麼這麼多人試圖激起我們的恐懼？因為這招通常有效。神經科學家說，當我們感到害怕時，大腦中較老且較原始的部分，也就是負責調節我們情緒的杏仁核會開始作用，並可能壓過負責高階思考和理性判斷的前額葉皮質[1]。研究也顯示，比起正面的資訊，我們更容易記住負面資訊和創傷性事件[2]。因此，沒錯，訴諸於人們的恐懼有些時候確實有效。它可以贏得選票、增加網路點擊率，和提升收視率。有時，訴諸人們的恐懼甚至可以被用於好的目的，例如讓人們繫上安全帶、戒菸，或者團結起來應對真正的危險。

然而，操弄恐懼就如玩火，狼來了喊得太多次，你可能被人當作杞人憂天而忽視，或是對世界描繪過於黑暗的畫面，有可能讓聽眾感到不堪重負且無助。正義的憤慨可以點燃群眾的熱情，但沒有解決方案的憤怒可能讓人反感，過度的悲觀則會導致宿命論。

舉例來說，如果我們給人的印象是，我們的社區注定要走向充滿毒癮或暴力的未來，那麼聽眾為何要支持可以拯救生命的干預和治療呢？如果我們聲稱氣候變遷導致的世界末日不可避免，那麼為什麼還要費心進行艱難但必要的綠色能源轉型呢？

簡而言之，如果我們剝奪了聽眾的自主感、剝奪他們相信自己有能力改變現狀的信念，那麼演講的意義何在？

恐懼到頭來也會弄巧成拙。我們的祖先因恐懼而匆忙做出的判斷或許能保全他們在叢林中的性命，但在這個多元的現代世界中，這種判斷可能會威脅到我們的集體生存。我仍然認為尤達大師說得最好：「恐懼是通往黑暗面的道路。恐懼導致憤怒，憤怒導致仇恨，仇恨導致痛苦。」

其實有個簡單的方法辨別演講者是否在散布恐懼。當他們說完後，聽眾是否更害怕了？更生氣？更懷疑他人？更想要復仇或報復？更傾向於暴力？如果答案是肯定的，那麼這位演講者已經踏上了黑暗的道路。

還有一個更好的方法，尤其是在報告進行到尾聲，也就是演說的壓軸部分，通常是聽眾最容易記住的地方。

事實上，我認為只有這一種方法。

希望的力量

記住我們在第三章學到的內容，演講不同於大多數其他形式的溝通方式，這一點也適用於你演講的結尾部分。新聞報導或政策文件可能專注於單一的潛在威脅。在書的最後一幕，你最喜愛的角色可能會死去，讓你心碎。電影或電視劇可能會有模糊不清的結局，畫面轉黑後，東尼・索波諾（Tony Soprano，譯注：影集《黑道家族》的主角。）在餐廳裡發生了什麼事？

演講不一樣。你的內容不能以讓人沮喪的方式結束，也不能讓聽眾感到困惑，因為整場演講的重點是說服聽眾採取行動。做某事的唯一理由，是因為人們相信進步是可能的，你的目標和願景是可以實現的。這就是為什麼我認為結束演講只有一種方式。

你必須以希望收尾。

永遠不要低估希望的力量。

畢竟，我們為什麼要上學多年、還要學習新技能呢？因為我們希望謀生、養家糊口，並為社區做出貢獻。

為什麼企業家會創立新事業？因為他們希望開發新產品、提供新服務，並改變我們的生活和工作方式。

為什麼我們會捐款給我們關心的事業？因為我們希望減輕痛苦、治癒疾病或拯救生命。

為什麼戰俘、被監禁的異議人士和人質在難以言喻的條件下繼續堅持著？就像在越戰中被擊落的海軍飛行員，海軍中將詹姆士．史托戴爾（James Stockdale），他作為戰俘忍受了近八年的殘酷折磨，因他們希望有天終能重獲自由，才能堅持不放棄。史托戴爾說：「我從未對故事的結局失去信心，我從未懷疑過，我會走出來[3]。」

在我們的日常生活中，即便面對看似無法克服的困難時，正是希望支撐著我們，希望激勵我們生存、努力、想像、建設和實現。想成為一個偉大的演說家嗎？那麼就成為一個充滿希望的演說家，去激發聽眾的信念和願景。

我們天生充滿希望

為什麼希望如此強大？一些研究人員相信，希望深植於我們的大腦。

在第八章提醒我們統計數據局限性的神經科學家沙洛特，多年來一直研究人們如何思考過去和未來，她發現，當我們展望未來時，大多數人都傾向保持希望。我們「高估了好事發生的可能性」，例如工作升職，她解釋道：「同時低估了壞事降臨的可能性。」例如遭遇車禍[4]。

沙洛特等人稱這種現象為「樂觀偏誤」（optimism bias），即「相信未來可能會比過去和現在好得多」[5]。根據研究，在不同國家、文化、性別和社會經濟背景下，即使在黑暗和艱難的時期，全球約八〇%的人都存在這種偏誤[6]。沙洛特指出，這意味著大多數人可能「天生充滿希望」[7]。事實上，根據研究分析，與恐懼相比，希望更是人們改變行為的實際原因，因為「希望通常是更能激勵行動的動力」[8]。

我希望沙洛特是對的，因為我非常喜歡這個想法。如果我們人類天生偏向樂觀，那麼作為溝通者，我們就有一個絕佳工具可以利用。當你準備演講時，請記住，大多數聽眾可能天生渴望希望，他們想要對未來抱有樂觀和積極的願景，希望未來能戰勝恐懼。他們相信好事會發生，而且他們已經準備好行動，準備實現你要求的任務，因為他們樂觀地認為明天會更好。

「希望」到底是什麼？

無論是生活還是公開演講，希望當然不是一個策略，所以我想清楚地說明我所指的希望是什麼，以及不是什麼。我說的不是不切實際的幻想或脫離現實的樂觀，這是批評者和反對者在歐巴馬首次競選總統時對他提出的指控。在贏得愛荷華州黨團會議的當晚，他發表了回應：

這幾個月來，我們因為談論希望而受到嘲弄，甚至譏諷。但我們始終知道，希望不是盲目的樂觀，不是忽視前方任務的艱鉅或阻擋道路的阻礙，不是袖手旁觀或逃避鬥爭。希望是我們內心的一種力量，儘管所有證據都指向相反的方向，仍堅持認為只要我們有勇氣去追求、去努力、去奮鬥，就會有更好的未來在等待著我們。

這段文字有兩個部分希望你們能記住。首先，希望「不是忽視前方任務的艱鉅或阻擋道路的阻礙」。如果你想激勵聽眾，你的願景不能是妄想，你的希望需要符合現實。不要成為那種無痛收獲的演講者，像是聲稱戰爭會很快結束的領袖，或者吹噓尚未經過測試的「革命性」技術的企業家，或者答應只要你付錢參加六步驟課程就能「改變人生」的自我成長導師。

當被問到那些未能在集中營中倖存下來的同袍時，史托戴爾說那些人常常抱有不切實際的期望，認為自己會在聖誕節或復活節前獲釋，只是他們的希望破滅了。「信念是你永遠不能放棄的，但你絕不能把堅信自己終將勝利的信念與面對現況中最殘酷事實的紀律混為一談，不論它們是什麼[9]。」

同樣地，當你對聽眾說話時，要保持自律，不要做出可能無法履行的承諾，也不要設定難以達成的目標，不要忽視你的聽眾在過程中可能面臨的困難，要面對現實的真相。這就是為什麼歐巴馬即使呼籲建立一個無核武的世界時，也說：「我並不天真，這個目標不會很快實現，或許在我有生之年都無法達成，它需要耐心和毅力。」有影響力的演講者會幫助聽眾準備好迎接那些阻擋他們希望的阻礙。

上文中第二個希望你記住的是，若想實現目標或願景，唯有「我們有勇氣去追求、去努力」。光有希望是不夠的，沒有行動的希望確實是虛妄的。希望要有意義，必須與你要求聽眾所採取的行動相符。

當你勾勒一個可能的未來時，請確保讓聽眾知道一切都不是必然的，不能保證一定成功，唯有行動才能實現希望。

「希望」可以發揮效果

「希望不只是一個想法，也不只是一種情感。」希望聯盟（Alliance for HOPE）共同創辦人凱西．格溫（Casey Gwinn）和奧克拉荷馬大學（University of Oklahoma）心理學家陳．赫爾曼（Chan Hellman）在其著作《希望崛起》（*Hope Rising*）中解釋道：「希望是關於目標、意志力和途徑。」是我們實現希望所採取的步驟[10]。事實上，赫爾曼認為希望是生活中幾乎每一方面「成功的重要預測指標」[11]。許多研究似乎都支持這一觀點，你可以稱之為希望科學。

認為自己感覺更有希望的學生更願意出席、更有可能取得高分，並順利畢業[12]。抱有更多希望的員工往往較少請假、不容易感到倦怠，且工作表現更佳[13]。擁有更強希望感的人會有比較健康的行為和結果，包括罹患慢性病的情況更少，對生活的滿意度也較高[14]。簡而言之，充滿希望的人更幸福，達成更多目標，且壽命更長[15]。

這很合理，對吧？若我們對明天感到絕望，就不太可能努力構築我們想要的未來。另一方面，沙洛特解釋道：「希望，不論是內心產生的或來自外部，都能讓人們擁抱自己的目標，並堅持朝著它們前進。」而這種充滿希望的行為「最終會讓目標更有可能成為現實」[16]。

作為演講者，我們可以成為那個幫助聽眾產生希望的「外部力量」，使我們的目標更有可能成為現實。想想你在這本書中學到的演講內容，無一不是關於希望。

坦明加在密西根州的市政會議上發言，因為她希望社區能採取行動，讓她可以無所畏懼地在街區散步。

瓊斯在路易斯安那州發聲，因為她希望教區能讓她的圖書館成為對所有孩子友好的地方。

韋拉向亞利桑那州的同學朗誦她的詩歌，希望他們能敞開心扉，接納真實的她。

即使童貝里在一次演講中對世界領袖說：「我不要你們的希望，我要你們感受我每日感受到的恐懼。」她也在以自己的方式表達希望，期望我們的領袖終於能對氣候變遷採取實質行動。

向聽眾「販賣」希望

當批評者在歐巴馬首次總統競選中，指責他過度談論希望時，他的回應非常精彩。他打趣道：「他們叫我希望販子。」我一直很喜歡那句話。如果我們要在煽動悲觀或樂觀、恐懼或希望之間做選擇，那就成為一個傳遞希望的人。偉大的溝通者是樂觀主義者，而不是悲觀主義者。而且，無論在什麼時候，尤其是結束演講時，抱持希望永遠不會出錯。

逆境後的希望

如果你領導任何形式的組織或企業，問題不在於是否會遇到失敗，而是在於何時會遇到。就算你已經盡了最大努力，但新的計畫還是有可能失敗，季度收益有時可能達不到預期，新產品也可能會以失敗告終。如果你參選公職，或試圖通過新法律，你可能不會贏。偉大的演說家如同偉大的領袖一樣，會讓團隊專注於長遠目標。

賽佛林・施萬（Severin Schwan）擔任全球癌症藥物領導製造商，羅氏（Roche）的執行長時，會在研究計畫結束時開香檳慶祝，即使計畫失敗了。「我們需要一個勇於冒險的文化，因為如果不冒險，就不會有突破性的創新。」他說，「從文化的角度來看，讚美人們九次的失敗，比讚美一次的成功更重要[17]。」

如果你的組織未能達成目標，請仿效施萬的做法。不要譴責失敗和冒險，好好慶祝一番，甚至可以為它舉杯，提醒你的團隊，我們必須從錯誤中學習，再次振作起來，拂去灰塵，更加努力，並持續奮鬥，直到我們取得下一個重大突破。

希拉蕊．柯林頓在川普贏得二〇一六年選舉後對支持者說：「我知道我們還沒有打破最高最硬的玻璃天花板，但總有一天會有人做到，而且希望會比我們想像的更早。」即使是最嚴重的挫折，如同一位士兵所經歷的，也能成為希望的來源。

希望是有感染力的

柯瑞．瑞姆斯伯格（Cory Remsburg）能活下來真是幸運。

二〇〇九年在阿富汗巡邏時，這名菁英陸軍遊騎兵差點被一枚巨大的路邊炸彈炸死，炸彈的碎片如風暴般撕裂了他的身體和頭部。在爆炸和其後的手術中，他有三分之一的大腦受損或被切除。他昏迷了三個月，期間他的父母一直在旁守護，祈禱他能康復。奇蹟般地，他緩緩睜開了眼睛，但又過了六個月，他仍無法開口說話。

即使經過多年艱苦復健、語言和物理治療，和超過三十次的手術，瑞姆斯伯格仍然一眼失明，一耳幾乎失聰，一側身體大部分癱瘓，無法自行安全地站立或行走。他能明白家人和朋友的話語，但自己表達卻很困難，有時只能說出五、六個字。

大部分美國人第一次聽說瑞姆斯伯格的故事，是在二〇一四年國情咨文演說中，歐巴馬總統將他譽為美國堅韌精神的象徵。細數他多年來的治療，不屈不撓的決心，努力要重新站起來和說話，歐巴馬莊重地說：「一等中士柯瑞・瑞姆斯伯格從不放棄，絕不退縮。」

當時，瑞姆斯伯格坐在樓座上。儘管受了傷，他還是站了起來，身穿軍裝，驕傲地挺立著，並向聽眾揮手，獲得了聽眾持續近兩分鐘的起立鼓掌。在數百萬美國民眾的注視下，瑞姆斯伯格瞬間成為全國最知名的退伍軍人之一。在歐巴馬的總統任期內，他多次會見瑞姆斯伯格，並向全美報告他康復的進展。

我開始將瑞姆斯伯格視為朋友，並時常驚嘆於他在面對無法想像的困難時所展現出的毅力。我們的背景截然不同，他是來自密蘇里州的奮勇軍人，而我是來自密蘇里州的自由主義者，我們的友誼像是一座微小但不太可能存在的橋梁，在這個國家，很少有平民能真正理解軍人及其家庭所做的犧牲。

在我離開白宮幾個月後，瑞姆斯伯格請我幫他撰寫一篇演講稿。他在聖路易斯就讀的高中將他列入名人堂，而他有些話想與大家分享。透過電話，我詢問瑞姆斯伯格他的生活、那場爆炸以及他未來的計畫。像與戴維斯一起參與世界盃申辦工作一樣，這是我參與過最簡單的演講之一，因為草稿中的每個字幾乎都直接來自瑞姆斯伯格的原話。

不過有個問題出現了，草稿超過一千字。大多數人可以在大約七分鐘內完成，不過瑞姆斯伯格在練習大聲朗讀時，因為語言障礙，需要超過二十分鐘。此外，他想站在講台上發表演說。我很緊張。

「柯瑞曾經站起來演講那麼長時間嗎？」我在典禮的前一晚問了他的父親克雷格（Craig）。

「沒有。」克雷格若無其事地回答。

「我們也許可以請柯瑞縮短他的演講？」我建議。

克雷格找到瑞姆斯伯格，詢問他並很快帶回了答案。

「不，他說他會講完整篇講稿。」

看來意外隨時會發生，我想像瑞姆斯伯格在他決心展現韌性時，失去平衡、踉蹌一下，然後跌倒。

「別擔心，泰瑞。」克雷格對我說，「你會在那裡撐著他的。」

是的，瑞姆斯伯格邀請我一起參加儀式，站在他身旁，並在他講話時支撐他。我很榮幸被邀請，然而，這一切似乎太勉強了。我認為自己是個充滿希望的人，我希望自己也有樂觀偏誤。但這次似乎是癡心妄想，這種毫無根據的希望可能會讓瑞姆斯伯格受傷。

在高中禮堂的典禮之夜，我推著瑞姆斯伯格的輪椅上台，站在他的左側，抓住他腰間的扶抱腰帶，幫助他站到講台前，迎接家人和朋友的歡呼聲。瑞姆斯伯格的右邊是他的哥哥克里斯（Chris），同樣是陸軍退役軍人，手裡牽著瑞姆斯伯格的服務犬里奧，牠是一隻壯碩的虎斑荷蘭牧羊犬。

瑞姆斯伯格在高中時有點像是班上的活寶，即使受傷，他也從未失去那股淘氣的幽默感。他一開始發言時就說，他入選名人堂是多麼不可思議。

「我從未想過我會站在這裡，而且我大部分的老師也從沒想過！」

穿著深藍色的陸軍禮服，胸前掛滿勳章和徽章，瑞姆斯伯格分享了他服役的故事：他在十八歲生日那天入伍，曾十次被派往伊拉克和阿富汗。他向在爆炸中喪生的摯友羅伯特・桑切斯（Robert Sanchez）中士致敬。瑞姆斯伯格感謝所有幫助他度過多年康復期的人：家人、朋友、醫生、治療師以及他稱為「終生兄弟」的遊騎兵戰友們。

然而，他才講不到十分鐘，我就感覺到瑞姆斯伯格在雙腳之間移動重心，試圖保持平衡。我的右手開始麻木，我不知道我還能支撐他多久。

但是瑞姆斯伯格似乎毫不受影響，繼續讀著他拒絕刪減的講稿，內容進入他對其他受傷戰士及其照顧者的讚頌。

「我們對他們的感謝或支持，永遠都不夠。」他說道，有時他閉上眼睛，專注地在每次呼吸間費力說出每一個詞。

十五分鐘後，瑞姆斯伯格似乎全身都開始發抖。左腿也在講台後不受控制地顫抖著。而此時，我整隻右臂都麻木了。在演講之前，我擔心瑞姆斯伯格無法站立那麼久，現在我也不確定自己能否撐下去。

「那天在阿富汗，」他繼續說道，「我不知怎麼地撿回一命，現在我正試著充分利用我所得到的額外時間。正如你所見，我說話很吃力，但我還有聲音，沒錯，我會繼續為其他退伍軍人發聲，這是我的新使命，而我才剛剛開始。」

「我希望我的故事能成為一個典範。」他在接近尾聲時說道，「我們每個人都會遇到挑戰，人人都有跌倒的時候。但我在這裡告訴你，如果我能重新振作起來並堅持下去，那麼你也可以。生命中所有有價值的事情都不容易，永不放棄，絕不言敗。」

瑞姆斯伯格成功站著演講超過二十四分鐘。

到最後，許多聽眾都流下淚水，包括他的繼母安妮（Annie）。當他完成演講，舉起拳頭說出：「上帝保佑美國，當然，遊騎兵衝鋒在前！」聽眾紛紛起立、鼓掌、歡呼、吹口哨。

那是我聽過最激勵人心的演講之一。

多年來，瑞姆斯伯格已經在全國各地的聽眾面前發表了那篇演講數十次。他的堅韌不拔、他那不可動搖的樂觀精神、他對自己和我們國家的期盼，都證實希望是具有感染力的。他的訊息讓更多美國人看到了戰爭的真正代價，更多人捐款支持退伍軍人慈善機構，更多受傷的戰士受到激勵，努力且堅決地進行自己的康復之路。

對於瑞姆斯伯格和他的父親來說，頻繁的旅行可能會讓人疲憊不堪，但瑞姆斯伯格不會選擇其他方式。我曾經問過他一次為什麼這樣做，為什麼他總是以那種方式結束他的演講。他用簡單的四個字回應：「帶來希望。」

重點討論

就像你在構思開場白時花了很多心思一樣，結尾也要仔細思考，那是你的精彩壓軸。無論你的演講有多精彩，聽眾大概不會記住你說的大部分內容，但他們很可能會記得你的結尾，以及結尾帶給他們的感受。利用他們的樂觀偏誤，在結束演講時，給予一個充滿希望的訊息。你將賦予聽眾一種信念，讓他們相信自己有能力繼續努力，即使跌倒也能重新站起來，並且或許能讓明天比今天更好一點。有很多方法可以做到這一點。

- **以總結要點收尾**。快速摘要你的關鍵點，可以提供聽眾一份行動清單，激勵他們為接下來的艱難任務努力。
- **用你最有希望的故事收尾**。在你準備演講時，哪個故事、軼事或引言讓你感覺最有希望？就用它收尾。在致敬、祝酒和悼詞中，這尤其具有影響力。就像出色的表演者一樣，把最好的留到最後。
- **用前後呼應收尾**。你的演講是從一個故事開始的嗎？不必一次說完，或許將故事的結尾保留到演講的最後，將會使你的聽眾保持投入，並給予他們期盼已久的情感上的圓滿。

- **以疑問收尾**。如果你要挑戰你的聽眾去思考或採取不同的行動，或許可以以直接對聽眾提問：「你會怎麼做？」
- **以實現願景收尾**。如果你已經向聽眾提出一個大膽的願景來激勵他們，那就描繪出一個充滿希望的畫面，展示當你的願景實現後，你的家庭、社區、公司、國家或世界將會變得多麼美好。

到這裡，你已經完成了，你已經準備好你的演講：一個吸引聽眾的開場白，凝聚他們圍繞一個共享的目的或理念，訴諸他們的價值觀；一個由衷而發的中段，使用清晰悅耳的語言；最後是結尾，你邀請聽眾採取行動，或許是追求一個給他們帶來希望的願景。

你完成了！

但還沒結束呢。

Part V

讓聽眾意猶未盡

第十四章

精益求精，你的演講還可以更好

文字如同陽光，越集中，越炙熱。

——勞勃・騷塞（Robert Southey）

我和其他撰稿者給歐巴馬總統草稿後，最不想聽到他嘴裡說出：「我今天可以發表這篇演講。」

翻譯過來的意思是：他今天不想發表這篇演講。

他會說：「我們還有幾天時間。那我們就讓它變得更好。」

「你們把所有內容都寫進去了。」他可能會靠在橢圓形辦公室內巨大堅毅桌後的椅子上，在我們寫筆記時，他會繼續說：「但我是這樣安排的。」然後他會對整篇演講提出新的論點或結構，又或者，他可能在一夜之後拿出他的黃色便箋，新增了數百個自己的新詞後，再說一句：「另外，如果我們能縮減一點，那會很有幫助。」

這就是五〇—二五—二五準備法為何如此有效的另一個原因。如果你花大約五〇％的時間思考和組織你的演講，再花二五％的時間把它寫出來，剩下二五％的時間就可以用來改善它。

想像你要雕刻一件美麗的木工作品。首先，你要想像你的作品，並選擇木材（仔細思考並研究你的內容）。接著切割並雕刻木材（精心雕琢你的言詞）。最後，你會打磨它（將草稿中的粗糙部分修平），然後上漆（添加最後的潤色和修改），讓它真正閃閃發光。當你花時間精雕細琢，無論是木工還是文字創作，都能讓任何作品從好提升到優秀。該如何做到呢？

停止喋喋不休

或許你聽說過，一般聽眾集中注意力的時間只有十到十五分鐘，或者你只有幾秒鐘的時間來吸引聽眾的注意力。但研究顯示，事情沒有那麼簡單[1]。這點也很合情合理，我們都曾被一位優秀的演講者吸引，聽他滔滔不絕地講了二三十分鐘，甚至更久。

儘管如此，還是有充分的理由盡量縮短演講時間。

首先，我們應該希望讓聽眾感到意猶未盡，而不是希望我們趕快閉嘴。遺憾的是，有太多演講者不明白這一點。同事的簡報可能有一百張投影片；面試時，那個過於熱情的求職者喋喋不休；奧斯卡得獎者講個不停，所以主辦方加大音量播放歌曲，有時播放的歌曲剛好就叫〈太長了〉。幾年前的一次會議上，有一位演講者講得實在太久了，主辦方只好在提詞機上發出緊急訊息：「請立即結束！（認真的）[2]。」

不管是身為一個年輕政治人物，或是成為總統，歐巴馬的演講有時也難以保持簡潔。他曾經向我承認：「有些時候我太囉嗦了。」特別是在他認為「刻板僵硬」的記者會和辯論會（「我就是沒那麼擅長。」）。歐巴馬滑稽地模仿著那些沮喪地敦促他要簡明扼要的顧問：「他講得太久了！他解釋得太多了！」

「但大多數人從來不會那樣說話。」歐巴馬強調辯論會和記者會是「政治演說的一種特定模式」。不過，那些經歷教會了他言簡意賅的價值。「我確實需要努力讓縮短、收斂、約束自己，防止自己過度解釋、陷入細節，或者偏離主題。」

澳洲人有個形容話太多的絕佳詞彙：「earbashing」（轟炸耳朵）。作為演講者，我們應該舉起右手宣誓：「我鄭重宣誓，絕不轟炸聽眾的耳朵。」

說起來容易，做起來難，我明白。

簡潔之美

作為演講者，我們經常不知如何取捨內容豐富和言簡意賅。我們想要表現得有料，展示自己有多厲害，尤其在工作場合或面試時，如此往往會講得太多。當我們試圖簡化內容時，又擔心是否不夠充實。這也是為什麼準備一個簡短的演講，通常比準備一個長篇演講更困難。當我們不能說出**所有事情**時，就得更加努力去表達**任何**想說的話。儘管如此，這還是可能的做到的。

通常，簡潔反而是美麗的。廢奴主義者索傑納．特魯斯（Sojourner Truth）於一八五一年就女性權利發表的有力演講只有不到四百字，雷根在挑戰者號太空梭爆炸後的動人演講只持續了四分多鐘，《蓋茲堡演說》以僅僅兩百七十二個字、十句話就勾勒出美國「自由新生」的願景。（相比之下，蓋茲堡的主講嘉賓，著名演說家愛德華．艾瑞特（Edward Everett），講了兩個多小時，但他的演說卻大多被人遺忘。）麥可．喬丹（Michael Jordan）在一九九五年復出NBA時的傳真聲明也只有簡單幾個字，雖然不是演講，但依然成為經典：「我回來了。」

這本書中提到的許多演講：哈靈頓克服語言障礙發表的演講、坦明加對市政委員說出真相、邁特貝里願意為敘利亞男孩提供家園、盧比歐夫婦督促國會採取行動遏制槍枝暴力，都只有幾分鐘長，卻十分強大。

你無需多言，也能表達豐富的內容。

這是我在一份博物館的工作中學到的教訓，當時博物館請我幫忙撰寫簡短的訊息，歡迎進入各展區的遊客。每個展區的主題都非常廣泛，內容足以成書，跨越多年的全球事件，充滿了細節和複雜性。而我需要將它們濃縮成僅有七十五個字的幾句話。

我的初稿因被迫過於籠統，反而毫無內容。修改每篇七十五個字的訊息，花費了我好幾個小時，要說重點但不能說太多，要保留真正重要的內容，刪除不重要的。這很困難，但很值得。簡潔迫使我們更深入思考主題，並盡可能簡單、直接地表達我們的意思。

那麼，如何修改？

所以，沒錯，少即是多。但是你要如何做到「少」呢？

刪掉一五％

有次搭乘空軍一號從巴西飛往智利，歐巴馬準備在聖地牙哥發表演講，我在座位上一邊做著自以為是最後一版的修改，一邊喝著讓我保持清醒的甜食飲料：一把軟糖加可樂。（健康嗎？不。但對我來說，效果比紅牛更好。）突然間，總統站到我旁邊，手上拿著演講稿。

「這篇六頁的演講稿不錯。」他說，「如果是五頁就更棒了。」

我以為他在耍我，我們已經開始降落聖地牙哥，距離他的演講只剩幾個小時。

「看能不能刪掉一頁。」他把草稿遞給我後，就回去陪第一夫人和他的女兒們。

刪掉整整一頁？他是認真的嗎？

他是。

我翻了翻草稿，看看是否有任何刪減建議。

沒有。

大部分時間，我像外科醫生拿著手術刀一樣進行修改，精確地切除多餘的字句，小心翼翼地修飾演講，然後細緻地縫合，不留痕跡。

要砍掉整頁內容，我需要一把開山刀。空軍一號正快速下降，飛機在晃動，我的手指難以找到鍵盤，但依然在努力打字。

這裡的句子？太長了。刪。

那個段落？太細節了。再見。

整個部分？世界可以沒有它。掰囉。

過程並不美妙。與政策專家仔細協商過的句子隨著我按下刪除鍵後一點點消失，總統原本要宣布的計畫現在都變成了新聞稿。刪除文字的部分，剩下的過渡語句勉強能用，但不一定流暢。

但成功了。演講突然少了一頁，大約一五%。

幾個小時後，歐巴馬站在聖地牙哥文化中心的大廳，向來自西半球的外交官致詞。他講了三十多分鐘。如果沒有做那些刪減，演講可能會接近四十分鐘，雖然不會是世界末日，但也沒這個必要。沒有任何政策專家抱怨有什麼重要的東西被刪掉，歐巴馬的核心主題保持不變，而他的演講也廣受好評。

歐巴馬經常這樣做，而且常常是在演講前一刻。「看看能不能再刪一點。」、「看看能不能再刪減幾段。」沒有建議，完全不知道他認為什麼東西值得保留，什麼東西該丟掉。就只有這種既模糊又明確無誤的總統指令。總統叫你刪，你就刪。

我常因此陷入恐慌，有時我會感到煩躁，**他為什麼要這樣對我？這篇演講稿已經很好了！**但隨著時間的推移，我逐漸明白歐巴馬的用意。他在教導我們，迫使我們決定什麼是真正必要的。我必須承認，他是對的，每次刪減都使演講變得更簡短、更犀利、更出色。你看，你能講十五、三十或四十分鐘，並不意味著你就應該講這麼久，你不必總是面面俱到。

你完成演講的草稿了嗎？拿著它，正如歐巴馬所說，看看能不能稍微減少一點。更好的是，像聖地牙哥的演講一樣，看看能不能刪減一五％。即使你刪不了那麼多，你會發現刪減的比例會超出預期，這也能讓你的演講變得更好。

刪除不必要的字

能夠在現場聆聽歐巴馬於二〇〇四年波士頓大會的演講，是件令人興奮不已的事。但如果要我誠實地說，對我這個年輕的撰稿人來說，真正的亮點在於，我們這群疲憊不堪的文字工作者迎來了一位意想不到的訪客：甘迺迪總統的傳奇撰稿人索倫森。

那時，索倫森已經七十多歲了，但他炯炯有神的眼睛、方正的下巴以及整齊分邊的黑髮，讓他依然散發「甘迺迪王朝」的樂觀與理想主義。對我個人而言，那一刻有種人生圓滿的感覺。作為一個在麻薩諸塞州長大、對政治著迷的小孩，我有時會聽媽媽送我的一張名為「甘迺迪著名演講」的專輯。現在，我和那位幫助甘迺迪撰寫講稿的作家在一起，我簡直不敢相信。

更棒的是，索倫森將他的到訪變成一堂課。他說了一個關於一家魚店招牌的故事，招牌上寫著：「今日這裡有新鮮的魚出售。」

「招牌上有沒有什麼字是可以省略的？」索倫森問我們。

「新鮮」我心想，你不需要使用「新鮮」這個詞。只要寫「今日這裡有魚出售」。

我反應過來。

不，「今日」也不需要。只要寫「這裡有魚出售」。

其他撰稿人也紛紛提出了他們的修改意見。過了一分鐘左右，索倫森舉起了手，我們全都安靜了下來。

「招牌上只需要一個字。」他微笑著說，「魚。」

我們得到大師的指點，索倫森以他的方式教導我們一個經典的寫作原則，也就是寫作經典《風格要素》（*The Elements of Style*）中提到的：「省略不必要的字。」

總統和總理經常能夠發表冗長的演說。但對我們來說，好的演講是簡短的演講，頁數更少，段落更少，句子更少，字詞更少，音節更少。

有時候，就是一個字「魚」。

在修改你的講稿時：

- 仔細檢查每一段落，它是否能推進你的故事？
- 研究每句話，每個故事，每個細節，每個形容詞。它是否增加了你或其他人尚未提及的新內容？你是否在說只有你才能說的話？
- 仔細審查每一個字，這些字**真的**有必要嗎？

如果答案是否定的，那就捨棄它。

如果有疑慮，就刪除它。

這並不容易。如果歐巴馬對刪減冗長的演講感到一絲猶豫，法夫洛會自己動手，甚至連歐巴馬親自寫的話也會刪掉。

「你刪減的功力進步很多。」他對法夫洛說，但後者不確定這是否是一種讚美。想成為一位出色的演講者嗎？學會精確地刪減。拿出開山刀，砍去不必要的段落、句子和詞語，讓它變成一個遊戲。挑戰自己：我要從這份草稿中刪減兩百字！然後再多砍一些。

尋求第二意見，還有第三、第四

二〇〇八年大選的前幾個月，歐巴馬前往柏林對美國在世界的角色發表了一場重要演講。這篇演講由羅茲和法夫洛起草，內容使用了他們找到的一個漂亮德語短語「schicksalsgemeinschaft」，意即「命運共同體」，來形容人們之間的連結。

就像其他出色的撰稿人一樣，羅茲充分履行了他的職責。首先，他在網路上搜尋了「schicksalsgemeinschaft」，但出現了他看不懂的德文結果。於是他詢問競選活動的歐洲專家，他們認為沒有任何問題。最後，他將這個詞標注給正在審閱歐巴馬講稿的德語翻譯員。

「不幸的是，這個詞和納粹有關聯。」翻譯員回信說，「希特勒本人曾用過『命運共同體』這個詞。」

「真是嚇死人了。」羅茲回憶道。歐巴馬差點重複了希特勒的話，而且是在柏林。羅茲迅速刪除這段話，並重新撰寫，解救歐巴馬免於國際舞台災難，以及國內政敵的**幸災樂禍**。

在修改你的講稿時，請將草稿與朋友、家人、同事，甚至是任何你認識的專業人士分享。向他們尋求誠實的回饋，例如：「這清楚嗎？我遺漏了什麼？還有什麼能刪減的？這份內容能再改進嗎？」詢問他們對你主要訊息或論點的看法，如果他們不知道，或者如果他們的答案與你開始時寫下的十個字總結不同，那就不太好。請重新思考和修改。

在白宮，我們會和數十人，甚至上百人分享歐巴馬演講的草稿。如同你在這本書中所見，我們收到的一些修改意見簡直瘋狂，既囉唆又奇怪。然而，無論如何，總會有人在某處提出我們沒想到的建議或糾正，讓演講變得更好。

你可能不會喜歡所有收到的評論，有些可能很傷人，不過你所要求並且需要的就是誠實的回饋，這就是與他人分享草稿的全部意義所在：讓他們發現弱點，幫助你強化內容。他們的誠實是一份禮物，請謙虛地接受，不要本能地拒絕他們的批評。試著假設他們是對的，問問自己是否有辦法將他們的建議納入考量，特別是當許多人都指出同一個問題時，即使這意味著你得修改或刪除你喜愛的部分。

不過，沒有任何一篇好演講是由委員會所撰寫，這是**你的**演講，必須反映你的聲音、你的觀點、你說話的方式，不要讓自己被迫說出不符合本心的話。如果你想在講台上**做**自己，就必須在修改講稿時**相信**自己。隨心而行，做最自然的選擇。

善用AI工具

修改講稿時覺得很困難嗎？這也是AI可以提供幫助的領域。事實上，這是我最喜歡使用AI工具的方式之一，它們有時能成為出乎意料的優秀編輯，只需將草稿的一部分貼到對話框，並下達執行指令：

「從以下文字中刪除五十個字。」幾秒鐘後，你的草稿少了五十個字。我經常這樣做，有時甚至無法察覺到什麼被刪除了，這說明，不管刪除了什麼，那東西都並非必要。

「請將以下文字變得更正式／更口語化。」

「請讓下文字更適合初學者／專業人士閱讀。」

「請讓以下文字對〔描述你的觀眾〕更具吸引力。」

再說一次，AI不是每次都正確。不過我們身為人類的朋友和同事也未必能完全正確。不妨試試看，最壞的情況下，你可以無視它的修改，堅持你原本的內容。而且，不像你的人類朋友，你不用擔心會傷害到AI的感受。

如何排練

還有另一種方式，幫助歐巴馬從一個會在會議中僵住的年輕社區組織者，蛻變成一位熟練的演說家。

「我會練習。」他用一臉似乎在陳述明顯事實的困惑表情告訴我。

他為了二〇〇四年的大會演講練習了很多次，他說：「我之前從未用提詞機念稿。」看過他排練的阿克塞爾羅也說：「他練習得越多，越能掌握那些詞語，就表現得越自然。就算提詞機壞了，他也能憑記憶完成整個演講。」

即使在擔任總統時，歐巴馬也會練習。在國情咨文發表前夕，工作人員會在白宮地圖室設置提詞機，讓歐巴馬逐行閱讀每一句話。

「我不認為那些練習對他來說是有趣的。」法夫洛笑著回憶道，「我們挑剔每一句話，但這讓他看到自己哪些地方語氣較重、說話的速度和節奏。事先大聲朗讀這些詞句，使他在講台上成為一位更出色的演講者。」

記住，任何演講在某種程度上都是一種表演，你必須要排練。練習能夠建立肌肉記憶。隨著時間，當你開始說出一個新句子時，剩下的句子會自然地流出。你練習的次數越多，之後發音就會越容易。即使你已經有多年演講經驗，練習得越多，表現就會越好。

以下是練習的方法。

把講稿列印出來

用與實際演講相同內容的講稿練習。即使你不打算逐字逐句報告，也請逐字逐句練習。請將你的講稿印出來，確保格式清晰且易於閱讀。例如：

- 放大字體（在白宮，我們會把歐巴馬的講稿用二十四號字體印出來）。
- 調整行距（歐巴馬使用的行距為一．五倍行距）。
- 將所有內容改為粗體字，讓每個字都能更加清晰。
- 每頁結尾都要有句號，這樣你就不會在句子中間翻頁。
- 頁面底部的四分之一或三分之一留白，這樣你就不會在應該抬頭看著聽眾時，還得低頭看著頁面。

是的，有時會增加許多頁數，但相信我，這真的有效。因為頁面上的文字越容易閱讀，講起來就越輕鬆。如果處理這些頁面讓你感到害怕，可以考慮像我們為歐巴馬做的方式：將它們放進塑膠頁套裡，裝在三孔夾中，雙面列印，這樣翻頁的次數會減少，而且如果活動在戶外，講稿也不會被風吹走。

不要嘗試死記硬背

有些人擁有令人羨慕的好記憶。歐巴馬告訴我，他背下了《哈佛法律評論》晚宴上自己的第一場重要演講，以及在他職業生涯中的幾場演講。利文斯頓也能背出在研究所畢業典禮上的整首口語詩。韋拉也能再次背出她在亞利桑那州同學面前朗誦的詩。如果你像他們一樣覺得自己能記住每個字，那就試試吧。

但如果你和我一樣，可能連車鑰匙放在哪都記不得，更別提要記住演講中的所有句子了。對我們來說，試圖背誦演講可能會是一場即將發生的災難。一旦忘記一個字，我們可能會失去思路；跳過一句話，我們的報告就會脫軌。沒必要冒這個險。根據我的經驗，我發現大多數講者並不會背誦他們的講稿，你也不必這樣做。

傾聽你的話語

大聲練習演講很重要，有幾個原因。首先，你會立刻知道演講實際上需要多久時間，太長了嗎？刪減一些。太短了嗎？或許可以多加一些內容。剛剛好嗎？那就繼續排練*。

大聲練習時，你也會發現自己是否被某些單字卡住。例如「inextricably」（密不可分）和「phenomenon」（現象）這樣的詞在紙上很容易閱讀，發音時卻不太容易，像我總是無法順利念出出「indefatigable」（不屈不撓）。我曾經與一位演講者合作，在排練期間，每次他念到「弱勢社群」這個詞時，都會讀成「落四社群」。唉呀，無論他多麼努力，他依舊稱他們為「落四」。所以我們將文字改為「邊緣化社群」，這樣他就能順利發音了。

多音節的詞彙可能很難處理。如果你卡住了，試著用一個單音節的詞代替，這樣就不會那麼困難。

感受你的恐懼

如果你無法公開演講，大聲練習可以幫助你準備應對在講台上可能經歷的任何焦慮。

「如果你知道在演講時心臟會狂跳，那就練習在心臟狂跳時說話吧。」波士頓大學焦慮及相關疾患中心的心理學家亨德里克森博士解釋道。例如，她建議先做些運動再練習演講，這種方式稱為「內受暴露法」（interoceptive exposure）。她解釋道：「藉由讓自己暴露在之後演講時會感受到的內在感覺，可以試著讓大腦對恐懼的刺激感到疲乏，這是在嘗試建立耐受力。」

---

* 一些演講教練建議在鏡子前練習或錄影片來排練，我對此持中立態度。一方面，有些人發現錄製和觀看自己的表現是有幫助的。如果對你有用，那就去做吧。另一方面，我擔心這會過分強調肢體語言，雖然它很重要，但我認為經常被高估了（詳情請見第十五章）。

換句話說，練習感受焦慮的感覺。如果可以的話，做些開合跳，或者出去快步走、跑步。如果情況不允許，可以揮揮手臂，**感覺**到心跳加速、胸口緊繃、呼吸變短。**然後**，練習進行簡報。你越習慣練習時的這種感覺，就越不會在演講時感到害怕。

如果你還是感到緊張

你已經準備好演講了，講稿已經修改過，你也練習了，但你可能還是會感到焦慮。沒關係。我還學過幾個方法，讓我能在演講前的最後幾天保持冷靜。告訴自己：

- **「我會犯錯。」**完美是不可能的，犯錯是不可避免的。即使是最好的演講者也會發錯音，或在說出句子時卡住。我也會犯錯，沒關係。
- **「犯錯時，我會恢復過來。」**我們往往會放大自己的憂慮，即便我們最害怕的事很少會成真。我們不會在上台時面朝下摔倒，聽眾也不會哄笑我們。亨德里克森博士鼓勵我們把恐懼「縮小並具體化」。**我可能會有片刻失去思路**，然後準備復原計畫（**我會暫停一下，深呼吸，整理思緒，找到講稿中的位置，然後繼續演講**）。
- **「聽眾不會看到我的緊張。」**心跳加速、雙手發抖時，我們以為聽眾會看穿我們，發現我們的恐慌。但事實不一定如此。心理學家稱這種現象為洞悉的錯覺（illusion of

transparency）[3]。但正如亨德里克森博士所解釋的：「我們的感覺通常並不是聽眾所看到的樣子。」那天晚上在日本的卡拉OK酒吧，我一邊顫抖一邊結結巴巴地表演完我的短劇後，我告訴身旁的同事，我有多麼尷尬和緊張，但是他完全不知道我在說什麼。在練習時，請記住我同事對我說的話，以及許多緊張的演講者從聽眾那裡聽到的話：「你看起來一點都不緊張。」

- **「我會比自己想像中更好。」**觀看自己演講的影片可能是件極為折磨的事。然而，如果你曾像我一樣做過這件事，你可能會注意到一些事情。你以為說得很糟糕的詞語其實相當清晰，那個你覺得沒完沒了的停頓其實只持續了幾秒鐘。請記住，英國研究人員曾發現：當他們要求人們觀看自己的演講影片時，令人驚訝的是，九八%的人認為實際表現比他們原先預期的要好[4]。你也會如此。

另外，在演講前幾天，你可以嘗試做兩件事：

- **想像你的成功**。就像許多偉大的運動員一樣，譬如站上打擊區的打者，想像自己擊出全壘打。閉上眼睛，想像看見自己站在聽眾面前，自信地發言，聽眾回以微笑，點頭同意，在你完成時給予掌聲。這種方法對許多人都有幫助，包括我。而且這不僅僅只是想像，研究顯示，視覺化有助於減少壓力和焦慮，並為我們想要的表現做好準備[5]。
- **進行彩排**。不要只是在腦海中想像成功，而是實際看到它。如果情況允許，到你將要演講的空間，走上舞台，站在講台前，環視整個空間，感受這個空間。練習你的演講，測試簡報、音效或影片；最好事先發現問題，而不是在眾人的面前出現技術性問題。

我為了準備人生中第一次重要的演講，這些技巧都試過很多遍。

在接到芬蘭撰稿人穆斯塔卡列奧電話的幾個月後，他在他的家鄉赫曼林納迎接我，這座北歐小城距離赫爾辛基約一小時車程。正如我所料，井然有序且寒冷，而且到了下午晚些時候，天色就像午夜一樣黑暗。穆斯塔卡列奧引用曾用以迎接來客的著名標語歡迎我：「沒有腦子正常的人會在十一月來到芬蘭，除了你這個狠角色，歡迎你。」

我不覺得自己是什麼狠角色。

在穆斯塔卡列奧來電的後幾個月裡，我努力回想作為撰稿人學到的一切，這些也已在本書中與你分享。我想著那些只有我能講述的故事，也就是我在白宮的經歷，想著把我的演講當作一場表演，我決定不使用充滿文字的簡報，而是播放與歐巴馬總統合作的照片。

我做了功課，盡可能了解我的聽眾：芬蘭、芬蘭人和他們的價值觀。即使我知道沒有講台，我仍逐字寫下每一句話。我反覆大聲練習講稿，不是為了背誦，而是要內化，讓自己熟悉。我計算時間，精簡講稿，又進一步刪減。等我到達赫曼林納時，我和幾個友善的芬蘭人出去喝酒，他們教我怎麼發音他們喜歡的短語（每多喝一杯都變得更難學）。

然而，我還是緊張。

但我並不害怕。不只是因為我做了這麼多準備，而是因為前一天晚上，穆斯塔卡列奧帶我去參觀了我要演講的劇院。那裡黑暗而空曠，然後穆斯塔卡列奧打開燈，整個空間頓時明亮起來。在那一刻，一切都變得清晰。我想像座位上坐滿人的情景，想像穆斯塔卡列奧介紹我，想像自己走上舞台，站在那裡，發表只有我能給出的演講。我看見了。

我還是不覺得自己是什麼狠角色。

但這是我人生中第一次想著：是的，我可以做到。

重點討論

記得五〇—二五—二五準備法：用最後的二五％時間來精進你的演講，並進行練習。

- **刪減一五％**。無論你的演講多麼簡短，它總是可以再短一些。請審閱你的草稿，並嘗試刪減一五％。休息一下，再回到講稿，再刪減一些。
- **刪除不必要的字**。在你的草稿中，每個想法和字詞都真的有必要嗎？大概不是。目標是減少頁數、段落、句子、文字和音節。
- **分享草稿**。向家人、朋友、同事和專家尋求誠實的回饋。放下自我，敞開心胸聆聽他們的建議。但最終，說出你認為正確的話。

- **練習練習再練習**。將講稿放大字體印出來，這樣更容易閱讀。聽自己說的話；如果卡住了，就換個詞。透過讓心跳加速，體驗焦慮的感覺，來感受你的恐懼。
- **要善待自己**。提醒自己：我會犯錯，這沒關係。當我犯錯時，我會恢復過來。聽眾不會看到我的緊張，我會比自己想像的更好。
- **準備好**。在演講前的最後幾天，想像你的成功。如果可以的話，請到你要演講的地點，了解這片空間，進行一次排演。在發言的前一晚，好好睡一覺，因為當你醒來……就是你的演講日了。

第十五章

讓你表現更出色的方法

我忐忑不安，但別誤會。我會感到緊張和焦慮，但我認為這些都是自己已經準備好迎接這一刻的好兆頭。

——史蒂芬・柯瑞（Steph Curry）

琳恩・貝尼奧夫（Lynne Benioff）和她的丈夫馬克，也就是賽富時的執行長，是世界上頂尖的慈善家之一。夫妻倆已捐贈超過十億美元給慈善事業，並經常受邀參加募款晚會。但琳恩稱自己為「一輩子的內向者」，公開演講是件「令人恐懼」的事。因此，當她不得不以募款活動聯合主席的身分，在俯瞰金門大橋的舊金山要塞（Presidio）新公園開幕儀式發表演講時，我們共同努力確保她做好了準備。

活動前幾天，我們討論了她想要說的內容。我們寫下每一個字，琳恩也排練過了。她說：「我大聲練習演講好多次，直到我的身體和嘴巴都知道我在講台上該做什麼。我已經做好充分準備，包括我強烈的緊張情緒。」

在活動現場，她在座位下塞了一根蛋白棒，「以防我感覺血糖過低。」當她走向講台時，她帶著一瓶「以防口乾」的水，和「以防咳嗽」的喉糖。

輪到她發言時，琳恩走上前，然後大放異彩。

「我當下全神貫注地投入其中。」她事後告訴我，「我深呼吸了幾次，看著聽眾中的丈夫和孩子們，使自己冷靜下來。我試著感受聽眾的喜悅和興奮，感覺非常棒，我覺得自己充滿了活力。事後，我完全筋疲力盡，但這是我人生中第一次真正享受演講！」

當你即將上台演講時，這裡有些建議，讓你也能光芒四射，並享受其中。

進入狀態

記住，任何演講在某種程度上都是一種表演。在你演講時，就像任何優秀的演員或運動員一樣，你需要進入狀態。

讓你的衣著為你發聲

你的穿著不應該是事後才考慮的問題，穿著可以強化你發言的效果。想想利文斯頓在畢業典禮上佩戴彩色肯特披肩，來肯定他作為黑人的身分。或者像戴維斯穿上紅白裝，向國際足總表達他身為加拿大人的驕傲。一九九八年，佛蒙特州一所高中的畢業典禮上，高年級學生凱特·洛根（Kate Logan）震驚四座，她在演講過程中脫光衣服，全裸完成剩下的演講。她說這是為了展現她的個性。不得不佩服她。一如任何優秀的演講者，她真的毫無保留地展現了自己。

要成為一個優秀的演講者沒有特定的服裝規定（不過通常來說，我建議還是穿著衣服）。當然了，穿著要合乎場合，要看起來得體。同時，不要害怕穿著一些不同尋常的衣物來強化你的訊息，例如配戴一枚徽章以表達你與聽眾的連結，或者穿上你演講所在的學校或國家代表色。

但不要想太多。本書所提到的演講者，大多數都是穿著日常服裝演講，他們也很棒，因為你說的話比你穿的衣服重要得多。在學校朗誦詩歌時，韋拉穿上了她最喜愛的T恤，因為她說：「這讓我感到安全。」穿著讓你感到安全和舒適的衣物。

結交朋友

歐巴馬回想起他在芝加哥當社區組織者的日子。他告訴我說，另一個在教堂地下室聽取大家意見的重要原因是，之後對著他們演講時就「不那麼緊張」了。他說：「與其說是對完全陌生的人說話，我是和曾交談過的人聊天，關係已經建立起來，也有了某種基本的信任。」

你也可以這麼做。如果可以，在演講前的幾個小時內與你的聽眾交流，聊聊天，交交朋友，聽聽他們對什麼感興趣。你甚至可以稍微調整你的演講，讓它更貼近個人：「剛才我和今天在場的梅麗莎聊天，她告訴我……」

繼續修正

直到開始演講前，修正講稿中的錯誤永遠都不會太晚。

有一天晚上，我和家人出去吃披薩時，突然收到白宮事實查核員傳來的一則緊急訊息：歐巴馬即將發表的演講有一個嚴重的錯誤。他本打算向一名陣亡的海軍陸戰隊士兵致敬，但他是在阿富汗犧牲的，不是我所寫的伊拉克。這位士兵的家人也會出席，他們已經承受了難以想像的失去，現在因為我，總統將要把他們兒子服役的故事搞錯了。

我傳了一則慌亂不安的訊息給在國家另一邊的工作人員。他們說，太遲了，歐巴馬已經開始演講了。

我的胃瞬間絞痛。

總統那位不知疲倦的旅行總監馬文・尼克爾森（Marvin Nicholson）站在舞台一側，突然靈機一動。總統在使用提詞機，而那段對海軍陸戰隊員的致敬，直到演講最後才會出現。我們還有補救時間，但不多了。

尼克爾森跑向提詞機操作員，儘管歐巴馬正在演講，操作員仍迅速轉向另一個螢幕，打開講稿，修正錯誤後再次關閉講稿。幾分鐘後，歐巴馬完全沒有察覺到後台的慌亂，並準確無誤地講述了那位海軍陸戰隊員的故事。

在國家的另一端，我低頭盯著披薩，終於鬆了一口氣。

在演講的前幾個小時，請大聲地反覆練習，仔細檢查每個字。如果發現錯誤，請修正。在話說出口之前，永遠有時間可以改正。

但不要再修改內容

當你是總統時，聽眾會等你。當你開始說話，演講才會開始。這大概就是為什麼歐巴馬在演講前的最後幾分鐘總是泰然自若。他有時候會修改、修改、再修改，直至．最後．幾．分鐘。聽眾會坐在座位上，熱情地歡呼或跺腳表示期待。而歐巴馬會坐在後台，可能悠閒地品嚐著加了蜂蜜和檸檬的茶，然後冷靜地遞給我們在最後一刻完成的修改，而我們得飛奔將這些修改送到提詞機操作員那裡，讓他一字一句瘋狂地輸入到提詞機裡。

每次發生這種事，都讓我折壽好幾年。

我不建議這樣做。

是的，多練習你的講稿。如果你想的話，可以做一點小調整，更改一個詞，刪除一個句子。但在你發表前的最後幾小時或幾分鐘，不要嘗試做任何重大改動，不要重寫你的講稿。

在白宮裡，我們的撰稿團隊在每次演講前發出的最滿意的一封電子郵件，標題都是這樣：「這是最終版。」如果有人發現錯誤，我們必須修正並重新發送，就會寫：「這是最終最終版。」

確保你的講稿是最終最終版，停止修改，練習就好。

確認頁數

「你好，拉斯維加斯！」

隨著這句開場白，歐巴馬開始發表激昂的競選演說。他感謝了主辦方，向支持者表達了感激，然後開始陳述他的主張。然而，才過了幾分鐘，他翻了一頁講稿，就看到了……

空空如也。

有人忘了把其他幾頁講稿放進資料夾裡，歐巴馬得靠自己了。

「你覺得這場演講怎麼樣？」結束後他問尼克爾森。

「老闆，真是太棒了！」尼克爾森回覆道，渾然不知曾發生了混亂。

「很高興你喜歡，因為絕大部分都是我編的！」

頁面要標記頁碼，清點每一頁，確認沒有缺漏。

歐巴馬曾笑著告訴我：「即使你已經把演講稿背熟了，也要隨身帶著它。萬一腦袋突然一片空白，那會很有幫助。」如果你打算用手機或平板閱讀講稿，這會格外有幫助，因為設備可能會在你演講的過程中故障或沒電。

你沒有打算逐字逐句地宣讀嗎？帶一張小抄也不錯，準備一頁的大綱或幾個重點，以防你的腦袋當機。

謹記：緊張是自然反應

準備好演講了，還是很緊張嗎？想逃跑嗎？開始流汗了嗎？好消息是，你沒有任何問題，這只不過是我們的身體和大腦在感受到威脅時會做出的一貫反應。

亨德里克森博士告訴我：「我們會進入四種模式中的一種：戰鬥、逃跑、僵住，或者討好。我們試著像困獸一樣戰鬥、逃跑、僵住以避免危險，或者試圖取悅他人來脫身。我們的腎上腺素激增，開始出汗以避免身體過熱，呼吸加快，口乾舌燥，血液回流到心臟，手變得冰冷而溼滑，心臟更加用力地跳動，將血液推向我們需要用來戰鬥或逃跑的大肌肉。」

不要戰鬥，不要逃跑。記住：如果你在顫抖和出汗，那是你的身體正在做它應該做的事情，它正準備讓你存活下來，並取得成功。也許可以這麼想：**我流的汗越多，就越成功。**

保持呼吸

即使是最傑出的歌手、演員和運動員，也會在最後一刻感到緊張，歐巴馬也不例外。即使他自信滿滿地走進波士頓二〇〇四年大會的演講場地，還告訴記者：「我是雷霸龍（LeBron James，非裔美國職籃球星）。」但他後來也承認，自己確實「有點緊張」[1]。

如果你感到焦慮，那是因為你在乎。這是一件好事，糟糕的是你因緊張而動彈不得。和許多演講者一樣，我發現在演講前保持冷靜的最佳方法，也是最簡單的方法，就是呼吸。對我來說，最有效的是「四方呼吸法」：

吸氣四秒鐘。

憋氣四秒。

呼氣四秒。

再憋氣四秒。

重複幾次。

找到適合你的練習方式，你也會感覺呼吸更加順暢。

將焦慮轉化為興奮

如果無法平復緊張情緒，可以考慮接受這些緊張感。

「焦慮和興奮在生理上感覺是一樣的。」亨德里克森博士解釋道，「與其試圖改變你身體上的感受，不如嘗試改變心態，將焦慮轉化為興奮。」

這種技巧稱為情緒再評估（emotional reappraisal）。哈佛商學院的商業管理教授艾莉森·伍德·布魯克斯（Alison Wood Brooks）在一項有趣的實驗中，展示了這個方法的運作方式。她要求一百四十人準備和發表兩分鐘演講，並接受評估[2]。在演講前，一些講者被指示告訴自己：「我很冷靜。」另一些人則告訴自己：「我很興奮。」結果呢？伍德·布魯克斯解釋道：「說出『我很興奮』，能讓人們感到更興奮，講得更久，並且被認為更有說服力、更有能力、更自信和更堅持不懈*。」

想成為更好的演講者嗎？不要指望別人來讓你感到興奮。自己告訴自己！

---

*在另一個實驗中，布魯克斯要求研究參與者在唱旅行者合唱團（Journey）的〈別停止相信〉（Don't Stop Believin'）之前說「我很焦慮」或「我很興奮」。結果一樣。那些說「我很興奮」的人歌唱得更好。這對任何人都有效，即使你是「一個住在孤獨世界裡的小鎮女孩」。

充滿幹勁

上台前最後一件事：把音樂開大聲點。

在大型演講前，歐巴馬有時會透過收聽阿姆（Eminem）的〈失去你自己〉（Lose Yourself）進入狀態，這或許是最棒的打氣歌曲。我喜歡痛苦泉源（House of Pain）的〈跳起來〉（Jump Around）。無論你偏好哪種風格，都有很多絕妙的選擇。AC/DC的〈霹靂神曲〉（Thunderstruck）、卡莉・安德伍（Carrie Underwood）和路達克里斯（Ludacris）的〈冠軍〉（The Champion）、希雅（Sia）的〈無堅不摧〉（Unstoppable）、威茲・哈利法（Wiz Khalifa）的〈我們這群少年〉（We Dem Boyz）。

為自己準備一首專屬的打氣歌，在發言之前，調高音量，讓自己充滿幹勁。

準備大放異彩

是時候上台了。

聽眾已經聚集，輪到你上場了，你所有的努力，你寫下的每一個字，你做的所有練習，都為這一刻做好了準備。以下是讓你掌控全場的方法。

微笑！

無論你如何向聽眾問好：「你好！」、「午安！」、「晚好！」都要帶著微笑。這很簡單，但在緊張時也很容易忘記。當然，在致悼詞或作為主管宣布裁員時，不適合大笑，那樣很詭異。不過在大多數情況下，微笑是個明智的開始。

像說「你好」一樣，微笑能向聽眾傳達你友善的訊號，對增強可信度很有幫助。研究顯示，微笑通常能讓你顯得更討人喜歡、更值得信賴、更有智慧和能力[3]。而展現燦爛笑容對你的聽眾也有好處，因為研究已證實，微笑確實具有感染力[4]。

在講稿的頂端用大寫字母寫下來，這樣你就不會忘記：微笑！很快，你的聽眾會和你一起微笑，更可能將你視為一位討人喜歡、值得信賴、聰明且有能力的演講者，值得聽聽你的演講。

直視他們的眼睛

在演講時不應該看著地板、投影片或你的手錶，你唯一應該注視的地方，就是你的聽眾。缺乏或沒有眼神接觸可能會讓你顯得不自信，或不確定自己所說的內容。良好的眼神接觸可以顯示自信，並能建立信任*[5]。

---

* 如果你在視訊軟體上進行演講，你的臉會占據大部分的螢幕，此時保持良好的眼神接觸尤為重要。如果你不看著聽眾，他們會知道的。考慮遮蓋你的螢幕，以免因螢幕上的其他人分心。在你的攝影機旁邊貼張貼紙，提醒自己看鏡頭。

如果你採納了我的建議，將講稿用大字體印出來，並在頁面的底部留白，這樣你就更容易每隔一、兩行就抬頭，和聽眾進行視覺上的交流。

找出你之前在聽眾中結交的那些朋友，對他們說話。在你停頓並準備進入下一個論點時，將目光轉向其他人。在你演講的過程中，目光慢慢地在演講廳裡來回移動。與其同時與多人交談，一次與一人交談比較容易。

變換你的聲調

演講時，注意你的語速、音調和音量。說話太快或太大聲，聽起來會像個喘不過氣的二手車銷售員。太過安靜或太過緩慢，或者有太多長時間的停頓，會讓你的聽眾昏昏欲睡，你也可能顯得不自然。「我完全沒有話要說。」—《週六夜現場》（*Saturday Night Live*）的編劇在幽默地模仿TED演講時指出：「然而，透過我的說話方式，我會讓你看起來像我有東西要說[6]。」只要用大多數人日常生活的說話方式就好，每分鐘大約一百五十個字。

另外，既然你是人類，請小心不要陷入機器人的單調語調。歐巴馬有次對我說：「你的聲音調節、語調、音量，都是在傳達情感。」

以下是一些溝通時應該注意的事項和避免的行為：

- **不要大喊大叫**。歐巴馬告訴我：「如果整場演講都用十分貝的音量，你會失去聽眾的注意。

很多人對著麥克風大喊大叫，卻沒意識到這是一個好的麥克風。大家聽得到你的聲音，這就是為何要用麥克風！」他笑著說，「我們不是活在十九世紀初。」

- **進行對話**。歐巴馬指出：「如果你只是跟朋友說話，你不會一直對著他們大吼。」聽聽你和朋友、家人是怎麼交談的，「你不會因為自我意識、怕受到評價或害怕失敗而覺得拘束。」歐巴馬說道。將這種舒適感和聲音帶到你的演講中。自然、平靜，流暢、不尖銳，就像你在和家人或朋友聊天一樣。
- **降低聲音**。如果你想吸引聽眾，比如在講故事時，就降低聲音。歐巴馬說：「如果你真的想強調重點，你甚至可以降低到輕聲細語。」
- **提高音量（但不要喊叫）**。當你想強調一個重點，或者準備說出一句你認為會獲得掌聲或喝彩的句子時，試著提高音量。
- **放慢速度**。就像每個字都是一句話一樣，當·你·想·讓·你·的·觀·眾·記·住·每·個·字。
- **加快速度**。如此可以為你的內容增加活力，也可在你逐漸引導到金句時使用。
- **咬字要清晰**，因為你若是含糊不清，聽眾會聽不到，也記不住。但是……
- **不要過度咬字**，我曾聽過一位演講者，他每個詞的每一個音節都念得十分清楚（「我們支持繁榮！機會！以及安全！」），聽起來會很像機器人。

- **為了效果而停頓**，然後深呼吸。在講故事、想讓聽眾反思你剛才所說的內容，或是準備進入下一個重點時，可以這麼做。
- **接受片刻的沉默**，如果你一時忘詞，沒有關係，只要停頓一、兩秒，在稿子裡找到下一個字，然後繼續。這比用「嗯」、「啊」、「你知道」之類的填充詞，來填補空白更好。嗯，你知道，這些詞，呃，就好像你不知道，像是不知道自己在說什麼。

要記住的細節很多。幸運的是，你不必死記。這些是我們努力的目標，而不是每次演講時都必須達到的標準。很多人，包括歐巴馬，有時也會陷入長時間的停頓，或使用太多填充詞，但他們仍然是很出色的演講者。盡你所能，做自己，用平常說話的方式就好。

肢體語言：別想太多

在肢體語言方面，做自己也很重要。不幸的是，我們被所謂的「數百萬美元肢體語言產業」的建議轟炸，它們試圖向我們兜售可讓我們在工作和生活中取得成功的「隱藏密碼」[7]。**這樣站，腳要這樣放，手要這樣動，暫停，走幾步，說出觀點，再暫停，再走幾步，說下一個觀點。**

太多了。我們是在演講，不是在跳騷沙舞。

我認為肢體語言的重要性有時候被誇大了。例如，你可能聽說過我們有九三%的溝通是非語言的。這是溝通學中最常被提及的原則之一，源自於一個著名的七—三八—五五法則研究[8]。據說，我們只有七％的溝通是基於語言，另外九三％則基於聲調（三八％）和肢體語言（五五％）。

但研究結果**不是**這樣的。只要仔細想一想，就能明顯發現這不合理，你正在做演講，但九三％的溝通其實並**不是**你說的話語？這沒有道理。事實上，這項研究的重點只限於聽眾如何辨別說話者的**情緒**，例如他們是否在表達愛意，而肢體語言顯然是個很大的線索[9]。實際上，有很多人誤解了這項研究，以至於它的作者發布了澄清：「除非溝通者是在談論他們的感受或態度，否則七－三八－五五法則是不適用的[10]。」所以，不是的，九三％的溝通並不是來自聲調或肢體語言。

也許你還聽說過，站得像超人或神力女超人那樣的「強勢姿態」，可以釋放荷爾蒙，讓我們在台上感覺壓力減輕，並變得更有自信。這源自一個頗受歡迎的TED演講，它又是基於一項研究得出結論：「一個人只需做兩個簡單的一分鐘姿勢，就能展現權力，並瞬間變得更強大[11]。」但其他研究人員無法複製這些結果[12]。原始研究的主要作者後來也承認其「數據不足」，並聲明：「我不認為『強勢姿態』的效果是真實的[13]。」

我不是說肢體語言完全不重要，它當然重要，你的表達方式可以強化你的內容。某些非語言表現（例如我們的站姿）已被證明能讓演講者在聽眾面前顯得更有權威[14]。如果「強勢姿態」能讓你更有自信（無論是否實際觸發了任何荷爾蒙的釋放），那就試試看吧[15]。

我想說的是，關於肢體語言，不要想太多。如果你過於在意自己的每一個舉動，就無法在聽眾面前放鬆，難以表現真實的自我。此外，即使肢體語言不完美，你仍然可以發表一場很好的演講，但好的肢體語言永遠無法拯救糟糕的演講。因為最終而言，你說了什麼，比你怎麼說更重要。

肢體語言的兩條規則

如果要總結我對肢體語言的建議，那就是：

- **放輕鬆**。就像和家人朋友聊天一樣自然。站直身體，因為第一，這樣比較好看；第二，這有助於呼吸。保持放鬆，膝蓋不要僵硬，因為你可能會昏倒。不要誇張地揮動手臂，因為這會讓人分心，看起來也不自然。不要用拳頭猛捶講台，因為你不是獨裁者。
- **讓你的肢體語言配合你的話語**。如果你覺得自在，可以用簡單的手勢來強化你的訊息。當你說「歡迎大家！」時，可以張開雙臂或雙手，像是歡迎大家。「我們需要一起努力」，也許可以將雙臂收回或雙手合十。「我們需要提升每一個人」，可以舉起手臂。「衷心感謝你們」，或許可以將手放在心口上，就像戴維斯向國際足總發表演講時那樣。

是的，你正在表演出你的話語。但我敢打賭，你每天和家人朋友說話時，都不知不覺中這麼做了。需要靈感嗎？上網看看利文斯頓在畢業典禮上的詩歌朗誦影片，那是一堂傑出的肢體語言大師班，每一個姿勢都那麼真誠，每一個動作都那麼自然。像利文斯頓那樣，讓你的肢體動作來增強訊息的力量。

保持冷靜，繼續講下去

即使你盡力做好一切，也要做好出問題的準備。確保身邊有水。如果你開始口乾舌燥，你會需要它。如果你一時失去思路，喝一口水是一個很好的掩飾，可以讓你有時間整理思緒，重新恢復狀態。

發音錯誤，或句子卡住？沒關係，你的聽眾可能根本不會注意到。不要道歉，那只會引起更多注意。深呼吸，查看你的講稿，找到你的段落，然後繼續。

覺得正在失去聽眾的注意力？讓他們參與。歐巴馬曾經告訴我：「在競選活動的某些時候，可以看出群眾有些冷淡。如果你知道某些東西不起作用，也許試試別的方式。我會即興發揮，看看能否讓大家振作起來。『動起來！準備出發！』就是這樣來的。」

你的聽眾有點冷淡？改變節奏，提高或降低你的聲音。暫時拋開你的講稿，嘗試一些不同的東西。可以向聽眾提問，或是講個故事。

發生技術性問題？可能投影片卡住了，也許是影片無法播放。別緊張，承認正在發生的事情。掌握局面，以免讓問題掌控你。請求協助，微笑，並樂在其中。有次歐巴馬在演講時，總統徽章從講台上，砰的一聲掉在地上。

「沒關係，你們都知道我是誰。」他開玩笑地說，引來聽眾的笑聲，「但我確信後台有人現在非常緊張。」他繼續說著，並向後台的工作人員點頭。然後，他重新回到正題，引發更多笑聲，「我們剛才說到哪了？」

最重要的事

所以，是的，你在講台上的表現，包括你的演講方式、舉止，以及你的肢體語言，有時候確實有所幫助。但事實是，即使你無法站著演講，甚至無法發言，你也可以成為一名出色的溝通者。

伊麗莎白・邦克（Elizabeth Bonker）的母親維吉尼亞（Virginia）告訴我，邦克在她生命的第一年是個「典型的幼兒」，但在十五個月大時，一切都改變了。她母親說：「前一天她還很開心地說說笑笑，隔天卻尖叫著把頭撞向地板，完全無法說話。」

邦克被診斷出自閉症。她每天都在忍受恐懼，她被困在自己的身體裡。她能聽見並理解周圍所有人，卻無法回應溝通。她母親抱著她，念書給她聽時，是少數讓她緩解的時刻。

「伊麗莎白會靜靜地躺著。」維吉尼亞回憶說，「她會慢慢地眨眼告訴我，她明白我在說什麼。」

多年來，邦克的母親帶她去看過各種專家。邦克五歲時，他們找到了另一位母親，她教導自閉症兒子和其他孩子透過手指字母來表達自己，她也同意教導邦克。不久後，邦克就開始指著字母，拼出單字，甚至句子。多年後，邦克用電子郵件告訴我：「我自由了。我的人生從絕望變得充滿希望。」

邦克開始寫詩，她進入紐澤西州拜拉姆鎮區（Byram Township）的公立學校，順利從高中畢業。之後，她錄取了佛羅里達州羅林斯學院（Rollins College）的榮譽學程，並創辦了一個非營利組織，幫助其他無法說話的自閉症患者學習如何透過打字來溝通，就像她一樣。她獲得了四．〇的成績，成為畢業生代表，並且被同學選中發表畢業演說。

邦克的同學們都知道，她無法做到大多數演講者能做的事情：微笑、調節聲音、站穩、眼神交流、用手勢強調。然而，邦克還是發表了一篇非常精彩的演講。因為，最後最重要的，是你所傳遞的訊息。這遠比你的肢體語言更重要。而邦克要傳遞的，是一個強大的訊息。

她在電子郵件中告訴我：「我想了很久，然後我開始寫。」她的母親握著鍵盤，用右手食指慢慢地敲打每個字母。「等我把所有想法都打出來後，又潤飾了每個字詞。」總而言之，她花了「超過一個月，總計約五十個小時」。她也反覆練習，以她的案例而言，就是不斷地播放她的文字轉語音軟體。她給其他講者的建議是：「提前錄好。哈哈。」在演講前一天，她去了體育館，練習走上講台，「那幫助我明白自己能夠做到。」

隔天，在數千名聽眾面前，邦克戴著裝飾著藍色和粉色花朵的學士帽和學士服，走向講台，一個電腦生成的女性聲音開始說話。

「向二〇二二屆畢業班的各位同學和鬆了一口氣的家長們致意。」

邦克稱讚了她同學們的成就，然後發表了只有她才能給出的演講。她分享了學會打字如何「把我的思想從沉默的牢籠中解放出來」，以及「我一生都在為未被聽到或接受的困境爭鬥」。她回憶起她的高中校長曾說過，儘管邦克成績優異，「那個智障不可能當上畢業生致詞代表」。

「但今天，」邦克說，「我就站在這裡。」人群爆發出歡呼聲。

就像她的偶像海倫·凱勒（Hellen Keller），邦克說她將獻身於服務，幫助全世界「大約三千一百萬無語自閉症患者，將他們從沉默中解放出來，賦予他們選擇自己道路的聲音」。當播放結束時，聽眾起立鼓掌，而她的母親也含著喜悅的淚水看著她。邦克的最後一段話，也是她向聽眾提出的行動呼籲，迴盪在空中。

「上天給了你聲音，善加利用它。」

邦克一句話也沒說，但她的演講迅速走紅，吸引了全世界的關注。

「我發自內心寫出這些話。」她告訴我，「而它和人們產生共鳴，我們都希望自己的生命有意義、有目標。」許多無法說話的自閉症患者向她表達感激之情，其中一位少女稱邦克為「我的榜樣」，因為透過學習打字，她「終於可以向世界展示自己有多聰明」。

或許，像邦克一樣，你無法做到其他人認為出色的溝通者應該具備的一切，那又怎樣！即使你不會演講，你仍然擁有自己的聲音。即使你看不見或聽不見，你仍然可以向前看，想像你想要的未來。即使你無法獨立站立，或完全控制自己的身體，你仍然能夠堅守信仰，為更加公正和平等的世界奮鬥。因為到最後，正如邦克教導我們的，只有願意使用自己的聲音，才能真正找到它。

在芬蘭，後台，在我演講的前幾分鐘，我終於準備好要使用我的聲音。

我在台下可以聽到前一位講者快要結束了，我還在大聲練習，不斷刪減講稿中的字詞。我心跳加速，但我想起這是自然現象。我告訴自己，如果犯了錯，不，是當我犯錯時，也沒關係，聽眾可能根本不會注意到。而我作為一個人的價值，不會因為我在舞台上做了或沒做什麼而被定義。

時間到了。

專題演講。

三百人。

沒有講台。

無法回頭。

在我上台前，我播放了一段暖場短片，那段歐巴馬在世界各地用不同語言問候的集錦。然後我小跑上台，試圖帶來一些活力。我微笑，用芬蘭語向聽眾打招呼（Hei!），他們也回應了我。我試著說出一句新的芬蘭朋友們在喝啤酒時教我的話，一句關於十一月糟糕天氣的詛咒，人群笑了，還鼓掌歡呼。

我犯了錯，我說了太多次「嗯」和「啊」，揮了太多次手，還拿著講稿一起揮舞。我有些單字偶爾會卡住，芬蘭語和英語都有。沒有講台讓我穩定下來，我常常搖晃著切換重心。我有時候過早叫人切到下一張投影片，還有一次，影片載入太慢，讓我站在那裡陷入沉默。

不過，事情開始進入狀態。我的聲音很穩定，那些話自然地脫口而出，我開始找到自己的節奏。我在聽眾中尋找新朋友，直接對他們說話，然後移開視線對其他人說話。我試著用簡短的句子交談，停下來呼吸，並在腦中想著我的下一句話。

就在那時，我感受到一種從未在聽眾面前體驗過的感覺。我的心臟不再狂跳，一股平靜的感覺湧上心頭，我不再像個旁觀者，漂浮空中、眺望下方，質疑自己的每一個動作和言語。我融入當下，輕鬆自在。我想要在那裡，而且我真的很享受其中。

聽眾看起來也很享受。他們微笑著，傾聽並點頭表示贊同。而且我越是感受到他們在接收我分享的內容，就越想給予他們更多。這就是歐巴馬曾經提到的那種講者與聽眾之間的時刻，一種身體的感覺，一股情感的電流在我們之間來回流動，這是一場我們共同分享的**體驗**。

在有限的時間裡，我試圖給予一個只有我能發表的演講：帶領聽眾進入白宮內部，隨著我和歐巴馬一起環遊世界，分享我一路上學到的經驗和教訓，並播放他演講的片段。我試圖訴諸他們的價值觀：一群致力於社會和經濟平等的進步人士。

我分享了邁特貝里提議照顧敘利亞小男孩達克尼什的故事，說著說著，我竟意外地哽咽了。停頓下來整理思緒時，我注意到聽眾裡有位女士也在拭淚。

我提出了一個行動呼籲，希望在面對散播謊言、仇恨和恐懼的煽動者時，我們能夠用自己的聲音創造一個更加誠實、文明和富有同理心的世界。

最後，我用芬蘭語結束了演講，這四個字可以作為任何演講的完美結尾：謝謝大家。

原本主辦方要求我演講二十分鐘，不知不覺中，我已經講了將近五十分鐘。當我完成後，我不確定該期待什麼。我是不是說太久了？聽眾失去興趣了嗎？會不會又是一場失敗的公開演講？

但聽眾開始鼓掌。

然後他們開始歡呼。

接著起立鼓掌致敬。

掌聲持續了二十秒、然後三十秒、最後整整四十五秒。

我簡直不敢相信。

我真的做到了。這是我多年來一直害怕並迴避的事情，一些我以為自己無法做到的事。

站在那裡，看著鼓掌的人群，我感到自由。終於從那個在耳邊喃喃許久的「懷疑之聲」中解脫出來，不再擔心自己沒有值得分享的東西，不再害怕如果我站起來發言會怎樣。

就在那個舞台上，離家千里之外，終於勇敢冒險，讓自己走到眾人面前，向自己證明了，我可以做到。

在鼓勵他人發聲的過程中，我終於找到了自己的聲音。

重點討論

在演講前的最後階段，要進入狀態。

- **讓你的衣著替你發聲**。你的穿著可以強化你的語話效果，有沒有服裝、顏色或配件可以幫助你與聽眾建立連結？同時，穿著讓你感到安全且舒適的衣物。
- **結交朋友**。如果可以，請在活動開始前與聽眾交流，結交一個你上台後可以交流的朋友。
- **繼續修正，但請停止修改**。在最後幾次練習演講時，繼續確保內容準確。如果有錯，就修正它。但是要忍住重寫的衝動，你努力地完成了草稿，相信你的直覺，繼續練習就好。
- **緊張是很自然的**。手心冒汗嗎？膝蓋發軟嗎？你感到焦慮是正常的。這是你的身體在為成功做準備，可以試試四方呼吸法，也可以告訴自己「我很興奮！」用你最喜歡的打氣歌曲來振奮精神。

✔ **清點頁數。**請確認每一頁講稿都在！

當你站上講台：

✔ **微笑！**在大多數情況下，這是與聽眾建立連結的最簡單方法。如果擔心忘記，在草稿頂端寫下大大的「**微笑**」！

✔ **直視他們的眼睛。**良好的眼神接觸能展現自信並建立信任。與聽眾中的新朋友交談，在你進入下一個觀點時，將眼神移到其他人身上，與之對話。在演講期間，試著和整個演講廳的人互動。

✔ **變換你的聲調。**讓它像是你和家人或朋友聊天一樣。如果你願意，可以壓低聲音並放慢速度來強調重點，提高音量或加快速度來傳達動感和活力，也可以稍作停頓製造效果。如果你一時忘詞，沒關係。短暫的沉默總比不斷地「嗯」、「啊」要好。

✔ **肢體語言的兩條規則。**首先，像與家人和朋友交談時一樣，自然地表現自己。其次，請用簡單、自然的手勢配合你的話語，以強化你的訊息。

✔ **保持冷靜，繼續講下去。**準備好出問題的可能。帶些水以備口乾時用，卡在某個字上了？別道歉，繼續講。聽眾失去興趣？講一個故事或提問。技術失誤還是道具故障？講個笑話。

✔ **記住真正重要的事情。**即使肢體語言不完美，你仍然可以發表一場很好的演講，但好的肢體語言永遠無法拯救糟糕的演講。最後，最重要的不是你的肢體語言，而是你傳遞的訊息。

▼以四個字結束。最後一句話是向聽眾表達感謝的最後機會，謝謝他們投入了時間和注意力。你還需要表明你已經講完了，這是他們鼓掌的信號！你可以用四個詞來應對幾乎任何形式的演講：「謝謝大家。」

後記

掌聲過後

恭喜！

你成功了。你在一群人面前發表了演講，或許是為朋友的祝酒詞、向摯愛致敬、工作上的簡報、在社區會議上發言，又或者是為你關心的事業所做的熱情呼籲。既然我一直鼓勵你誠實，那我們就實話實說吧。

你當時完美嗎？可能不是。

你犯了錯嗎？幾乎可以肯定你有。

每個俏皮話都引人發笑嗎？你的聽眾都被你的邏輯所說服了嗎？不太可能。

這樣也沒關係，演講只是演講，重要的是你願意嘗試，而你也做到了。

「你不可能總是表現完美。」歐巴馬曾對我說，「但是，如果你已經盡力而為，如果你夠專業，即使那份魔力不在，即使聽眾不如預期中興奮，也沒關係，你的聽眾依然會獲得資訊。」

如果這次表現不夠完美，下次要怎樣才能做得更好？繼續練習就好，因為練習得越多，就會越進步。歐巴馬說：「無論是大型商業簡報，還是在孩子學校的家長日發言，就像其他事情一樣，需要一些練習，才會達到最佳狀態。」

我問他，在回顧自己的職業生涯時，他認為自己哪個時期的演講表現最好。他列舉了他最早期的一些演講，當時他仍是州參議員，在芝加哥的一場集會上，他公開反對入侵伊拉克；在波士頓大會上的主題演講；以及在費城的種族問題演講。

「就是那些時刻。」他回答說：「當你的心和頭腦，情感和理念，激情和邏輯融為一體，當你擁有充分的經驗又有足夠的練習，你知道你已經準備好了，講稿也寫好了，而且在演講時，你仍然保持放鬆並投入當下，那種狀態帶來一種自由感。那是我覺得自己表現最好的時候。」

你怎麼知道自己已經做到最好，而且你的發言已經產生影響？

你會知道的。

你會知道你的發言產生了影響，因為在你說話的時候，聽眾會讓你知道他們的感受。

當你向他們打招呼並微笑時，他們會立即回應你的問候。當你對彼此的連結開個小玩笑時，他們會輕笑，甚至大笑。當你提出一個令人信服的觀點時，他們會點頭同意。當你分享一個感人的故事時，他們全神貫注地聆聽，傾身向前，渴望知道故事的結局。

他們為你鼓掌，也許是因為你道出了他們重視的價值觀。他們流下了眼淚，也許是因為你的話語觸動了他們的靈魂。他們起身鼓掌歡呼，也許是因為你說的話如此真實，你分享的內容如此有力，深深觸及了集體精神，讓他們想站起來做點什麼，一起分享這個時刻。

你會知道你的發言產生了影響，因為在演講後，你會看到周圍的世界有所改變。

你的聽眾回應你的號召，將你的言語轉化為行動。家人和朋友延續了摯愛之人的遺志、同事在工作中更加努力、其他公司因為你的產品和價值觀，選擇和你的公司合作；選民投票同意你呼籲的新法、關心社會的市民簽署了你的請願書、鄰居捐出了他們的衣物，讓別人的孩子能帶著尊嚴和微笑去上學。

即使你想要的進展沒有馬上出現，你也會知道自己的演講已經產生影響，聽眾的心靈和思想開始有所轉變。也許他們開始以不同的方式看待這個世界，又或者，他們是第一次承認，舊問題需要新的解決方案。他們與你懷有同樣的希望，認同你的願景。突然間，你所提倡的那個想法變得不再是夢想，而更接近現實。

你會知道你的發言產生了影響，因為你會看到自己有所改變，就像在本書中看到的那些人一樣，勇敢發言改變了他們的人生。

坦明加說：「這增強了我對自己的信心。」她在密西根州大急流城向市政委員的發言，讓她對自己為社區發聲的能力有了新的信念。「現在我對自己的看法不一樣了。」她給其他人的建議是：「不要自我設限，不要掩蓋自己的光芒，永遠不要懷疑自己話語的力量。」

自從邁特貝里朗讀達克尼什信件的影片走紅後，他受邀向世界各地的團體演講，包括在德州對五千名年輕人演講，他還得站到凳子上才能夠到達講台的高度。邁特貝里說：「你會驚訝自己的聲音可以多響亮，你越是展現關懷，就能幫助越多的人。」

韋拉表示，在英文課上朗誦自己的詩歌，並分享她最內心的情感，「讓我能更清楚地表達自己的感受。」她想對那些害怕在聽眾面前展現脆弱的人說：「你只是阻礙自己達到更深層次的療癒。那些我們沒有表達的情感，其實從未真正離開過，只是變成了身體上的緊繃。唯一能釋放生活中這些壓力，並與他人建立更深連結的方法，就是尊重並表達我們的情感。」

自從我在芬蘭發表了第一次真正的演講後，我也改變了。大多數情況下，那個懷疑之聲已經消失，有時候我還是會聽到，但已經小聲多了。當我受邀去某地演講時，我不再編造藉口拒絕。我記得自己有故事要分享，我會遵循五〇—二五—二五準備法，計畫、準備、撰寫、修改並不斷練習。別誤會，我還是會緊張，偶爾還會在某些句子上卡住，也或許我永遠都會如此，但我知道我可以做到。今天，在各種工作坊和培訓課程中，以及美國大學教授演講寫作課程時，我能夠帶領大家踏上成為更好演講者的旅程，因為我自己也曾走過這段路。

對於這本書中的其他演講者來說，發聲讓他們獲得全新的機會，得以觸及過去想像不到的聽眾。莫立茲在畢業典禮上講述自己捲髮的演講後，他創建的非營利組織「社會公平和教育倡議」（Social Equity and Education Initiative）收到了大量捐款，這個組織致力於保護全美的弱勢社群。他解釋自己為何將大學主修轉為政治學：「我原本一直想當老師，但現在我想改變這個制度。」

邦克說她的演講在網路走紅後「改變了我的人生」。現在她的非營利組織「為所有人溝通」（Communication 4 ALL）支持者遍布全球，她環遊世界，由母親幫忙拿著鍵盤，讓她打字督促各國政府和學校，為所有無法說話的人提供表達自我的工具。邦克說：「沒有溝通的生活就不算是生活，每個人都希望被看見和聽見。」

在公開反對移除學校圖書館書籍後，瓊斯建立了一個聯盟，支持其他圖書館員，並持續從信仰中汲取力量。她說：「上帝給了我這個使命。」今日，她成為捍衛閱讀自由的領袖，走遍全國，向社區和領導人傳遞一個簡單的訊息：「相信你們的圖書館員。」

自從在全國電視上發表演講後，哈靈頓受邀與年輕人團體分享勇於面對恐懼的經驗，例如帶著語言障礙演講。他夢想成為語言病理學家，幫助像他一樣的孩子。他甚至寫了一本關於自己在臥室對數百萬聽眾發表演講的童書，並在書的最後為大家提供了建議。

「不要害怕發聲。」哈靈頓寫道：「勇敢說出來，運用你的聲音。你就是最棒的！」

最終，你會知道你的發言產生了影響，因為聽過你演講的人會告訴你。或許馬上，或許幾週，甚至幾年以後。

「你感動了我。」

「你改變了我的想法。」

「你給了我希望。」

下次當你有機會向家人、鄰居、同事或社區發言時，你將具備自信和技巧去完成，因為你不僅知道該說什麼……

你還知道如何好好說話。

注釋

第一章

1. Barack Obama, *Dreams from My Father: A Story of Race and Inheritance* (New York: Three Rivers Press, 1995), 107-8.

第二章

1. Gordon Bower and Michal Clark, "Narrative Stories as Mediators for Serial Learning," *Psychonomic Science* 15, no. 4 (April 1969): 181-82, https://doi.org/10.3758/BF03332778; 奇普・希思（Chip Heath）、丹・希思（Dan Heath），《影響他人購買、投票與決策的６大成功關鍵》（*Made to Stick*），柿子文化，二〇二三年七月三十一日。

第三章

1. 巴拉克・歐巴馬（Barack Obama），《應許之地：歐巴馬回憶錄》（*A Promised Land*），商業周刊，二〇二〇年十一月十九日。
2. Greg J. Stephens, Lauren J. Silbert, and Uri Hasson, "Speaker-Listener Neural Coupling Underlines Successful Communication," *Proceedings of the National Academy of Sciences* 107, no. 32 (August 10, 2010): 14425-30, https://doi.org/10.1073/pnas.1008662107; Lauren J. Silbert, Christopher J. Honey, Erez Simony, David Poeppel, and Uri Hasson, "Coupled Neural Systems Underlie the Production and Comprehension of Naturalistic Narrative Speech," *Proceedings of the National Academy of Sciences* 111, no. 43 (September 29, 2014): E4687-96, https://doi.org/10.1073/pnas.1323812111.

第四章

1. "President Obama to Bob Woodward: 'Mistake' to Dress Down Paul Ryan to His Face in Budget Speech," ABCNews.Go.com, September 6, 2012, https://abcnews.go.com/Politics/obama-bob-woodward-mistake-dress-paul-ryan-face/story?id=17171273.
2. Ryan Lizza, "Battle Plans," *New Yorker*, November 8, 2008, https://www.newyorker.com/magazine/2008/11/17/battle-plans.

3. Zachary C. Irving, Catherine McGrath, Lauren Flynn, Aaron Glasser, and Caitlin Mills, "The Shower Effect: Mind Wandering Facilitates Creative Incubation During Moderately Engaging Activities," *Psychology of Aesthetics, Creativity, and the Arts* (2022), https://doi.org/10.1037/aca0000516.

第五章

1. Emmanuel Ponsot, Juan José Burred, Pascal Belin, and Jean-Julien Aucouturier, "Cracking the Social Code of Speech Prosody Using Reverse Correlation," *Proceedings of the National Academy of Sciences* 115, no. 15 (March 26, 2018): 3972-77, https://doi.org/10.1073/pnas.1716090115.
2. "Modeling the Future of Religion in America," Pew Research Center, September 13, 2022, https://www.pewresearch.org/religion/2022/09/13/modeling-the-future-of-religion-in-america/.

第六章

1. Virginia Choi, Snehesh Shrestha, Xinyue Pan, Michele Gelfand, and Dylan Pieper, "Threat Dictionary," www.michelegelfand.com/threat-dictionary.
2. German Lopez, "Research Says There Are Ways to Reduce Racial Bias. Calling People Racist Isn't One of Them," *Vox*, July 30, 2018, https://www.vox.com/identities/2016/11/15/13595508/racism-

research-study-trump.

3. Almog Simchon, William J. Brady, and Jay J. Van Bavel, "Troll and Divide: The Language of Online Polarization," *PNAS Nexus* 1, no 1 (March 10, 2022): 1-12, https://doi.org/10.1093/pnasnexus/pgac019.
4. Daniel L. Byman, "How Hateful Rhetoric Connects to Real-World Violence," Brookings Institution, April 9, 2021, https://www.brookings.edu/articles/how-hateful-rhetoric-connects-to-real-world-violence/.
5. "Threats to American Democracy Ahead of an Unprecedented Presidential Election," Public Religion Research Institute, October 25, 2023, https://www.prri.org/research/threats-to-american-democracy-ahead-of-an-unprecedented-presidential-election/.
6. Daniel Druckman, "Nationalism, Patriotism, and Group Loyalty: A Social Psychological Perspective," *Mershon International Studies Review* 38, no. 1 (April 1, 1994): 43-68, https://doi.org/10.2307/222610.
7. James Devitt, "Bridging Divides in an Age of Identity," New York University, September 7, 2021, https://www.nyu.edu/about/news-publications/news/2021/september/bridging-divides-in-an-age-of-identity.html.
8. Yarrow Dunham, "Mere Membership," *Trends in Cognitive Sciences* 22, no. 9 (September 2018): P780-93, https://doi.org/10.1016/j.tics .2018.06.004.

9. Matthew S. Levendusky, "Americans, Not Partisans: Can Priming American National Identity Reduce Affective Polarization?," *Journal of Politics* 80, no. 1 (October 2017): 59-70, http://dx.doi.org/10.1086/693987.
10. Niklas K. Steffens and S. Alexander Haslam, "Power Through 'Us': Leaders' Use of We-Referencing Language Predicts Election Victory," *PLOS ONE* 8, no. 10 (October 23, 2013): e77952, https://doi.org/10.1371/journal.pone.0077952.
11. Christopher J. Bryan, Gregory M. Walton, Todd Rogers, and Carol S. Dweck, "Motivating Voter Turnout by Invoking the Self," *Proceedings of the National Academy of Sciences* 108, no. 31 (2011): 12653-56, https://doi.org/10.1073/pnas.1103343108.
12. 約拿・博格（Jonah Berger），《如何讓人聽你的》（*Magic Words*），時報出版，二〇二三年十月三日。

第七章

1. Matthew Feinberg and Robb Willer, "From Gulf to Bridge: When Do Moral Arguments Facilitate Political Influence?," *Personality & Social Psychology Bulletin* 41, no. 12 (December 2015): 1665-81, https://doi.org/10.1177/0146167215607842.
2. "Empathy Is Key to Political Persuasion, Shows New Research," University of Toronto, Rotman School

of Management, November 11, 2015, https://www.rotman.utoronto.ca/Connect/MediaCentre/NewsReleases/20151111.aspx.

3. Christopher A. Bail, Lisa P. Argyle, Taylor W. Brown, Alexander Volfovsky, "Exposure to Opposing Views on Social Media Can Increase Political Polarization," *Proceedings of the National Academy of Sciences* 115, 37 (August 28, 2018), https://www.pnas.org/doi/full/10.1073/pnas.1804840115.
4. Peter Ditto and Spassena Koleva, "Moral Empathy Gaps and the American Culture War," *Emotion Review* 3, no. 3 (June 28, 2011): 331-32, https://doi.org/10.1177/1754073911402393.
5. Jonathan Haidt and Craig Joseph, "Intuitive Ethics: How Innately Prepared Intuitions Generate Culturally Variable Virtues," *Daedalus* 133, no. 4 (Fall 2004): 55-66, http://dx.doi.org/10.1162/0011526 042365555.
6. Jesse Graham, Jonathan Haidt, and Brian A. Nosek, "Liberals and Conservatives Rely on Different Sets of Moral Foundations," *Journal of Personality and Social Psychology* 96, no. 5 (May 2009): 1029-46, https://doi.org/10.1037/a0015141; Spassena P. Koleva, Jesse Graham,Ravi Iyer, Peter H. Ditto, and Jonathan Haidt, "Tracing the Threads: How Five Moral Concerns (Especially Purity) Help Explain Culture War Attitudes," *Journal of Research in Personality* 46, no. 2 (April 2012): 184-94, https://doi.org/10.1016/j.jrp.2012.01.006.
7. "Starts With Us: American Values Poll," *NORC at the University of Chicago*, May 11-15, 2023, https://

startswith.us/wp-content/uploads/Report-and-Methodology-For-Website.pdf.

8. 巴拉克・歐巴馬（Barack Obama），《應許之地：歐巴馬回憶錄》（*A Promised Land*），商業周刊，二〇二〇年十一月十九日。

9. 巴拉克・歐巴馬（Barack Obama），《應許之地：歐巴馬回憶錄》（*A Promised Land*），商業周刊，二〇二〇年十一月十九日。

10. Richard Edelman, "Companies Must Not Stay Silent," Edelman, February 3, 2023, https://www.edelman.com/insights/companies-must-not-stay-silent#:~:text=Business%20leaders%20must%20not%20only,and%20lead%20on%20societal%20issues.

11. "The 2022 EY US Generation Survey: Addressing Diverse Workplace Preferences," Ernst & Young LLP, https://www.ey.com/en_us/diversity-inclusiveness/the-2022-ey-us-generation-survey.

12. Giusy Buonfantino, "New Research Shows Consumers More Interested in Brands' Values Than Ever," *Consumer Goods Technology*, April 27, 2022, https://consumergoods.com/new-research-shows-consumers-more-interested-brands-values-ever.

13. Dame Vivian Hunt, Lareina Yee, Sara Prince, and Sundiatu Dixon-Fyle, "Delivering Through Diversity," McKinsey & Company, January 18, 2018,https://www.mckinsey.com/capabilities/people-and-organizational-performance/our-insights/delivering-through-diversity; W. Malnight, Ivy Buche, and Charles Dhanaraj, "Put Purpose at the Core of Your Strategy," *Harvard Business Review*, September-

October 2019, https://hbr.org/2019/09/put-purpose-at-the-core-of-your-strategy; "2020 Global Marketing Trends: Bringing Authenticity to Our Digital Age," Deloitte, https://www2.deloitte.com/content/dam/insights/us/articles/2020-global-marketing-trends/DI_2020%20Global%20Marketing%20Trends.pdf.

14. "The 2023 Axios Harris Poll 100 Reputation Rankings," Axios, May 23, 2023, https://www.axios.com/2023/05/23/corporate-brands-reputation-america.
15. "The 2023 Axios Harris Poll 100 Reputation Rankings."
16. "By the Numbers: Speaking Out," Axios, June 22, 2023, https://www.axios.com/newsletters/axios-communicators-b6251fd3-572d-4098-bf2a-e9d3a55ce6ba.html?chunk=1&utm_term=emshare#story1.
17. "Celebrating Pride at Disney," Life at Disney, June 1, 2023, https://sites.disney.com/lifeatdisney/culture-and-values/2023/06/01/celebrating-pride-at-disney/; "LGBTQIA+ Team Members & Guests," Target, https://corporate.target.com/sustainability-governance/our-team/diversity-equity-inclusion/team-members-guests/lgbtqia#:~:text=We%20embrace%20our%20team%20members,inclusive%2C%20safe%20employer%20and%20retailer; "Anheuser-Busch CEO Addresses Bud Light Controversy on 'CBS Mornings,' " Paramount, June 28, 2023, https://www.paramountpressexpress.com/cbs-news-and-stations/shows/cbs-mornings/releases/?view=106717-anheuser-

busch-ceo-addresses-bud-light-controversy-on-cbs-mornings.

18. Jan G. Voelkel, Mashail Malik, Chrystal Redekopp, and Robb Willer, "Changing Americans' Attitudes About Immigration: Using Moral Framing to Bolster Factual Arguments," *Annals of the American Academy of Political and Social Science* 700, no. 1 (2022): 73-85, https://doi.org/10.1177/00027162221083877.
19. Feinberg and Willer, "From Gulf to Bridge."
20. "Poll: Obama's Speech Buoyed Public Support," CBS News, September 11, 2009, https://www.cbsnews.com/news/poll-obamas-speech-buoyed-public-support/.

第八章

1. Brendan Nyhan, Jason Reifler, Sean Richey, and Gary L. Freed, "Effective Messages in Vaccine Promotion: A Randomized Trial," *Pediatrics* 133, no. 4 (April 2014): e835-42, https://doi.org/10.1542/peds.2013-2365.
2. Tali Sharot, *The Influential Mind: What the Brain Reveals About Our Power to Change Others* (New York: Macmillan, 2017), 7.
3. Daniel Västfjäll, Paul Slovic, Marcus Mayorga, and Ellen Peters, "Compassion Fade: Affect and Charity Are Greatest for a Single Child in Need," *PLOS ONE* 9, no. 6 (June 18, 2014): e100115, https://

doi.org/10.1371/journal.pone.0100115; Ezra M. Markowitz, Paul Slovic, Daniel Västfjäll, and Sara Hodges, "Compassion Fade and the Challenge of Environmental Conservation," *Judgment and Decision Making* 8, no. 4 (July 2013): 397-406, https://doi.org/10.1017/S193029750000526X.

4. Deborah Small, George Loewenstein, and Paul Slovic, "Sympathy and Callousness: The Impact of Deliberative Thought on Donations to Identifiable and Statistical Victims,"*Organizational Behavior and Human Decision Processes* 102, no. 2 (March 2007): 143-53, http://dx.doi.org/10.1016/j.obhdp.2006.01.005.

5. Deborah Small, "To Increase Charitable Donations, Appeal to the Heart—Not the Head," Wharton School of the University of Pennsylvania, *Knowledge at Wharton*, June 27, 2007, https://knowledge.wharton.upenn.edu/podcast/knowledge-at-wharton-podcast/to-increase-charitable-donations-appeal-to-the-heart-not-the-head/#:~:text="It%27s%20easy%20to%20override%20people%27s,to%20generate%20feelings%20toward%20statistics.

6. Jonah Berger and Katherine L. Milkman, "What Makes Online Content Viral?," *Journal of Marketing Research* 49, no. 2 (April 2012): 192-205, https://doi.org/10.1509/jmr.10.0353.

7. John Tierney, "Will You Be E-Mailing This Column? It's Awesome," *New York Times*, February 8, 2010, https://www.nytimes.com/2010/02/09/science/09tier.html.

8. William J. Brady, Julian A. Wills, John T. Jost, and Jay J. Van Bavel, "Emotion Shapes the Diffusion of

Moralized Content in Social Networks," *Proceedings of the National Academy of Sciences* 114, no. 28 (June 26, 2017): 7313-18, https://doi.org/10.1073/pnas.1618923114.

9. Gloria Wilcox, "The Feelings Wheel: A Tool for Expanding Awareness of Emotions and Increasing Spontaneity and Intimacy," *Transactional Analysis Journal* 12, no. 4 (1982): 274-76, https://doi.org/10.1177/036215378201200411; Robert Plutchik, "The Nature of Emotions: Human Emotions Have Deep Evolutionary Roots, a Fact That May Explain Their Complexity and Provide Tools for Clinical Practice," *American Scientist* 89, no. 4 (July-August 2001): 344-50, http://www.jstor.org/stable/27857503.
10. Thomas Sy and Daan van Knippenberg, "The Emotional Leader: Implicit Theories of Leadership Emotions and Leadership Perceptions," *Journal of Organizational Behavior* 42, no. 7 (September 2021): 885-912, https://doi.org/10.1002/job.2543.
11. Stephanie M. Ortiz and Chad R. Mandala, "There Is Queer Inequity, But I Pick to Be Happy: Racialized Feeling Rules and Diversity Regimes in University LGBTQ Resource Centers," *Du Bois Review: Social Science Research on Race* 18, no. 2 (2021): 347-64, https://doi.org/10.1017/S1742058X21000096.
12. Tara Van Bommel, "The Power of Empathy in Times of Crisis and Beyond," Catalyst, 2021, https://www.catalyst.org/reports/empathy-work-strategy-crisis.
13. Paul J. Zak, "Why Inspiring Stories Make Us React: The Neuro science of Narrative," *Cerebrum*, no. 2

(January-February 2015), http://www.ncbi.nlm.nih.gov/pmc/articles/pmc4445577/.

14. Pei-Ying Lin, Naomi Sparks Grewal, Christophe Morin, Walter D. Johnson, and Paul J. Zak, "Oxytocin Increases the Influences of Public Service Advertisements," *PLOS ONE* 8, no. 2 (February 27, 2013): e56934, https://doi.org/10.1371/journal.pone.0056934.

第九章

1. Christopher Ricks and Leonard Michaels, *The State of the Language* (Oakland: University of California Press, 1980), 257.
2. Colin Cramer, George Loewenstein, and Martin Weber, "The Curse of Knowledge in Economic Settings: An Experimental Analysis," *Journal of Political Economy* 97, no. 5 (October 1989): 1232-54, https://doi.org/10.1086/261651.
3. "Reading Level of State of the Union Addresses," University of California Berkeley School of Information, n.d., https://ischoolonline.berkeley.edu/blog/trump-state-of-the-union-analysis-reading-level-accessible/.

第十章

1. Cody Keenan, *Grace: President Obama and Ten Days in the Battle for America* (New York: Mariner Books, 2022), 156.
2. R. Brooke Lea, David N. Rapp, Andrew Elfenbein, Aaron D. Mitchel, and Russel Swinburne Romine, "Sweet Silent Thought: Alliteration and Resonance in Poetry Comprehension," *Psychological Science* 19, no. 7 (July 2008): 709-16, https://doi.org/10.1111/j.1467-9280.2008.02146.x.
3. Keenan, *Grace*, 156.

第十一章

1. Soroush Vosoughi, Deb Roy, and Sinan Aral, "The Spread of True and False News Online," *Science* 369, no. 6380 (March 9, 2018): 1146-51, https://doi.org/10.1126/science.aap9559.
2. 「關於我曾承諾的『如果你喜歡你的保險計畫，你可以保留它』，我認為，我也在採訪中說過，我當初的表述無疑過於絕對，最終未能準確反映情況，這並非因為我不打算兌現這項承諾。我們在法律中加入了祖父條款，但還是不夠充分。」 Barack Obama, "Statement by the President on the Affordable Care Act," November 14, 2013, https://obamawhitehouse.archives.gov/the-press-office/2013/11/14/statement-president-affordable-care-act.

3. Danit Ein-Gar, Baba Shiv, and Zakary L. Tromala, "When Blemishing Leads to Blossoming: The Positive Effect of Negative Information," *Journal of Consumer Research* 38, no. 5 (February 2012): 846-59, https://doi.org/10.1086/660807.
4. Rachael Denhollander, "Rachael Denhollander: The Price I Paid for Taking on Larry Nassar," *New York Times*, January 26, 2018, https://www.nytimes.com/2018/01/26/opinion/sunday/larry-nassar-rachael-denhollander.html.
5. 第二個人被定罪並服刑，但她的定罪後來又被撤銷。

第十二章

1. Josh Boak and Martin Crutsingerap, "Geithner Memoir: He Made Repeated Offers to Resign," Associated Press, May 9, 2014, https://apnews.com/article/8f49426880b0426c87053bf39c2ddb5e.
2. 巴拉克．歐巴馬（Barack Obama），《應許之地：歐巴馬回憶錄》（*A Promised Land*），商業周刊，二〇二〇年十一月十九日。
3. 提摩西．弗朗茲．蓋特納（Timothy F. Geithner），《壓力測試》（*Stress Test*），寰宇，二〇二三年七月三十一日。
4. Ted Sorensen, Counselor: A Life at the Edge of History (New York: HarperCollins, 2008), 142.

第十三章

1. Jack M. Gorman, M.D.,「許多科學家已經指出，大腦中這個較高層次、理性且運作緩慢的部分，基本上是前額葉皮質，而那些運作更快、更自動的原始區域則負責像恐懼等情緒。」引自 Olga Khazan, "Why People Fall for Charismatic Leaders," *The Atlantic*, October 13, 2016, https://www.theatlantic.com/science/archive/2016/10/why-people-fall-for-charismatic-leaders/503906/.
2. Daniel M. T. Fessler, Anne C. Pisor, and Carlos David Navarrete, "Negatively-Biased Credulity and the Cultural Evolution of Beliefs," *PLOS ONE* 9, no. 4 (April 15, 2014): e95167, https://doi.org/10.1371/journal.pone.0095167.
3. 詹姆・柯林斯（Jim Collins），《從 A 到 A+》（*Good to Great*），遠流，二〇二〇年一月十五日。
4. Tali Sharot, "Optimism Bias: Why the Young and the Old Tend to Look on the Bright Side," *Washington Post*, December 31, 2012, https://www.washingtonpost.com/national/health-science/optimism-bias-why-the-young-and-the-old-tend-to-look-on-the-bright-side/2012/12/28/ac4147de-37f8-11e2-a263-f0ebffed2f15_story.html.
5. Sharot, "Optimism Bias."
6. Tali Sharot, "The Optimism Bias," *Current Biology* 21, no. 23 (2011): R941-45, https://doi.org/10.1016/j.cub.2011.10.030.

7. Tali Sharot, "The Optimism Bias," *Time*, May 28, 2011, https://content.time.com/time/health/article/0,8599,2074067,00.html.
8. "When It Comes to Politics and 'Fake News,' Facts Aren't Enough," National Public Radio, *Hidden Brain*, March 13, 2017, https://www.npr.org/transcripts/519661419?storyId=519661419.
9. 詹姆・柯林斯（Jim Collins），《從 A 到 A+》（*Good to Great*），遠流，二〇二〇年一月十五日。
10. Casey Gwinn and Chan Hellman, *Hope Rising: How the Science of Hope Can Change Your Life* (New York: Morgan James Publishing, 2018), xvi.
11. "Hope Changes Everything," Hope Rising Oklahoma, https://hoperisingoklahoma.org.
12. Jason Featherngill and Chan M. Hellman, "Nurturing the Hope and Well-Being of Oklahoma Students: The Role of Individual Career and Academic Planning," University of Oklahoma Hope Research Center and the Oklahoma State Department of Education, https://www.okedge.com/wp-content/uploads/2021/09/DRAFT-2-Nurturing-the-Hope-and-Well-being-of-Oklahoma-Students-2.pdf.
13. Aamir Ishaque, Muhammad Tufail, and Naveed Farooq, "Psychological Capital and Employee Performance: Moderating Role of Leader's Behavior," *Journal of Business and Tourism* 3, no. 1 (June 30, 2017), https://www.semanticscholar.org/paper/Psychological-Capital-and-Employee-Performance%3A-of-Ishaque/6c25abb98f47876807545ad43e28a6b5f65286e4.
14. "Health Benefits of Hope," Harvard University, T.H. Chan School of Public Health, 2021, https://

www.hsph.harvard.edu/news/hsph-in-the-news/health-benefits-of-hope/; Holly Burns, "How to Change Your Mind-Set About Aging," *New York Times*, September 20, 2023, https://www.nytimes.com/2023/09/20/well/mind/aging-health-benefits.html.

15. 塔莉・沙羅特（Tali Sharot），《正面思考的假象》（*The Optimism Bias*），今周刊，二〇一三年六月三十日。
16. 塔莉・沙羅特（Tali Sharot），《正面思考的假象》（*The Optimism Bias*），今周刊，二〇一三年六月三十日。
17. Caroline Copley and Ben Hirschler, "For Roche CEO, Celebrating Failure Is Key to Success," Reuters, September 17, 2014, https://www.reuters.com/article/us-roche-ceo-failure-idUSKBN0HC16N20140917/.

第十四章

1. Neil A. Bradbury, "Attention Span During Lectures: 8 Seconds, 10 Minutes, or More?," *Advances in Physiology Education* 40, no. 4 (December 2016): 509-13, https://doi.org/10.1152/advan.00109.2016.
2. Dominic Gwinn (@DominicGwinn), X post, March 4, 2023, 3:07 p.m., "Mike Lindell went over his time during his speech at CPAC and the teleprompter displayed this message," https://twitter.com/DominicGwinn/status/1632110547150700544.
3. Thomas Gilovich, Kenneth Savitsky, and Victoria Husted Medvec, "The Illusion of Transparency:

Biased Assessments of Others' Ability to Read One's Emotional States," *Journal of Personality and Social Psychology* 75, no. 2 (1998): 332, https://psycnet.apa.org/doi/10.1037/0022-3514.75.2.332.

4. Emma Warnock-Parkes et al., "Seeing Is Believing: Using Video Feedback in Cognitive Therapy for Social Anxiety Disorder," *Cognitive and Behavioral Practice* 24, no. 2 (May 2017): 245-55, https://doi.org/10.1016%2Fj.cbpra.2016.03.007,
5. Barbara L. Rees, "Effect of Relaxation with Guided Imagery on Anxiety, Depression, and Self-Esteem in Primiparas," *Journal of Holistic Nursing* 13, no. 3 (September 1995): 255-67, https://doi.org/10.1177/089801019501300307.

第十五章

1. 巴拉克・歐巴馬（Barack Obama），《歐巴馬勇往直前》（*The Audacity of Hope*），商周出版，二〇〇八年九月二十三日。
2. Alison Wood Brooks, "Get Excited: Reappraising Pre-Performance Anxiety as Excitement," *Journal of Experimental Psychology* 143, no. 3 (June 2014): 1144-58, https://doi.org/10.1037/a0035325.
3. 微笑可以讓人更討喜：Gemma Glad stone and Gordon Parker, "When You're Smiling Does the Whole World Smile for You?," *Australasian Psychiatry* 10, no. 2 (June 2002): 144-46, https://doi.org/10.1046/

j.1440-1665.2002.00423.x; more trustworthy: Lawrence Ian Reed, Katharine N. Zeglen, and Karen L. Schmidt, "Facial Expressions as Honest Signals of Cooperative Intent in a One-Shot Anonymous Prisoner's Dilemma Game," *Evolution and Human Behavior* 33, no. 3 (May 2012): 200-209, https://doi.org/10.1016/j.evolhumbehav.2011.09.003; 讓人更聰明：Sing Lau, "The Effect of Smiling on Person Perception," *Journal of Social Psychology* 117, no. 1 (1982): 63-67, https://doi.org/10.1080/00224545.1982.9713408; 讓人更有能力：Hyounae (Kelly) Min and Yaou Hu, "Revisiting the Effects of Smile Intensity on Judgments of Warmth and Competence: The Role of Industry Context," *International Journal of Hospitality Management* 102 (April 2022): 103152, https://doi.org/10.1016/j.ijhm.2022.103152.

4. Barbara Wild, Michael Erb, Michael Eyb, Mathias Bartels, and Wolfgang Grodd, "Why Are Smiles Contagious? An fMRI Study of the Interaction Between Perception of Facial Affect and Facial Movements," *Psychiatry Research: Neuroimaging* 123, no. 1 (May 2003): 17-36, https://doi.org/10.1016/S0925-4927(03)00006-4.
5. Helene Kreysa, Luise Kessler, and Stefan R. Schweinberger, "Direct Speaker Gaze Promotes Trust in Truth-Ambiguous Statements," *PLOS ONE* 11, no. 9 (September 19, 2016): e0162291, https://doi.org/10.1371%2Fjournal.pone.0162291.
6. Will Stephen, "How to Sound Smart in Your TEDx Talk," TedxNewYork, January 15, 2015, https://www.youtube.com/watch?v=8S0FDjFBj8o.

7. Miles L. Patterson, Alan J. Fridlund, and Carlos Crivelli, "Four Misconceptions About Nonverbal Communication," *Perspectives on Psychological Science* 18, no. 6 (2023): 1388-1411, https://doi.org/10.1177/17456916221148142.
8. Albert Mehrabian and S. R. Ferris, "Inference of Attitudes from Nonverbal Communication in Two Channels," *Journal of Consulting Psychology* 31, no. 3 (1967): 248-52, https://doi.org/10.1037/h0024648.
9. Tuvya Amsel, "An Urban Legend Called: 'The 7/38/55 Ratio Rule,' " *European Polygraph* 13, no. 2 (June 2019): 95-99, https://doi.org/10.2478/ep-2019-0007.
10. Albert Mehrabian, " 'Silent Messages'— A Wealth of Information About Nonverbal Communication (Body Language)," kaaj.com, http://www.kaaj.com/psych/smorder.html.
11. Dana R. Carney, Amy J. C. Cuddy, and Andy J. Yap, "Power Posting: Brief Nonverbal Displays Affect Neuroendocrine Levels and Risk Tolerance," *Psychological Science* 21, no. 10 (September 20, 2010), https://doi.org/10.1177/0956797610383437.
12. Tom Loncar, "A Decade of Power Posing: Where Do We Stand?," *British Psychological Society*, June 8, 2021, https://www.bps.org.uk/psychologist/decade-power-posing-where-do-we-stand.
13. Dana R. Carney, "My Position on 'Power Poses,' " University of California Berkeley, Haas School of Business, October 2016, http://faculty.haas.berkeley.edu/dana_carney/pdf_My%20position%20

on%20power%20poses.pdf.

14. Dana R. Carney, "The Nonverbal Expression of Power, Status, and Dominance," *Current Opinion in Psychology* 33 (June 2020): 256-64, https://doi.org/10.1016/j.copsyc.2019.12.004.

15. 最初參與強勢姿態的研究者之一艾咪・卡迪（Amy Cuddy）曾在 TED 講述這一概念，並使其廣為人知，後來她又更新了自己的研究，並主張即使強勢姿態無法透過釋放荷爾蒙來增加自信，仍然會產生「姿態回饋效應」，讓人們「感覺更有力量」。Amy J. C. Cuddy, S. Jack Schultz, and Nathan E. Fosse, "P-Curving a More Comprehensive Body of Research on Postural Feedback Reveals Clear Evidential Value for Power-Posing Effects: Reply to Simmons and Simonsohn (2017)," *Psychological Science* 29, no. 4 (2018): 656-66, https://doi.org/10.1177/0956797617746749.

新商業周刊叢書BW0857

歐巴馬資深文膽的精準表達課
從50-25-25準備法、BBQ法則到AI工具，
讓你從公開演講到日常溝通都一手掌握

原文書名／Say It Well: Find Your Voice, Speak Your Mind, Inspire Any Audience
作　　者／泰瑞・蘇普拉（Terry Szuplat）
譯　　者／許可欣
企劃選書／黃鈺雯
責任編輯／鄭宇涵
編輯協力／林嘉瑛
版　　權／吳亭儀、江欣瑜、顏慧儀、游晨瑋
行銷業務／周佑潔、林秀津、林詩富、吳藝佳、吳淑華

國家圖書館出版品預行編目(CIP)數據

歐巴馬資深文膽的精準表達課：從50-25-25準備法、BBQ法則到AI工具，讓你從公開演講到日常溝通都一手掌握 / 泰瑞.蘇普拉(Terry Szuplat)著；許可欣譯. -- 初版. -- 臺北市：商周出版：英屬蓋曼群島商家庭傳媒股份有限公司城邦分公司發行, 2024.12
面；　公分. -- (新商業周刊叢書；BW0857)
譯自：Say it well : find your voice, speak your mind, inspire any audience
ISBN 978-626-390-340-1(平裝)
1.CST: 演說術 2.CST: 溝通
811.9　　113016255

總　編　輯／陳美靜
總　經　理／彭之琬
事業群總經理／黃淑貞
發　行　人／何飛鵬
法律顧問／元禾法律事務所　王子文律師
出　　版／商周出版　115台北市南港區昆陽街16號4樓
電話：(02)2500-7008　傳真：(02)2500-7579
E-mail：bwp.service@cite.com.tw
發　　行／英屬蓋曼群島商家庭傳媒股份有限公司　城邦分公司
115台北市南港區昆陽街16號8樓
電話：(02)2500-0888　傳真：(02)2500-1938
讀者服務專線：0800-020-299　24小時傳真服務：(02)2517-0999
讀者服務信箱：service@readingclub.com.tw
劃撥帳號：19833503
戶名：英屬蓋曼群島商家庭傳媒股份有限公司城邦分公司
香港發行所／城邦（香港）出版集團有限公司
香港九龍土瓜灣土瓜灣道86號順聯工業大廈6樓A室
電話：(852)2508-6231　傳真：(852)2578-9337
E-mail：hkcite@biznetvigator.com
馬新發行所／城邦（馬新）出版集團 Cite (M) Sdn Bhd
41, Jalan Radin Anum, Bandar Baru Sri Petaling, 57000 Kuala Lumpur, Malaysia.
電話：(603)9056-3833 傳真：(603)9057-6622
E-mail：services@cite.my

封面設計／萬勝安　內文設計排版／唯翔工作室　印　刷／鴻霖印刷傳媒股份有限公司
經　銷　商／聯合發行股份有限公司　電話：(02)2917-8022　傳真：(02) 2911-0053
地址：新北市231新店區寶橋路235巷6弄6號2樓

ISBN／978-626-390-340-1（紙本）　978-626-390-334-0（EPUB）
定價／490元（紙本）　340元（EPUB）

城邦讀書花園
www.cite.com.tw

2024年12月初版
2025年01月初版2.1刷

廣　告　回　函
北區郵政管理登記證
北臺字第10158號
郵資已付，免貼郵票

115　臺北市南港區昆陽街16號4樓

英屬蓋曼群島商家庭傳媒股份有限公司城邦分公司　收

請沿虛線對摺，謝謝！

書號：BW0857　　書名：歐巴馬資深文膽的精準表達課

請於此處用膠水黏貼

讀者回函卡

感謝您購買我們出版的書籍！請費心填寫此回函卡，我們將不定期寄上城邦集團最新的出版訊息。

姓名：＿＿＿＿＿＿＿＿＿＿＿＿＿＿＿＿ 性別：□男 □女

生日：西元＿＿＿＿＿＿年＿＿＿＿＿＿月＿＿＿＿＿＿日

地址：＿＿＿＿＿＿＿＿＿＿＿＿＿＿＿＿＿＿＿＿

聯絡電話：＿＿＿＿＿＿＿＿＿＿ 傳真：＿＿＿＿＿＿＿＿＿＿

E-mail ：

學歷：□ 1. 小學 □ 2. 國中 □ 3. 高中 □ 4. 大學 □ 5. 研究所以上

職業：□ 1. 學生 □ 2. 軍公教 □ 3. 服務 □ 4. 金融 □ 5. 製造 □ 6. 資訊

□ 7. 傳播 □ 8. 自由業 □ 9. 農漁牧 □ 10. 家管 □ 11. 退休

□ 12. 其他＿＿＿＿＿＿＿＿＿＿＿＿＿＿＿＿

您從何種方式得知本書消息？

□ 1. 書店 □ 2. 網路 □ 3. 報紙 □ 4. 雜誌 □ 5. 廣播 □ 6. 電視

□ 7. 親友推薦 □ 8. 其他＿＿＿＿＿＿＿＿＿＿＿＿

您通常以何種方式購書？

□ 1. 書店 □ 2. 網路 □ 3. 傳真訂購 □ 4. 郵局劃撥 □ 5. 其他＿＿＿

您喜歡閱讀那些類別的書籍？

□ 1. 財經商業 □ 2. 自然科學 □ 3. 歷史 □ 4. 法律 □ 5. 文學

□ 6. 休閒旅遊 □ 7. 小說 □ 8. 人物傳記 □ 9. 生活、勵志 □ 10. 其他

對我們的建議：＿＿＿＿＿＿＿＿＿＿＿＿＿＿＿＿＿＿＿＿

＿＿＿＿＿＿＿＿＿＿＿＿＿＿＿＿＿＿＿＿

＿＿＿＿＿＿＿＿＿＿＿＿＿＿＿＿＿＿＿＿

請於此處用膠水黏貼